约瑟夫·罗特

（Joseph Roth，1894—1939）

国家社会科学基金项目：约瑟夫·罗特与奥地利文学中的"哈布斯堡神话"研究
（项目编号：18BWW068）

主编 刘炜

罗特小说集

12 ·漂泊的犹太人·

［奥地利］约瑟夫·罗特 著

张晏　顾牧 译

漓江出版社

·桂林·

关于本书

　　到了二十世纪二三十年代，约瑟夫·罗特已是德语国家的明星记者，尤其以撰写系列旅行报道而出名。他就职于《法兰克福报》，1925 年，报社派他前往法国南部。这段时间在他的整个人生中算是美好时光，在写给朋友的一封信中，他也将这段经历称为"我人生中最美好的时日"。他从法国南部的不同城市发出系列报道，最终结集并以《白城》命名。这些素材本来打算用以创作一部以马赛为主题的小说，但最终却并未能付梓。《白城》描述了一派祥和安宁、与世无争的景象，这在他以表现现实为主的文学创作中是少见的。另外，除报刊文章外，约瑟夫·罗特还发表了系列文章《漂泊的犹太人》，这里所用的素材同样也出现在罗特后来的一些文学作品中。也正因如此，这些短篇或短篇集也都收录于漓江出版社 12 卷本的《罗特小说集》中。

主编　刘炜

目 录

前　言

刘　炜

没落帝国的歌者——约瑟夫·罗特

约瑟夫·罗特，一个生于奥匈帝国的犹太人，受过良好的德语教育，还是优等生，平坦前途本应可期，却因1914年那场著名的刺杀事件改变了方向。

第一次世界大战规模巨大，共约六千五百万人参战，罗特便是其中之一。1918年，同盟国战败，奥匈帝国解体，一个由哈布斯堡家族统治的多民族共存的国家就此瓦解，该家族最后一个皇帝卡尔一世无奈流亡，欧洲历史上统治领域最广的王室也就此没落。

旧帝国被多个民族国家取代，传统秩序和价值崩塌。建立独立的民族国家是当时许多人梦寐以求之事，但对犹太人来说却并非如此——他们没有自古以来就属于自己的土地，奥匈帝国的消失意味着他们失去了唯一的祖国。弗洛伊德在1918年停战日的日记中说："我不想生活在任何其他地方……

我将继续靠它的躯干活下去，并想象它仍是一个整体。"类似想法日后也成为罗特小说着重要表现的内容。

　　一战后，政局混乱，各种新思潮涌现，迷茫的人们迫切寻找着新方向，最终的结果却是法西斯的崛起。身居柏林的罗特第一时间选择了离开，开始流亡生涯。在对纳粹的愤恨中，哈布斯堡王朝的统治越发显得宽容可亲，虽然它陈腐僵硬，他也在小说中批判过这一点，但它有统一、稳固的价值体系，人们身居其中，按部就班，不会相互倾轧，更不会出现种族灭绝的疯狂念头。观念演变成小说，罗特逐步建构起自己的"哈布斯堡神话"，核心作品《拉德茨基进行曲》带着缅怀之情展现了帝国衰落的过程，也是他献给哈布斯堡王朝的一曲挽歌。

　　的确，罗特在小说中美化了帝国，甚至还曾试图在现实中恢复其统治。这被当时很多人诟病，在今天看来也有些难以理解，但试想一下，一个犹太人，面对着纳粹的虐行，在绝望困境中，有这样的想法又合情合理。他最大的希冀，是寻求一个多民族可以共存、有着明晰善恶标准的生存之地，即便如今，这也是这个世界仍需面对的问题。

　　在罗特去世后，其作品在德国遭遇了长时间的冷遇。作品的再次出版，尤其是中译本的推出，无疑拓宽了我们对德语文学了解的广度，这位可与最优秀德语作家齐肩的人，在死后多年丰富了文学以及文学史。

约瑟夫·罗特与他的"哈布斯堡神话"

苏俄之旅改变世界观：对哈布斯堡王朝没落的反思

　　第一次世界大战爆发两年后的 1916 年，罗特参军，在离前线不远的军报编辑部工作。其间，他创作了第一部短篇《优等生》。前线的经历后来被他不断演绎，成了生活与创作中不可或缺的桥段。但这些臆想出来的故事却给后世的罗特研究添了不少麻烦。在他笔下，被俘后逃出战俘营及在归乡之路上的种种历险被演绎得栩栩如生，以至不少朋友信以为真，而日后许多对罗特的回忆文本也将这些故事当作信史去转述。

　　1918 年，也曾号称过"日不落帝国"的奥匈帝国战败并解体，罗特回到维也纳，靠给不同报社撰稿为生。在这里，他的写作天赋得以发挥，出版了早期几部明显具有社会批判色彩的作品，如 1923 年的《蛛网》、1924 年的《萨沃伊酒店》和《造反》等。这些作品以一战后的小人物为主角，刻画了被时代巨轮碾轧过的芸芸众生。战后归乡者的落魄、无助和绝望跃然纸上，使初入文坛的罗特很快为时人所认可，被看作是一位世界观明显"左"倾的青年作家。而罗特对此也毫不避讳，在一些报刊文章上甚至以"红色约瑟夫"署名。

时至二十世纪二三十年代，罗特已是德语国家的明星记者，就职于《法兰克福报》。1926年，他受报社委托考察历经战乱才复苏不久的苏联。这趟旅行的观感，都作为创作背景出现在了他此后出版的一系列以苏联革命为背景的小说中，如1927年的《无尽的逃亡》、1929年的《右与左》等。在这一时期的许多作品中，可以清晰地看到新写实主义的影子。小说开篇对读者的声明，文本中经常出现的通信、日记、回忆，仿佛都在刻意制造讲述者和故事之间的距离感，好像一个局外人闲来无事，随意聊起了一段事不关己的往事。这种疏离感并非单以写实为目的，而是更着意于营造罗特最为擅长的伤感气氛。这趟苏联之旅也成为罗特世界观的拐点。此后，他的写作重心告别了左翼的社会批判，转而反思哈布斯堡王朝没落的缘由及后果，也成就了日后奥地利文学史中的"哈布斯堡神话"。

缅怀奥匈帝国的宽容：落后中有着传统价值的坚韧

一战后，哈布斯堡家族治下的奥匈帝国分崩离析，变成了许多个民族国家，而世居在此的犹太人突然成了失去家园的无根浮萍，因为没有哪个新兴的民族国家愿意留给他们一席容身之地，更不愿视其为自己人。这一剧变让类似罗特这样出生于先前奥匈帝国的犹太作家对没落的哈布斯堡王朝产生了深深的眷恋。在他心中，老帝国就是故乡和亲情，是个无论世事如何艰辛都会给犹太人留条活路的地方。他1932年出版的小说《拉德茨基进行曲》直到今天，都是现代奥地利德语文学中"哈布斯堡神话"的代表作品。正因如此，曾长期在德国电视台主持《文学四重奏》且有"文学教皇"之誉的著名文学评论家拉尼茨基（Marcel Reich-Ranicki）将该小说列为德国人必读的二十部小说之一。

罗特笔下的奥匈帝国并非世外桃源，而是如同一个面凶心善的老爷子。人们偶尔要躲一躲他手中的鞭子，但生活的节奏并未因此被打乱。小人物们也都练就了种种偷生的本领。如同短篇《草莓》中所描述的场景，人们家里虽然破烂，日子贫寒，但没有那泯灭人性的你死我活。人们总能找到一条出路，不会因绝望而走上绝路。只不过这种起码的要求看似简单，但在二十世纪大萧条后的那个混乱年代里要想实现却非易事。不过总的来说，虽环境险恶，人们总还能绝处逢生。老帝国严峻面孔的背后，也有着睁只眼，闭只眼的豁达，使人感受到更多的是放任和宽容，而不是勉强和苛求。在对往昔的回忆中，流露得更多的是温情。有小过而无大恶，这就是罗特历史观中的评判标准，也是他对过去时代和奥匈帝国总的评价。性情散漫，荒蛮广阔，其实是宽容的写照。争端纷起的现实生活，所缺少的恰恰是彼此宽容的心态。如此说来，罗特对过去那个宽容时代的缅怀，便有了现实意义。

　　"哈布斯堡神话"在这样的讲述中被具体到老帝国东部领地的一隅，给读者刻画了充满希望和令人绝望的两个黑白分明的世界。帝国没落前的世界祥和安宁，此后的世界却充斥着堕落。在罗特笔下，希望与绝望总是相伴而生，强烈的对比引导着读者去思考。有意思的是，罗特笔下的"哈布斯堡神话"从来都是以荒蛮落后的奥匈帝国东部边疆区为背景，而非选择现代文明的奥地利城市。现代大城市在他的描述中几乎等同于西方文明的堕落，1930年出版的《约伯记》和1934年出版的《塔拉巴斯》中的纽约就是明显的例子，水泥丛林间，人们经历的是冷漠和异化。在老帝国东部边疆区表面的荒蛮落后里，彰显出的是传统价值的坚韧。体现在人的身上，就是1935年出版的《皇帝的胸像》中莫施丁伯爵回忆录中所说的对信仰的"真正的虔诚"。这是世代流传下来、以宗教形式得以确立的善恶标准。掌握住这一点，人在"世界历史的变幻无常"中就可以不至于迷失方向，更不至于失去做人的根本——人性。

　　没落的哈布斯堡王朝之所以成为"哈布斯堡神话"，首先因为它是一个多民族融合的大家园，代表一种跨越种族、宗教和民族界限的传统文化精神。和谐和统一是帝国的标志。在这片广袤的土地上，各个领地各具特色而又整齐划一；讲着各种语言的不同民族就像大家庭中的兄弟姐妹一样和谐相处。哪怕是最卑微的贩夫走卒，罗特的理想世界都能为之提供生活的种种机遇。作者由此向国人和世人展示真正的奥地利民族精神，它能唤起人们对生活的追求和向往。其次，在罗特笔下的奥匈帝国中，人们看不到彼此的倾轧，看不见意识形态、民族、种族因争斗造成的你死我活。统治者的仁爱与宽容造就了理想世界中的祥和。在同时代另一位犹太作家茨威格的《昨天的世界》中，人们可以读到更为直白的描述："奥匈帝国，那是个由一位白发苍苍的老皇帝统治，由上了年纪的相国们管理着的国家；它没有野心，唯一所希望的就是能在欧洲大地上，抵御所有激进变革的冲击而完好无损。"再者，哈布斯堡王朝是个亘古不变、秩序井然的社会。同样是在茨威格笔下，还有类似的描述："那是个让人有安全感的黄金时代。在我们几乎有着千年历史的奥地利帝国，一切看起来都恒久长远，国家本身就是稳固的保证……每个人都知道自己拥有什么，能得到什么，什么能做，什么不能做。所有的一切都中规中矩、有条有理。"长幼尊卑各守其位，上行下效令行禁止，维持这种秩序的并非严刑峻法，而是人们心中建立在宗教信仰基础之上的传统价值。

民族和种族主义盛行：在流亡中营造乌托邦

在罗特笔下的"哈布斯堡神话"中，与希望对立的是现实中的绝望。第一次世界大战使美好的家园变为废墟，帝国分崩离析，百姓流离失所。对一个犹太作家而言，这种绝望首先归咎于狭隘的民族主义。在短篇小说《皇帝的胸像》里莫施丁伯爵与犹太人萨洛蒙的对话中，民族主义者被说得一文不值，甚至不如达尔文进化论中的猴子。极端排他的民族主义在一战后甚嚣尘上，这是一种缺乏理智和人文情怀的意识形态，是欧洲人与人、国与国间隔阂敌视的一个主要原因。因此，战后在哈布斯堡王朝废墟上形成的许多新民族国家，正如莫施丁伯爵回忆录中的"小格子间"，令人感到局促不安。当时的欧洲，民族主义者以革命为口号，到处制造事端，使欧洲充满着血腥暴力和尔虞我诈。从一战后初期的革命，到希特勒夺权当政，直至最后第二次世界大战爆发，生当此时的人绝望痛苦，而犹太人则还要面临更为可怕的种族灭绝。现实社会中虽然不乏各种信仰和思潮，但却是个传统价值缺失和被否定的时代。在人们放弃了建立于人文精神之上的传统价值后，纳粹主义等极端思潮的传播和泛滥才会成为可能。

这正是令作者感到绝望，也希望能警示世人的地方。在罗特眼中，时代的发展并不等同于进步。他书中现代都市所展现于世人眼前的文明，只能够满足人不断膨胀的欲望。而欲壑难填的各种野心造就的是一群对现实不满、渴望出人头地的战后世界的新主人。

果不其然，在混乱的政局中，得势崛起的是法西斯。1933年1月30日，希特勒被任命为魏玛共和国总理。第二天一早，罗特便乘早班火车离开了柏林。同此后其他许多左翼和犹太作家一样，罗特开始了寓居他国的流亡生涯，并同他们一起形成了流亡文学中的主要创作群体。在去国流亡的日子里，罗特对逝去的哈布斯堡王朝的向往更是日益强烈。而他对过去时代美化、理想化，甚至乌托邦化的创作思路，往往为同时代的左翼作家所诟病，认为这是一种逃避现实、毫无斗志甚至自暴自弃的保守态度。他们认为，法西斯和反法西斯是两大黑白分明的阵营，非此即彼，绝无中间路线。在当时，凡是不直接批判纳粹德国政府的作品和作家，常被扣上思想守旧的帽子。其实，罗特对现实有着清楚的认识，自始至终也不曾抱有任何幻想。他在给许多朋友的信中都对时局做出了准确的分析，认为战争不可避免，生灵将受涂炭。他不认为希特勒政权会在短期内倒台，因而需全力投入与纳粹的斗争，不做任何形式的妥协。流亡生活虽然艰辛，但罗特笔耕不辍。一方面，他写出犀利的文章鞭挞纳粹当局，指出什么是恶；另一方面，又在文学作品中塑造一个理想世界，告诉人们什么是善。在后一点上，罗特与左翼作家也有根本的分歧。因为他所塑造的"哈布斯堡神话"，在左翼人士眼中恰是封建残余势力的堡垒。

在与德国纳粹的斗争中，罗特的思路和做法的确与众不同。他认为只有恢复已经崩溃了的奥匈帝国，才能真正从根本上与纳粹抗衡。因为纳粹政权是建立在民族主义和种族主义的基础之上的，是独裁与暴政，而奥匈帝国的传统恰恰相反，它的基础是多民族共生，具有宽容和包容性，这正好与纳粹德国的理论针锋相对。此论一出，复辟的帽子随之而来，保守落后的标签更是躲不掉的。这种观点在今天看来简直不可思议，但在当时却有其合理性。罗特以"秋风宝剑孤臣泪"的决绝与担当，不停歇地在文学创作中营造出了乌托邦式的"哈布斯堡神话"。

重建帝国梦破碎：在失望中酗酒去世

罗特作为没落帝国的歌者，给没落的哈布斯堡王朝献上一曲挽歌，这对本身在困苦中挣扎的流亡作家而言已显得不合时宜。而罗特并未就此止步，他还想把神话变成现实，试图恢复哈布斯堡王朝的统治。早在 1933 年，罗特就在给茨威格的信中透露了自己的打算，而且还试图通过当时奥地利共和国的总理多尔富斯（Engelbert Dollfuss）恢复帝国，但对方对此并不感兴趣。后来，他还曾潜回维也纳，联系同志，希望重建帝国，恢复哈布斯堡王朝，以此来与纳粹抗衡。这种不切实际的想法，随着 1938 年纳粹德国吞并奥地利而幻灭。甚至在奥地利被纳粹德国吞并一年后的 1939 年初，罗特还试图从奥地利流亡者中招募士兵组建军队，通过恢复哈布斯堡王朝来改变历史的进程。后来，哈布斯堡家族的继承人奥托·哈布斯堡也曾在回忆中赞扬罗特为此投入的精力和做出的努力。

　　然而，神话在现实里终究难寻容身之地，罗特最终还是落得个"输却玉尘三万斛，天公不语对枯棋"的结果。二十世纪三十年代的纳粹政权如日中天。先在萨尔区通过公民投票赞成归属德国，旋即德国宣布重新武装，并单方面取消了《凡尔赛条约》的限制。同时，纳粹政府还与法国、波兰等邻国签订了一系列和平条约。希特勒不但巩固了政权，而且骗取了德国国内大众的好感。今天的读者可以设想，当罗特落笔写下《皇帝的胸像》和《先王冢》时，面对那个吞并了原先哈布斯堡王朝疆域的纳粹德国的所谓文治武功该是何等绝望。希望与绝望像对孪生兄弟，在罗特作品中交替出现，而现实中的作家也经历着二者的此起彼伏。但在希望与绝望的交替中，尤其是在绝望取代希望时，受伤最深的莫过于作家自己。就像《先王冢》中的主人公最后所说："现在，我应该去哪儿，我，一个特罗塔？……"在希望中创作，在绝望中酗酒，罗特最终毁了自己的健康，于 1939 年在流亡地法国首都巴黎去世。

罗特笔下的"哈布斯堡神话"与历史上的哈布斯堡王朝出入颇大。前者取材于历史，但又不恪守史实，于是才会有读者眼前政治清明、人民和睦、疆域广大的理想社会。其实，神话与现实在罗特的生活中从来都纠缠不清。就连自己的身世，罗特在不同时期对不同的人也有着不同的讲述。有时他说自己是波兰贵族与犹太人的私生子，有时又称自己一战时曾当过俄国人的俘虏。时至今日，在有关罗特的生平介绍中，依然可以读到类似的"神话"。

同样，罗特的文学世界也被世人按照不同需求和取向进行解读。尤其在流亡时期，不同意识形态的阵营都将他视为知己和同志，以至于 1939 年罗特死后的葬礼上出现了混乱的一幕：天主教牧师、犹太教经师、哈布斯堡王朝继承人奥托的代表、左翼人士、复辟分子都出现在了他的葬礼上并致辞，歌颂他为各自阵营所做出的杰出贡献。造化弄人，"哈布斯堡神话"中的共存现象居然以这种形式在罗特身上得以印证。

　　当二十世纪发生的一切成为历史后，我们重读罗特，能对那个时代、那场战争造成的灾难有更深刻的认识。他的作品不仅能帮助对此感兴趣的读者更好地理解人文精神和人文传统所载有的价值与意义，也能引领读者从另一个角度去了解奥地利的历史和文化传承。

漂泊的犹太人

张晏　译

序　言

　　这本书不期望得到掌声和认可，那些不尊重、鄙视、仇恨甚至迫害东欧犹太人的家伙也无须反驳和批评。还有一部分西欧人也不需要看这本书，他们在有电梯和抽水马桶的环境里长大，因此就觉得自己高人一等，有权利讲一些差劲儿的笑话来取笑罗马尼亚的虱子、加利西亚的臭虫和俄罗斯的跳蚤。这本书也并非写给那些所谓客观的读者，他们抱着一种廉价和酸溜溜的好意，从西欧文明摇摇晃晃的塔楼上斜眼俯视临近的东欧以及这里的居民。出于纯粹的人道主义为下水管道的匮乏感到遗憾，因为害怕传染病就把可怜的难民们关在木板棚里，最终将大量死亡来作为一个社会问题的解决方法。也许有些人羞于承认自己的父亲或者祖父也曾被关进这些木板棚，只不过他们得以幸存，那这些人也不用读我的这本书。此书也不适合这样的读者：他们责怪作者没有采用一种"科学的中立性"来面对描写对象，而是怀着一种爱意，他们却认为这种爱意很无聊。那么这本书是写给谁看的呢？

　　笔者傻乎乎地希望还能找到一些读者，他们知道尊重痛苦和人性的伟大，尊重到处与痛苦相伴的肮脏。也许还有一些西欧人，不会因为自己家的床垫还干净就觉得骄傲。他们觉得过去从东欧学到了很多，也许他们知道，加利西亚、俄罗斯、立陶宛和罗马尼亚也曾诞生过伟大的人和伟大的思想，同时这些伟大的人和伟大的思想居然也是（从西欧人的立场上来看）有用的，对于西方文明的固有结构起到了支撑和扩建的作用。也许西欧人能够明白一点：来自这些地区的人不见得都是小偷，西欧最卑鄙下流的产物——那些地方小报上总是将小偷称为"来自东欧的客人"。

　　很遗憾，本书无法做到全面、彻底地研究东欧犹太人问题，而我们本应该这样去做。本书尽量去描写对这个问题至关重要的那些人，去描绘那些引发了问题的境况。本书只在这个巨大的题材领域中选择了几个部分，如果要全部涉猎，恐怕作者也得不停地去漂泊了，就像几代东欧犹太人那样遭受苦难。

在西方的东欧犹太人

　　东欧犹太人在他们的家乡无从得知西方社会的不公正，也从没听说过一个普通的西欧人在人生道路、行为、风俗和世界观方面有很多偏见。他们不知道西方的天际线有多么拥挤，被发电厂环绕，触目可及全是高耸的工厂烟囱。他们也不知道那里的仇恨有多强烈。西欧人像对待一种延续种族生存（同时也是杀死生命）的手段一样细心呵护这仇恨，就像守护着一堆永恒的火，每个人和每个国家就自私自利地围着这团火取暖。东欧犹太人看向西欧的时候总是带着一种渴望，而西欧根本配不上这种渴望。对东欧犹太人来说，西方就意味着自由，找得到工作，获得施展自己才华的机会，意味着公平和精神的自主驾驭。西方把工程师、汽车、书籍以及诗歌送到东欧。他们送来带着宣传语的肥皂和卫生设施，有用的富足的东西，为东欧人打造出一个骗人的卫生间。在东欧犹太人眼里，德国始终还是歌德和席勒的国度，是德国诗人的国度，每个好学的犹太少年都比纳粹统治下的文理中学的学生更了解这些文学大师的作品。东欧犹太人在战争中只认识一位将军，他曾公开发表对犹太人颇具人道主义的讲话，让人在波兰到处张贴，但这篇讲话其实是战争新闻宣传部撰写的，并非由将军本人执笔，他从没读过文艺书籍，即便如此还是打了败仗。

可是，东欧犹太人根本看不到自己故乡的任何优点，看不到广阔无垠的天际线，看不到人性本质，不了解愚蠢也可能会助长神圣的精神和杀人犯，他们听不到音乐旋律里巨大的悲伤和痴迷的爱。他们看不到斯拉夫人的善良，尽管粗鲁，却比西欧人身上被驯化的兽性更正派，西欧人颠倒黑白的时候还发火，他们避开法律，毫无畏惧的手里捏着礼貌的帽子。

东欧犹太人看不到东欧的美好之处。人们不让他们住在村子里，大城市里也不行。犹太人生活在肮脏的街道里，住着危房。信基督教的邻居威胁他们。高贵的先生打他们。官员让人把他们关起来。军官朝他们开枪，而无须受任何惩罚。狗冲着他们狂吠，因为他们的穿着既招惹了狗也刺激了那些蒙昧的居民。他们在昏暗的犹太儿童语言宗教学校里接受教育。还在幼儿时期，他们就学会了犹太人的祈祷词，体会到文字间悲痛的绝望，他们充满激情地与上帝抗争，而这个上帝惩罚子民的时候比爱他们的时候多，无论享受还是过失都会受到指责。孩子们知道自己必须学习，他们幼稚的眼睛饥渴地寻找思想观点以及其中那种抽象的东西。东欧犹太人会作为乞丐或者上门推销员在自己国家四处游荡。大多数人并不了解养活了他们的这片土地。东欧犹太人害怕走进陌生的村庄和森林。他们一半是出于自愿，一半是被迫地成了被隔离在外的人。他们只有义务，没有权利，除此之外那张熟悉的证件什么都不能保障。从报纸上、书里，还有那些乐观的移民嘴里，他们听说西方是天堂。在西欧有法律的保护，不会发生针对犹太人的屠杀。犹太人能在西欧当上部长，甚至是总督。在很多东欧犹太人的家里都挂着那位摩西·蒙蒂菲奥里的照片，他坐在英国国王的宴席上庄重地进餐。柴斯菲尔德家族的巨大财富被东欧人添油加醋地传成了一个童话。那些出去的人时不时地会写信回来，向这些留在家乡的人描述国外的优点。大部分犹太移民自尊心还很强，即便他们过得并不好也绝对不会写在信里；他们只会尽力把自己选的这个新家园写得比故乡好。他们有着小地方人那种幼稚的执拗，想让家乡人对他们心生钦佩。在东欧的小城市，移民外地的人写来的信会成为轰动性新闻。当地所有的年轻人——甚至是中年人，也会产生移居外国的想法，想要离开这个每年打一次仗，几乎每周都会屠杀犹太人的国家。人们要去西欧国家，无论是徒步、坐火车还是走水路。那里有不同的犹太人聚居区，比较开明一点儿，但残忍程度差不多，早就为他们准备好了黑暗的未来。这些聚居区欢迎新客人，其中一半人相当于就此躲过了集中营的刁难。

我在这里说这些犹太人不了解养育了他们的土地，我指的是大部分犹太人，是那些虔诚而因循守旧的人。当然也有既不怕高贵的先生，又不怕狗，也不怕警察和军官的人，他们不住在犹太人隔都，而且已经接受了经济发达国家的文化和语言，与西欧犹太人比较像，又比西欧人更能享受到社会的公平性。可是在发展自身能力方面却总是有一点儿心理障碍，只要他们没有改变自己的宗教信仰，或者甚至在换了信仰之后仍然如此。这些成功被同化的人毫无例外都还有一些犹太亲戚，某位法官、律师或者专区医生经常会有个叔叔，或者堂兄弟，又或者一位祖父，仅仅是这些人的长相就足以危及这位平步青云者的大好前途，给他的社会声誉带来不好的影响。

人们很难逃脱这种命运。很多人决定不再试着逃离，而是屈从于命运。他们不仅大方承认自己的犹太人身份，甚至还加以强调，承认自己属于一个"犹太国"。关于这个国家的存在几十年来已经没有疑问，关于其"合法性"的问题甚至都无法引发一场争吵，因为单凭几百万人的愿望就足以成立一个"国家"，即便这个国家以前也从未建立过。

"犹太国"的想法在东欧很鲜活。甚至是那些既不会父辈的语言，也不懂那种文化和宗教的人，都会凭借自己的血脉和愿望宣布自己是属于"犹太国"的。他们在陌生的国家是"少数民族"，但是却关注自己国家的权利并为之奋斗。一部分人是和巴勒斯坦的未来作对，另一部分人不再奢望还能拥有一个自己的国家。他们完全有理由相信，地球是属于所有人的，只要这些人满足了作为地球人的义务，可是他们却没有能力解决如何消灭蒙昧的仇恨这个问题。"寄生"的犹太人作为陌生人只要数量看起来略微让人感到危险，就会燃起仇恨，引发祸端。这些犹太人也不再住在隔都里，甚至都不再遵循真正的、温暖的传统。就连那些被同化者也都觉得自己失去了故乡，甚至有时还会产生一种英雄式的悲壮，因为他们自愿成为一个信仰的牺牲者，哪怕这是一个关于建立自己国家的信仰……

无论是作为少数民族的犹太人，还是被同化的犹太人，大多数都留在了东欧。那些为了争取自己的权利而斗争的人不想逃跑，还有一些人想象着自己拥有权利，或者还有一部分人，因为他们像信仰基督教的民众一样热爱这个国家——这份爱甚至更强烈——因此也不想逃离。那些对这种小规模残忍斗争感到疲倦的人，或者那些知道、感觉，或者只是预感到了这一点的人选择了移民，即尽管西欧有一些别的问题引发了关注，但这不是国家的问题，国家之间的纷争在西欧只是昨天杂乱的回声，只是今天的一种声响；在西欧诞生了一种欧洲一体化的思想，它会在后天或者很晚之后，经历痛苦，终究蜕变成一种世界性的思想。这些犹太人更倾向于选择这样的国家，在那里人们虽然仍旧对种族问题和国家问题吵闹不休，甚嚣尘上，但是毫无疑问这些问题已经属于如烟往事，带着些霉味儿，民众里只有那些血气方刚又有些愚蠢的人才会关心这些问题，这些国家还有少数一些人在思考属于明天的问题。（这些移民来自与俄罗斯接壤的国家，而不是来自俄罗斯。）其他人选择移民，是因为他们丢了工作或者压根儿找不到工作。而这些人是要找个谋生之计，他们属于无产阶级，尽管不见得有无产阶级意识。另外还有一些人是为了躲避战争和革命，这才是真正意义上的难民，他们大都是小市民或市民，他们痛恨革命，非常保守，那些拥有土地的乡绅才不会这样。

很多人是一时冲动，他们根本就不知道自己为什么要移民。他们听到了远方某种不确定的召唤或者某个发达了的亲戚的确定召唤；或者就想去见见世面，逃离故乡那种逼仄；或者他们想要拥有某种影响力，更好地展示个人的魅力。

很多人都回来了。还有更多的人留在了半路上。东欧犹太人在哪里都无家可归，但是每个墓地里都有他们的墓碑。很多人变得富有。很多人成了重要人物。很多人在陌生的文化里富有创造力。很多人迷失了自我也失去了世界。很多人留在隔都，他们的孩子将会离开这里。大多数人在西方的付出和他们获得的大致相同。有些人得不偿失。当然所有人都有在西方生活的权利，"所有人"指的是愿意牺牲自己去寻找西方的人。

带着新鲜的力气来到西欧的人都会为了打破这种文明附带的死气沉沉、干净卫生的无聊感做出自己的贡献——哪怕是付出自己被隔离的代价，我们规定移民必须要遵守这一条，然而我们毫无察觉自己的一生都是被隔离的，所有的国家都是木板棚和集中营，只不过配备了现代化的舒适设施。可惜这些移民都被同化了！我认为这个同化的过程并非别人指责的那么慢，反而是太快了，因为移民们原来的生活条件真是令人哀伤。他们甚至还能成为外交官、报纸记者、市长和达官显贵、警察和银行家，也是社会支持者，类似那些社会中坚力量。只有很少一些人会成为革命者。很多人出于个人需要成为社会主义者，他们梦想中的那种生活形式是绝对不会压迫任何一个种族的。很多人认为，反犹主义是资本主义经济方式的一种特有现象。他们强调自己并非因此才有意识地成为社会主义者。之所以信仰社会主义，因为他们自己就是被压迫者。

大多数人是没有无产阶级意识的小市民和无产阶级。很多人发自市民本能，出于对财产和传统的热爱而成为反动主义者，也因为他们有充分的理由害怕情况会发生改变，而且对犹太人不利。这是一种从历史中得来的预感，经验屡试不爽，世界历史上发生的所有大屠杀里，犹太人都是第一批牺牲者。

也许因此犹太工人格外安静而有耐心。犹太知识分子会以极其热情的积极性推动革命运动。而东欧犹太工人对工作的热情，冷静的思维方式，倒是可以和德国人安静的生活相提并论。

因为有东欧工人这样的一个群体，在这样一个国家我觉得有必要强调一下这种不言自明性，在很短的时间间隔内，"官方机构"多次提到了"毫无产能的东欧移民群体"这个词。人们大概很难想象居然有"东欧犹太工人"这样一个群体，居然有不会讨价还价、做买卖、出高价和"算计"的犹太人。他们居然不会买入旧衣服，带着一卷东西挨门兜售，可是他们常常被迫去干一桩让人沮丧又伤心的买卖，因为没有一家工厂肯要他们，因为在与外国人的竞争中（有些必要）法律保护本地的工人。即便没有这样的法律，还有企业家的偏见，以及同行的偏见，都不会给东欧的工人任何机会。在美国当工人并非难事。可是在西欧，没有人知道他们的存在，他们被彻底无视。

在西方，犹太手工业者也被彻底无视。在东欧有犹太水管工、木匠、鞋匠、裁缝、毛皮衣制作工、箍桶匠、装玻璃的工人和修屋顶的工人。而在西方人眼里，东欧这些国家的所有犹太人都是圣徒或者生意人，信仰基督教的都是农民，和他们的猪住在一起，还有高贵的先生们只会不停去狩猎和喝酒，这种幼稚的想法和东欧犹太人关于西欧的人权梦一样可笑。在东欧人里，诗人和思想家的数量经常会多于拉比和商人。另外，圣徒和商人的主要职业也很有可能是诗人和思想家，这一点让西欧的元帅们难以理解。

战争、俄罗斯的革命、奥地利帝国的崩塌，使逃亡西欧的犹太人数量大幅上升。他们的到来，绝非是为了传播瘟疫和散播战争的恐惧以及革命的（过度）残忍。对于西欧人的好客，他们的体验还不如西欧人遇到被诽谤的客人来访。（东欧犹太人对待西欧士兵的态度可完全不同。）那么这一次他们并非是自愿来到西欧，而是不得不找到谋生的手段。最容易的方法就是做生意，但这绝不是一个容易的职业。他们成为西欧的商人，无疑是放弃了自我。

他们放弃了自我。他们迷失了。他们身上那种悲伤的美丽褪了色，弯曲的脊背上还背负着一层灰色般毫无意义的悲伤，以及毫无悲剧性的、低级的愁苦。他们仿佛永远都处在别人轻视的目光中，无法躲藏，而更早的时候他们甚至会被投掷的石块击中。他们妥协了。他们改变了自己的穿着、胡子、发型、祈祷、安息日、家政——他们还在严格遵守传统，但是却不再传承下去。他们成了简单的小市民。小市民的忧愁就成了他们的忧愁。他们纳税，获得一张住宿登记单，被登记在案，宣称自己曾属于某个"民族"，又获得一个新的"国籍"，在这个过程中要忍受很多刁难。他们搭乘有轨电车、电梯，享受所有文明带来的好处。他们甚至有了一个"祖国"。

这是一个临时的"祖国"。犹太人的复国思想在东欧犹太人这里十分鲜活，即便他们对西方风俗习惯完成了一半的同化。犹太复国主义和国家概念在西方是具有西欧特色的思想，尽管没人当真。只有在东方还生活着对自己的"民族"毫不关心的人。按照西欧的观念，他们必须属于某一个"国家"。他们会说好几种语言，是好几代种族混合的产品，他们的祖国就是被迫参军入伍的地方。高加索的亚美尼亚人曾经很长时间既不是俄罗斯人，也不是亚美尼亚人，可他们就是伊斯兰教徒和高加索人，他们当中有不少人成了俄国教皇身边最忠实的保镖。

国家的思想是一种西方思想。"国家"这个概念是西欧的学者们发明的，他们试着给出了很多解释。古老的奥匈帝国似乎给这种国籍理论提供了最具实践性的验证。也就是说，如果这个帝国好好治理的话，也能给这个理论提供一个反例。政府的无能给一个理论提供了实践的验证，这个理论通过一个错误得到证实并被广泛接受，要感谢这些错误。现代的犹太复国主义诞生于奥地利的维也纳。一位奥地利记者对此进行了论证。还没有其他人这样做过。在奥地利的议会里坐着来自不同国家的代表，忙着争取各自国家的权利和自由，就好像如果提供了这些的话，才是完全合情合理的。奥地利议会就是各国之间战场的代替物。如果向捷克人许诺会建立一所新学校，那波希米亚的德国人就会觉得自己受到了伤害。如果给东加利西亚的波兰人安排一位说波兰语的总督，就等于侮辱了鲁提尼人。每个奥匈帝国里的国家都提到它所属的那片"土地"。只有犹太人无计可施。加利西亚的犹太人大多数既非波兰人又非鲁提尼人。可是无论是德国人，还是捷克人，无论是波兰人，还是鲁提尼人，又或者是马扎尔人或特兰西瓦尼亚的罗马尼亚人中却都有反犹主义。有句俗语说，鹬蚌相争，渔翁得利，可是犹太人正好是这句话的反例。犹太人是那个总是失利的渔翁。他们振作起来，表明自己心想的国籍是犹太国。在欧洲缺少一块立足之地造就了他们努力争取重建巴勒斯坦故乡的愿望。他们一直都在流亡途中。现在他们真成了一个流亡的民族。他们也向奥地利议会派出犹太民族的代表，也同样开始争取民族权利和自由，可是他们就连最原始的人权都还没有获得呢。

"国家自治"是欧洲人喊出的战争口号，犹太人倒是很赞同。《凡尔赛条约》和国际联盟都致力于承认犹太人国民性的权利。今天的犹太人在很多国家都是"少数民族"。他们还远远没有获得自己想要的，不过他们已经拥有了很多：自己的学校、自己语言的权利，还有几个类似的权利。人们觉得有了这些权利就能让欧洲更幸福一些。

可是就算犹太人成功做到，在波兰、捷克斯洛伐克、罗马尼亚，以及在说德语的奥地利获得一个"少数民族"应有的所有权利，还是会产生一个大大的问题：犹太人是否能比一个欧洲样式的少数民族强很多，他们是否不再想要一个欧洲人概念上的"国家"，他们是否就得放弃重要很多的那个诉求，如果他们把这个诉求提升为"国家的权利"。

能够拥有一个自己的国家是件多么幸福的事，比如德国人、法国人、意大利人。毕竟他们在三千年前就曾经是一个国家，还打过"圣战"，经历过"伟大的时代"！他们曾经砍掉外国将军的头颅，他们自己的将领也被人家砍过头！以前开设过的"国家历史"和"祖国国情"课已然成为真正的历史。他们曾经拥有过国界，占领过很多城市，给国王加冕，缴纳税款，当过臣仆，有过"敌人"，被抓过俘虏，推行过外交政策，推翻过部长，也有过大学，教授和学生，高傲的祭司阶层和财富，贫困，娼妓，有钱人和忍饥挨饿者，主人和奴隶。犹太人还想再次拥有这一切吗？他们真的羡慕欧洲这些国家吗？

　　恐怕他们想要保留的不只是自己的民族特性吧！他们想要拥有的是生活的权利、健康的权利、享受自由的权利，那些在几乎所有欧洲国家被剥夺或者限制的权利。而他们在巴勒斯坦真的实现了一种国家的重生。年轻的先锋团员们是勇敢的农民和工人，他们证明了犹太人劳动和耕种的能力，他们是真正的大地之子，尽管犹太人几百年来都热爱读书。可惜这些先锋也被迫打仗，成为士兵，去对抗阿拉伯人，保卫自己的国家。如此一来，欧洲曾有过的先例就传到了巴勒斯坦。可惜这些年轻的先锋不仅是回到先祖土地上的返乡者，具有劳动者思想的无产者，他们也是文化传播者。他们既是犹太人，又是欧洲人。他们给阿拉伯人带来了电、钢笔、工程师、机关枪、乏味的哲学和英国人提供的那些不值钱的家当。可能阿拉伯人也曾经为那些崭新的漂亮街道而高兴吧。不过自然人的本能却让他们对英美文化的入侵感到愤怒，这个重生之国真诚的名字就隐含了这种文明的烙印。犹太人拥有对巴勒斯坦的权利，不是因为他们起源于这里，而是因为没有其他国家想要这些犹太人。犹太人担心他们的自由，也是可以理解的，而犹太人真心实意地想成为阿拉伯人忠诚的邻居，这种愿望也同样容易理解。即便如此，这些年轻的犹太人迁移到巴勒斯坦夫这件事仍然让人想起某种形式的十字军东征，属于犹太人的十字军东征，因为遗憾的是他们也会开枪射击。

即便犹太人完全拒绝欧洲普遍的风俗习惯，但是他们也无法彻底摒弃。他们自己也是欧洲人啊。巴勒斯坦管犹太人的总督毫无疑问是一个英国人。可能担任这个职位的英国人数目要超过犹太人。犹太人是欧洲政治的对象，或者是政策的执行者，哪怕他们自己对这一点都毫无觉察。他们总是被人利用或者滥用。总之他们想要建立一个彻底摆脱欧洲影响的崭新国家可真是难上加难。欧洲的烙印如影随形。不过成立一个自己的国家总归是好的，只有这样才能避免被别国滥用。这件事十分必要，却也令人痛苦。早就裁减了军备的犹太人又要通过军事操练来证明自己，这真是一种发自内心的骄傲啊！

这个世界由"民族"和祖国构成，哪怕只是想保留一点儿自己的文化独特性，就要以牺牲普通民众的生命为代价，这并非是这个世界的意义所在，他们没有权力提出这样的要求！而实际上，民族和祖国想要的更多，即物质利益的牺牲。它们刻意制造一些"前线"，用来保护后方地区。犹太人在整整一千年的哀叹中，心里仅存一个安慰，那就是没有这样一个"祖国"。如果说曾经有过一段公正的历史，那应该算在犹太人的头上，在一个全世界都陷入疯狂的爱国主义时代，他们却能始终保持理智，就因为他们没有"祖国"。

这些犹太人，他们没有"祖国"，可是他们居住和纳税的每个国家，都要求他们要有爱国主义和英勇赴死的精神，还责怪他们去送死的时候心不甘情不愿。在这种情况下，犹太复国主义事实上成了唯一的出路：如果非要有爱国主义精神，那宁愿是为了自己的国家。

可是只要犹太人还生活在别人的国家，他们就必须为了这些国家而活，也必须为了这些国家去死。甚至有些犹太人是愿意为了这些国家活，也乐于为其赴死的。有些东欧的犹太人，他们选择去自己心甘情愿被同化的国家生活，也完全接受了当地人灌输的"祖国""义务""英勇赴死"和"战争债券"等概念。他们已经成了西欧犹太人，成了西欧人。

谁是西欧犹太人？是那些能证明自己的祖先足够幸运，在中世纪西欧以及德国发生的大屠杀中幸存下来，而且以后也不用逃离的人吗？比如一个犹太人来自布雷斯劳，这里有很长时间都叫乐斯拉夫，曾经属于波兰。而另外一个人来自至今仍然是波兰城市的克拉考。难道我们可以说：前者比后者更像一个西欧犹太人？假如一个犹太人的父亲已经回忆不起来波森或者伦贝格这两个波兰城市的模样，那么他就称得上是一个西欧犹太人了吗？

　　几乎所有的犹太人都曾经是西欧犹太人，在他们去波兰和俄国以前。几乎所有的犹太人也曾经是东欧犹太人，他们当中只有一部分变成了西欧犹太人。今天谈到东欧总是带着一股子看不上或者歧视态度的犹太人，他们中的一半，祖父都来自乌克兰的塔尔诺波尔。即便他们的祖父并非来自塔尔诺波尔，也纯粹是偶然现象，那是因为他们的祖先不用逃到塔尔诺波尔去。在大屠杀的喧嚣之中，犹太人很容易就会流落到东欧，那时这片地区的人还没有开始殴打犹太人……所以如果一个犹太人1914年从东边来到德国，人们责备他不太明白战争债券或者兵役体检，这样做是不公平的，在这方面他肯定比不上一个西欧犹太人，因为他的祖先三百年前就已经要去做兵役体检或者去税务局。一个移民如果飞快地就在战争债券上签名，只能证明他的愚蠢。很多犹太人，无论是东欧犹太人还是他们的子孙，都在战争里为所有欧洲国家献出了生命。我这么说不是为了原谅东欧犹太人，恰恰相反，我在责备他们。

　　他们死去，受苦，身患斑疹伤寒，为农村提供"牧师"，尽管犹太人死去的时候并非一定要牧师在场，可能基督教的同行在农村布道的需求量更大一些。他们完全接近西方的坏习惯和不当行为。他们被同化了。他们不再去犹太教堂或者祈祷室祈祷，而是去那些无聊的神殿，那里的祈祷仪式完全是程式化的，和更好一些的新教教堂里的一样。他们成了所谓的神殿犹太人，受过良好的教育，胡子刮得干干净净，身着小礼服，戴着大礼帽，他们将祈祷书包在当地报纸社论文章里。他们相信，报纸不会像祈祷书一样迅速暴露他们的犹太人身份。在神殿里还能听到管风琴的伴奏，领唱者和布道者戴着一个和基督教神职人员类似的帽子。每一个误入犹太神殿的新教教徒都会感到迷惑，他不得不承认，犹太人和天主教徒之间的区别一点儿不大，所以应该放弃反对犹太人，因为犹太人在生意上的竞争并不构成威胁。祖父辈的人还会绝望地与耶和华抗争，在小小祈祷室外面的哭墙撞破自己的脑袋，祈求上帝惩罚他们的罪恶，恳求得到宽恕。而他们的孙辈已经变成了西欧人。为了让自己沉浸到那种气氛之中，他们需要管风琴的帮助，他们的上帝是一种抽象的自然力量，祈祷变成了一种形式。关键是他们自己还挺自豪！他们是预备役里的中尉，他们的上帝就是牧师的顶头上司，也是那个拜他所赐国王得以统治天下的上帝。

　　只有这样才谈得上是西欧意义的"有文化的人"。这种有文化的人会瞧不上来自东欧的堂兄弟，其实这位兄弟并没有失去本真，他比那些在西欧的神学研讨课上布道的人有更多的人性和神性。真希望这位堂兄弟有足够的力量，不要被同化才好。

　　接下来我要试着描写这一类人在家乡和异乡的生活。

犹太人的小城

　　这座小城地处一大片平原的中间，周围没有山，没有森林，也没有河流。就在一片开阔的土地上。城市的边缘全都是乡下小屋，然后过渡到房子，才开始出现街道。一条是南北向的，一条是东西向的。两条街道的交会处是集市广场。南北向的街道最靠外的终点处就是火车站。每天有一列客运列车开过来，每天有一列客运列车发出去。即便如此还是有很多人一整天都在火车站忙个不停，因为他们是小商贩。他们也对货运列车感兴趣。另外他们也喜欢把加急信件送到火车上去，因为这座城市的信箱一天只开一次。走路到火车站需要十五分钟。如果下雨的话，就必须乘车，因为用碎石铺成的街道排水不畅会被水淹。穷人总是自己结伴乘坐一辆马车，虽然坐不下六个人，挤一挤总归还能凑合。富人自己乘坐一辆马车，付的车费比六个人加在一起还要多。小城一共有八辆出租马车，其中六辆是单驾马车，另外两辆双驾马车是为尊贵的先生们准备的，有时他们会误打误撞地来到这座小城。八位马车夫都是犹太人。他们是虔诚的教徒，都蓄着长须，但是上衣比一般犹太教徒的短一些。宽大的短上衣更适合他们这个职业。安息日他们不工作。安息日的时候连火车站也没人。这座城市有一万八千名居民，其中一万五千名都是犹太人。在三千名天主教徒里有大约一百名是小商贩和代理商，还有一百名政府工作人员，一位公证人，一位地区医生，八名警察。一共有十名警察，奇怪的是，另外两名居然是犹太人。其他的天主教徒从事什么职业，我不知道。一万五千名犹太人里有八千人都在经商。他们是小杂货商，大一点儿的杂货商以及大杂货商。其他的七千名犹太人是小手工艺者、工人、担水的、学者、文化局官员、教堂工作人员、教师、秘书、《摩西五经》抄写员、讲故事的人、医生、律师、公务员、乞丐和依靠公共福利过活的难为情的穷人。还有掘墓人、割包皮者和刻墓碑的人。

这座城市有两座教堂，一座犹太教堂和大约四十个小型祈祷室。犹太人每天要祈祷三次。如果没有这些小祈祷室的话，他们就得在犹太教堂和家或者店铺之间往返六趟，祈祷室里不仅可以祈祷，还会教授犹太人知识。有一些犹太教的学者，每天从早上五点到夜里十二点都在祈祷室里研究学问，就像欧洲的学者去图书馆一样。只有安息日或者其他节日他们才回家吃饭。如果他们没有财产，也没有资助者，就要依赖教区的小额捐助，或者时不时地做一些虔诚的工作，例如领读祈祷文或者在隆重的节日去吹羊角号。他们的家庭、房子，还有孩子们都要靠妻子照料，她们做点儿小生意，夏天卖玉米，冬天卖石脑油，还卖醋腌黄瓜、豆子和糕点饼干。

小商贩们以及那些为了生计奔波的犹太人祈祷很快，还能抽出一点儿时间来闲聊一下新鲜事儿，讨论一下大世界和小世界的政治。他们在祈祷室抽香烟和劣质烟草。他们的行为举止就像是在赌场。他们在上帝的殿堂中就如同在自己家里一样自在，完全看不出其实他们很少光顾这里。他们不是在对上帝进行国事访问，而是每天三次都聚集在上帝富裕、贫穷和神圣的桌子前。在祈祷的时候他们激动地站起身来，冲着天空大喊，抱怨上帝的严苛，在上帝面前控诉上帝，之后再承认自己违反了教规，所有的惩罚都是公正的，他们想变成更好的人。这个民族与上帝的关系简直独一无二。这是一个古老的民族，他们认识上帝的时间已经很长了！这个民族经历过上帝赐予的美好时光，也见证过他冷酷的正义。他们经常违背教义，也深刻地赎罪，这个民族知道自己可以接受惩罚，也坚信上帝永远不会离开他们。

在外来者的眼里，所有的祈祷室都一个样。但其实它们并不相同，在很多祈祷室就连礼拜也不尽相同。犹太教没有划分不同的教派，而是存在很多类似于教派的小组。并没有极其严格的或较为温和的正统派，而是有一定数量的"阿什肯纳兹式的"和"塞法迪式的"祈祷方式，就算是同样的祈祷，内容也有差别。

　　差别比较明显的是所谓的"启蒙后的犹太人"与"喀巴拉秘法信徒"，信仰者追随的是一些各自为营的圣徒，他们分属于不同的哈西德派小组。接受了启蒙思想的犹太人不见得就是没有信仰的犹太人，他们只是拒绝那种神秘主义以及对奇迹的信仰，《圣经》中记载了这些奇迹，但他们仍然不为所动，坚决不相信眼前这个拉比的神迹。对于哈西德教派的人来说，圣徒就是人与上帝之间的媒介。而启蒙过的犹太人认为他们不需要其他的代言人去跟上帝沟通，他们自己就是代言人。他们认为，如果借助一种尘世间的力量提前了解上帝的建议反而是一种违背教规的行为。不过仍然有很多犹太人尽管并非哈西德教徒，却无法拒绝圣徒身上环绕的那种奇妙的氛围；就连那些没有信仰的犹太人，甚至那些天主教的农民遇到解决不了的问题都会去找拉比寻求安慰或者帮助。

　　面对陌生人和敌人的时候，东欧犹太人会形成一条统一战线，起码表面上看起来是统一的战线。每一位圣徒的追随者面对另外一个拉比的追随者都满怀仇恨和恶意，这些不同的小组热衷于相互为敌，可是这种敌意一丝一毫都不会传达到外部世界。那些虔诚的犹太人同样仇恨适应了天主教风俗习惯的犹太人，可这种仇恨也不会流露给外部世界。大多数虔诚的犹太人都不惮以最大的恶意来评价一个剃掉胡须的犹太人，剃须的脸被视为信仰沦丧的最明显特征。一个剃须的犹太人等于是失去了这个民族的特征。虽然内心不情愿，但尝试着外表看起来是一个幸福的天主教徒，不用担心被追杀和被嘲弄。但即便如此，他也无法逃脱反犹主义的迫害。不过这恰恰是犹太人的责任，他们不指望同类能够柔和地对待他们，而是期待来自上帝的宽容。外表上的被同化仅仅是一种逃离或者逃离的尝试，逃离那个可悲的被驱逐的共同体；同时也是一种寻求矛盾平衡的尝试，可惜矛盾一直都没有被化解。

　　在防止种族混合方面已经毫无界限。因此每个犹太人都为自己划定了一个界限。要放弃这些界限实在是有些可惜。因为现在面对的灾难深重，将来就会迎来最美好的救赎。玩耍的孩子向犹太人投掷石块，他们毫无反应，面对侮辱性的叫骂他们假装听不见。犹太人表现出来的懦弱其实是一种内心的骄傲，他们知道自己总会胜利，如果不是上帝的意愿，他们就不会被人怎么样，而上帝的意愿也会很好地保护他们，他们无须自己反抗。不是曾经有犹太人乐呵呵地被人烧死吗？一块鹅卵石和一只疯狗的唾沫又能把他怎么样呢？东欧犹太人对没有信仰的人产生的蔑视，比他自己遇到的蔑视要强烈一千倍。一位富有的先生、警察头子、将军或者总督跟上帝的话相比都不算什么，更何况犹太人的心里永远装着上帝的话。他一边问候有钱人，一边在心里笑话他。这位先生对生活的真正意义又有多少了解呢？就算他有些聪明劲儿，那也只是浮于表面的智慧。也许他了解这个国家的法律，会修建铁路，发明了一些稀奇古怪的玩意儿，写了几本书，还和国王一起去打猎。这一切和神圣的经书里一个小小的符号相比，和最年轻的犹太法典学习者的最愚蠢的问题相比又有什么意义呢？

对于有这些想法的犹太人而言，那些赋予了他个人自由以及民族自由的法律根本就是无所谓的。同类们基本上不会做出什么对他们有利的事情来。甚至和那些人去抗争都算得上是一种罪恶。这样的犹太人并非西欧意义上的"犹太民族"。他是上帝的犹太人。他不会为了得到巴勒斯坦而斗争。他仇恨那些想要利用西方的资助建立一个犹太国家的复国主义者，这样的犹太国不会存在，因为它不会期待弥赛亚，也不会期待上帝改变主意，而弥赛亚是一定会出现的。在这种巨大的疯狂之中既蕴含了牺牲精神，又有勇气，正如那些建设巴勒斯坦的年轻的哈西德教徒所展现出来的一样。这样的勇气有可能引导人们到达目的地，但也可能将人引向毁灭。这样的正统派与在安息日也要修路的复国主义之间永远无法和解。一个东欧的哈西德与正统派教徒可能觉得自己跟犹太复国主义者差别挺大，而他们跟基督徒更相似。因为犹太复国主义者是想从根本上改变犹太教。他们想要建立起一个犹太国，大概就像那些西欧国家。那样也许会有一个自己的国家，但并不属于犹太人。这些犹太人没有注意到，正是这世界的进步毁了犹太教，只有越来越少的人还在坚持，虔诚教徒的人数锐减。他们认为犹太人的发展与世界的发展并不一致。他们的想法虽然崇高，但是错误。

许多正统派教徒被人说服了。他们不再认为剃掉胡须就是叛教的象征。他们的儿孙跑去巴勒斯坦当工人。他们的孩子当上了犹太国的议员。他们满足于现实，达成了和解，可是他们仍然无法不相信弥赛亚的奇迹。他们达成了妥协。

哈西德教派中的绝大多数人坚决不和解，他们在犹太教内部也属于观点比较奇怪的。在西欧人眼里，他们仍然显得那样遥不可及而又无比神秘，就像当前引发了关注的喜马拉雅山山民一样。是的，研究起他们来很难，因为与西方热衷于研究的那些毫无反抗力的对象相比，他们更加理智，他们认清了西方文明的表面性，才不会因为电影设备、望远镜或者飞机就感到欢欣鼓舞。即便他们和其他那些陌生民族，那些被我们的求知欲害惨了的民族，一样天真无邪、热情好客，也没有一个西方学者会来到哈西德教派进行一场探索研究之旅。人们观察这些犹太人，因为他们就生活在我们身边，就好像“已经被研究透彻”。在圣徒家的后院发生了很多有趣的事情，就像印度的法基尔教派一样值得研究。

　　很多圣徒都生活在东欧，每一位都被他的追随者视为最伟大的拉比。圣徒的地位是代代相传的，可以由父亲传给儿子。每个圣徒都有自己的庭院，有保镖，还有哈西德教徒在他家进进出出，和他一起祈祷、斋戒和吃饭。他会给追随者赐福，他的祝福可以实现。他也会诅咒，他的诅咒也能实现并且会有一批人倒霉。让那些否定他的嘲弄者都倒大霉！只有那些给他带来礼物的信徒才会得到祝福。拉比并不会亲自享用这些礼物，他比最贫穷的乞丐更节俭。就连吃饭他仅仅是勉强让自己能够活着。他之所以活着，只是为了祀奉上帝。他只吃几口饭菜，喝几滴饮料。当他和信徒围坐成一圈用餐的时候，从那些装满食物的盘子里他只吃一口，水也只喝一口，然后就把盘子递给其他人。拉比的饭菜能让每位客人吃饱。他自己没有什么身体上的需求。从女人身上得到的享乐对他而言是一种神圣的义务，而恰恰因为这是一种义务，才是一种享受。他必须要生育，才能让以色列的人口变得更多，像海边的沙子和天上的星星一样多。他身边的女人们总是会被他驱赶。就连饮食也更多地被视为造物主创造的奇迹，是他满足了信徒的祷告，让人能得到果实和动物的滋养，而非只是果腹之物——因为一切都是上帝为人创造出来的。拉比没日没夜都在读那些经文。他反复读了很多遍，很多部分他已经能够背诵。可是每一句话，每一个字母都有几百万页，每一页都在赞颂上帝的伟大，这种伟大永远都学不完。每天都有人来。有人是好朋友生病；有人母亲去世；有人面临牢狱之灾，被官府追查；有人的儿子要去服兵役，他要为别的国家去打仗，也许会为了别国的人在一场愚蠢的战争中丧生；或者有些人的妻子不孕，他们想要儿子；还有一些人要做出一个重要决定而自己拿不定主意。拉比总是能提供帮助，他不仅是上帝与人之间的媒介，还会帮助人与人之间进行沟通，其实这才是更难的。信徒们从遥远的地方赶来见他。他每年都会听到最奇怪的命运，每一桩事件都很难缠，都比以前听到过的更加复杂。拉比既有过人的智慧，也有很多经验。他既有实践的聪明，又对自己很自信，因为他是天选之人。他既给人出主意，也为别人祈祷。他学会了去解读经书上的话和上帝的旨意，既不违背生命的规律，又不会让那些敌人找出漏洞。自从上帝造物的那一天起，很多事情都发生了变化，只有上帝的旨意是不会变的，它存在于这个世界的基本法则中。人们无须任何妥协就能证明这一点。一切都在于人是否能领悟到。像拉比这样人生阅历丰富的人，早就已经不再心存怀疑。他早就已经经历过获取知识的阶段。这个圆圈已经闭合。人们又重新相信上帝。外科医生那种高高在上的专业知识会给病人带来死亡，物理学家空洞的智慧会让年轻人犯错。人们不再相信有知识的人。人们相信有信仰的人。

很多人相信拉比。他自己既相信书面戒律最忠诚的实践者，也帮助那些不太忠诚的人，来找他的人里有犹太人，也有非犹太人，无论是人还是动物，他都一视同仁。来找他的人都知道自己能够得到帮助。他知道的很多，尽管有时候不能说得太多免得泄露天机。他知道，在这个世界之上还有另外的一个世界，遵循的是另外的法律，他也许已经预感到，在这个世界里大家遵守的禁令和戒律在那个世界是毫无意义的。他更重视遵循那些未写下来的，因而也更有效的法律。

信徒们就驻扎在他家里。他的房子比普通犹太人的小房子要更大、更明亮、更宽敞。有些圣徒真的拥有一座真正的大院落。他们的妻子穿着名贵的衣裙，指挥女佣们干活，拥有马匹和马厩，不是为了享受骑马，而是为了显摆。

这是深秋的一天，我启程去拜访那位拉比。这是东欧深秋的一天，还很温暖，时间恭顺地向前推动车轮，金色的树叶表明秋天无奈地放弃了抵抗。我五点钟就起床了，地上笼罩着一层潮湿凉爽的雾气，默默等待的马匹身上有明显的水珠。五个犹太妇女和我一起坐在农夫的马车里。她们披着黑色的羊毛围巾，看起来比实际年龄老，身体和脸部都带着愁苦的气息，她们是小商贩，靠把鸡鸭送到富裕的人家换得一点儿微薄的收入。所有人都带着她们的小孩。这一天所有的邻居都要一起去拜访拉比，还能把孩子送到哪里去呢？

　　太阳升起来的时候，我们来到了拉比所在的小城，看到有很多人比我们到得还早。这些人已经来了好几天了，他们就睡在房子的走廊、谷仓和干草堆上，有些本地犹太人还做起了生意，收很多钱出租睡觉的地方，大的那家旅馆客满了。小城的街道坑洼不平，用腐烂的木板条代替石子路，木板条上都蹲着人。我穿着一件短皮草大衣，脚上蹬着一双长筒马靴，看起来就像在乡村很受人敬畏的官员，只需一眨眼就能把人给关起来。因此人们让我走在前面，给我让位，因为我的客气而露出惊讶的表情。拉比的房子前面站着一个红头发的犹太人，他是司仪，所有人挤向他，提出请求或是诅咒，给他钞票或者推搡他。这是一个有权力的人，他丝毫没有怜悯心，带着一种恰当的粗野把那些诅咒或者谩骂的人推回去。有时他会接过某些人递过来的钞票，却不让他们进去，似乎又忘记自己到底拿了谁的钱，或者是装出一副忘了的样子。他的脸像蜡烛一样苍白，黑色的圆形丝绒帽子遮着一半脸，一把浓密的红铜色大胡子乱蓬蓬地飞起来，和头发连成一片，在脸颊上这一块那一块地像是老黄油一样，完全按照自己的意志胡乱生长，不遵守大自然给胡子定义的方向。这个犹太人长着一双小小的黄色眼睛，眉毛稀疏到几乎看不出来，宽阔且坚硬的下巴显示出斯拉夫人的血统，唇色发白，带着点儿蓝色。当他大喊大叫的时候就露出一嘴黄牙，当他把某个人给撞回去的时候，能看到他强壮的双手上长着红色的硬毛。

我朝这个男人眨了一下眼，他肯定明白我的示意。那个暗号的意思是：这儿有点儿特别的事情，咱们得私下谈谈。他离开了自己的岗位，把门猛地一摔，锁上了，人群分出一条路，他朝我径直走了过来。

"我不是这里的人，而是从很远的地方来，想和拉比谈一谈。不过我给不了你多少钱。"

"如果是家里有病人，您想为了他的健康祈祷，或者您本人不舒服，您就把所有想说的话都写在一张纸条上，拉比会读到，也会替你祈祷！"

"不行，我要见他！"

"也许您可以等过完节以后再来？"

"那可不行。我今天必须见到他！"

"我可没办法帮助您。要不您从厨房过来吧？"

"厨房在哪里？"

"在另外一边。"

已经有一位先生等在"另外一边"了，看来他出了很多钱。无论怎么看这都是一位高高在上的先生，他饱满的体形，身上的皮草，还有他那种淡定自若的目光都暴露出这一点。他心里非常肯定，厨房的门最晚五分钟或者十分钟之后就会为他打开。

不过当门真的打开时，这位富有的先生脸上却变得有点儿苍白。我们穿过一条昏暗的走廊，地面有些坑洼不平，那位先生点燃了一根火柴照亮，可是步履却并不坚定。他在拉比的房间里待了好一会儿，等出来的时候显得心情非常好。后来我才听说，这位先生有一个习惯，每年都要穿过厨房来见拉比，他是一位富有的石脑油商人，自己有矿，花了很多钱四处打点，因而逃避了很多应尽的义务，而且还不用为此受罚。

拉比坐在一个朴素的房间里，坐在窗边的一张小桌子前，窗户朝着庭院，他的左手撑在桌子上。他长着一头黑发，留着一撇黑色小胡子，有一双灰色的眼睛。他的鼻梁很高，鼻尖部分又平又宽，就像一个突然的决定。拉比的手瘦骨嶙峋，指甲很白很尖。

他很大声地询问我为何而来，目光只在我脸上飞快地扫过，之后就一直看着窗外的院子。我说，我想来见他，对他的睿智如雷贯耳。"上帝是智慧的！"他一边说一边又看着我。

他挥手叫我到桌边去，和我握手，用老朋友那种亲切的语气说道："万事如意！"

我又原路返回。那个满头红发的人正在厨房里用一根木头勺子喝豆子汤。我递给他一张钞票，他用左手接过去，同时还继续用右手把木勺送进嘴里。

他跟着我走到外面。他打听有什么新闻，想知道日本是否还会再次发动战争。

我们谈到了战争和欧洲的局势。他说："我听说日本人和欧洲人一样都不信犹太教。他们为什么要打仗？"

我想，每一个日本人听到这个问题都会感到尴尬而且不知道该如何回答吧。

我看到这座小城里住着很多红发的犹太人。几周之后他们庆祝了诵经节，我看到了他们在跳舞。这可不是一个衰败的民族的那种舞蹈。它显示出了一种狂热信仰的力量，简直就是以宗教的借口释放健康的信号。

这些神秘主义教徒手牵手，围成一个圆圈跳舞，他们拿下戒指，拍着手，随着节拍将头左右摇摆，拿起妥拉经卷，像小姑娘们一样绕着圈，把妥拉经卷放在胸前，亲吻它，流下喜悦的泪水。这是一种充满情欲味道的舞蹈。看到一整个民族都将感官愉悦牺牲给他们的上帝，将最严格的法典之书视为情人，身体的渴望与精神的享受不再是割裂的，而是密不可分的，这让我深受感动。这是发情与激情，这个舞蹈既是一种礼拜仪式，又是一种感官需求过剩的祈祷。

人们用大罐子喝着蜂蜜酒。犹太人不能喝酒的谎言到底是从何而来的？这种说法一半是赞叹，但是另一半包含了一种责备，是对一个固守意识的民族的不信任。可是我也看到犹太人在喝下五大杯甜腻的蜂蜜酒之后是如何失去意识的，就像西方人喝了三大杯啤酒那样。当然喝醉的起因也并非庆祝胜利，而是出于一种欣喜，因为上帝给了他们律法和知识。

之前我已经看到过他们如何因为祈祷而失去意识。那是在赎罪日，在西欧被称为"和解日"——西欧犹太人对让步做出的心理准备都包含在这个名字当中了。可是赎罪日并非和解，而是纪念原罪，是一个沉重的日子，要在二十四个小时的时间里忏悔二十四年所做的错事。这个节日由前一天黄昏开始，下午四点钟。在一个大部分居民都是犹太人的小城里，作为犹太节日里最大的节日，人们的心情就好像在茫茫大海里坐在一艘小船上，而空气中充满了暴风雨的味道。小巷子里突然变黑了，因为所有的窗口都映出了烛光，小商铺突然之间都急匆匆地关了门，而且门还关得非常严实，就好像它们要等到审判日才会再次开门一样。这是在向尘世间的一切告别：告别生意、喜悦、大自然和饮食，告别街道和家庭、亲朋好友们。人们在两个小时前还穿着日常的袍子，带着惯常的表情走来走去，一瞬间就彻底变了样子，他们急匆匆地穿过小巷子朝祈祷室走去，穿着沉重的黑色丝绸，还有丧服那种可怕的白色，脚穿白袜和宽松的拖鞋，低着头，胳膊下夹着祈祷时穿的袍子，平时总是带着东方特色吵得沸反盈天的街道也突然变得极其安静，甚至连活泼的孩子们也不敢出声，他们平时的喊叫声甚至能压过一切日常的嘈杂。所有的父亲现在都在为孩子们祈福。所有的女人都在银质灯台前哭泣。所有的朋友都在相互拥抱。所有的敌人都在请求对方的宽恕。天使合唱团吹出审判日的号角。很快耶和华就会打开那本大书，上面记载着一年中犯下的罪、惩罚和命运。为所有逝者点亮了灯光。也有人为所有生者点亮灯光。逝者距离这个世界，生者距离彼岸，都只有一步之遥。隆重的祈祷仪式开始了。大型的斋戒从一个小时以前已经开始。成百上千、成千上万的蜡烛被同时或先后点燃，有些烧弯了，倒在一起，又融化成一体，产生巨大的火焰。从几千个窗口传来极大的诵经声，有时被一种静谧而柔软，仿佛是来自彼岸的音乐打断，像是在偷听来自天上的歌唱。所有的祈祷室里都密密麻麻地站满了人。有些人会扑倒在地，很长时间都趴在那里，之后再次站起身来，坐在铺地石板或小板凳上。有些人蹲着，然后突然跳起来，上半身前后晃动。还有人在一个小小的空间内不停地跑来跑去，就像极度兴奋的祈祷哨兵，所有的祈祷室里都塞满了白色的丧服，有些不能亲自前来的生者，还有刚刚去世者，他们也都有自己专属的白色丧服。没有一滴水来滋润干燥的嘴唇，润泽一下喉咙，那喉咙喊出了那么多的苦难——似乎不是在对着这个世界呼喊，而是对着彼岸。他们今天不能吃饭，明天也是。在这座城市里，今天和明天没有人会吃饭喝水，听说这件事就叫人觉得可怕。所有人都突然变成了鬼，带着鬼的特征。每一个小杂货商都变成了超人，因为今天他们想见到上帝。所有人都伸出双手，为了抓住上帝长袍的边角。所有的差别都消失了：富人也变成和穷人一样穷，因为都不可以吃东西；大家全都有罪，全部都在祈祷；所有人都陷入一阵癫狂的状态，他们晃动着身体，或者狂奔、窃窃私语、自残、唱歌、呼喊、哭泣，大滴的泪水流进花白的胡子里，灵魂如此痛苦，灵魂出窍的耳畔传来永恒的旋律，这个时候饥饿感就消失了。

人们身上这种相似的变化我只在犹太人葬礼上看到过。

虔诚的犹太人死后，尸体就放在一个简朴的木头盒子里，上面盖着一块黑色的布。棺材不是被车拉走，而是由四个犹太人抬着，急匆匆地赶最近的路。我不知道是因为有这种规定，还是因为走慢了负担会加倍地重。人们几乎是抬着尸体在街道上飞奔而过。准备工作需要花费一天。亡者停灵的时间不能超过二十四小时。全城的人都能听到亡者亲属的哭喊声。妇女们走过街巷，大声啼哭，遇到陌生人也要和他们哭诉。她们对亡者说话，呼唤他的昵称，请求他的原谅和慈悲，不断地骂着自己，绝望地询问她们该怎么办，声称自己也不想活了，这一切都是在大街上做的，就在行车道上，一边飞奔一边哭喊。与此同时，街道上的一切日常生活都在继续：会有一些面无表情的人从房子里探头出来看；有陌生人尾随着走进她们的商铺；有马车飞驰而过；店主仍在招揽顾客。

在墓地会发生让人最为震撼的一幕。妇女们不想离开墓地，必须得把她们绑回去，安慰的方式看起来就像是在驯服野兽。给亡者的祈祷听起来枯燥单调，葬礼非常短，疾风骤雨一般，而祈求施舍的叫花子则很多。

接下来的七天，未亡人要一直待在亡者的屋子里，坐在地上或者小板凳上，穿着袜子走来走去，自己也像个半死之人。透过窗户能看到墙上挂着一块白色的麻布，前面点着一盏昏暗的小灯，是为纪念亡者而点，邻居们会给未亡人送来煮得很硬的鸡蛋，这是给她吃的，象征着她的悲伤就像一个圆，没有起点也没有终点。

可是喜悦也可以像悲伤一样强烈。

一位圣徒将为自己十四岁的儿子迎娶新娘——他同行十六岁的女儿，两位圣徒的追随者全部都来参加婚礼，庆祝活动将持续八天，会接待六百多名宾客。

官府给他们提供了一个废弃的老兵营来办典礼。主人花了三天的时间来接待纷至沓来的宾客。他们乘坐马车，带着马匹、装草料的麻袋、床垫、孩子、首饰和大箱子，就安顿在老兵营的房间里。

对于这座小城来说，这意味着一次大型的人员流动。大约两百多名神秘主义教徒穿戴打扮起来，穿上古老的俄罗斯长袍，佩戴上古老的宝剑，骑着没装马鞍的马匹穿城而过。他们当中有些是很好的骑手，充分证明了一些关于犹太军医的笑话是假的，那些故事里居然说犹太人害怕马。

这种喧闹拥挤、唱歌跳舞和肆意畅饮持续了八天。可惜他们不放我进去围观。参加婚礼的人都是两家亲属和他们的信徒。陌生人都在外围挤着，通过窗户看里面，偷听还算不错的舞蹈配乐。

在东欧有很好的犹太乐手。这种职业是可以传给后人的。有些乐手声望很高，其美誉传到了离他家乡小城几里地远的地方。这些真正的乐手没有什么远大的志向。他们完全不懂乐谱，但是这并不妨碍他们自己创作一些曲调并传给自己的儿孙，东欧犹太人很大一部分都听过这些旋律。他们是民歌的创作者。即使在他们去世之后，关于他们的奇闻逸事也还要继续流传五十年。然后他们的名字就没人记得了，可是那些曲调仍然在传唱着，甚至慢慢地传遍了世界各国。

这些乐手非常贫穷，因为他们靠着取悦陌生人而活。人们只付给他们很少一点儿钱，只要能给家属带回去一些好的饭食和姜汁蜂蜜饼他们就很开心。那些听了他们演奏的富有客人还会给一些小费。按照东欧顽固的法则，每一个贫穷的男人都有很多个孩子，乐手也不例外。这很糟糕，不过也是好事。因为儿子们将来也是乐手，可以自己组一个"乐队"了，乐团越大，挣钱越多，他们的声誉也会传得更远，反正大家都是同一个姓氏。有时候，这个家族的后代当中还会有人走向了世界，成了著名的艺术家。有几个这样的艺术家生活在西方，提到他们的名字也没啥意义。并不是因为这样做会让他们感到尴尬，而是因为面对那些不知名的祖先这样做不公平，仿佛要通过孙子的天赋去反证他们的伟大一样。

那些领读祈祷文的歌者也会获得艺术家的声誉，这种职业在西方被称为领唱者，他们的职业名称叫作卡斯。这些歌者过得比乐手好，因为他们的任务与宗教信仰有关，他们的艺术是一种虔诚而神圣的艺术。他们的日常工作是站在祭司附近。有些歌者的声望甚至传到了美国，他们会接到邀请，前往富有的美国犹太人社区。巴黎也有几个富裕的东欧犹太人社区，教堂的执事也每年邀请一位最著名的歌者或领读祈祷文者去巴黎参加节日的庆祝活动。犹太人会去祈祷会，就像西方人去听音乐会一样，而他们在信仰和艺术方面的需求都会得到满足。当然也有另外一种可能：因为这些歌者演唱的是祈祷文，而且他们表演的地点是祈祷室，这两个因素提升了歌曲的艺术价值。曾经有犹太人信心满满地对我说，某个歌者唱得比意大利著名歌手卡罗素还好，对于这一点我永远也没机会去验证。

　　东欧犹太人里还有一种十分罕有的职业，就是逗乐者，是专门开玩笑的人，一种小丑，同时还是一位哲学家和讲故事的人。在每一座小城里至少有一位逗乐者。他的工作是在婚礼或者小孩的洗礼上活跃气氛。他睡在祈祷室里构思故事，当男人们争论的时候他仔细倾听，绞尽脑汁去思考那些没用的东西。人们并不把他当回事儿。但他却是所有人里最严肃的那一个。本来他也可以像那些富人一样去售卖羽毛或者珊瑚，那些人邀请他去婚礼，为的是让他去出洋相逗大伙开心。但是他并未去经商。他很难下定决心去做买卖，结婚，生孩子，成为社会中被人高看一眼的成员。有时候他就从一个村子游荡到下一个村子，从一个城市漂泊到另一个城市。他虽然不会饿死，但也经常挣扎在挨饿的边缘。他还死不了，只是缺衣少食，可是他宁愿这样过活。他总想着自己编的故事也许有朝一日能印刷出来，也许能在欧洲引起关注。很多人都会思考来自犹太文学和俄罗斯文学的主题。著名的沙勒姆·亚拉克姆①也可以算得上是某种形式的逗乐者，只不过他更有自我意识，更有进取心，他相信自己肩负的文化使命。

---

　　①　犹太裔俄国作家。——译者注

在东欧经常能见到这种叙事的天赋。在每一个家族里都有一个很会讲故事的叔叔。他们大多数都是沉默的诗人，在准备自己的故事，或者一边讲述，一边创作和加工。

冬夜寒冷漫长，那些讲故事的人通常都没有足够的木柴来取暖，所以他们喜欢去给别人讲故事，以此换取几杯热茶和一点炉火的温暖。人们对待讲故事的人会比逗趣者好一些。因为他们至少努力尝试一种实际的职业，而且也足够聪明，在那些讲求实际效用的普通犹太人面前掩饰自己那种美丽的空想，向这些蠢人继续宣讲，他们都是革命者。讲故事的人出于癖好为这个市民世界做出了让步，一辈子都是半瓶子醋。对于普通犹太人而言，只要艺术和哲学不涉及宗教题材而仅仅作为娱乐工具，就是值得尊重的。不过他们算得上真诚，肯承认这一点，怀着上进心去谈论音乐和艺术。

在过去的几年里，犹太戏剧在西欧大为出名，但犹太戏剧并不配得到那些赞誉。其实剧院更多的是一种西欧人创造出来的隔都一样的机构，并不适合东欧人。虔诚的犹太人都不去剧院，因为他们觉得这样做违反宗教规定。在东欧，去剧院的犹太人都是开明犹太人，大部分人都已经有了民族感。他们是欧洲人，尽管距离西欧那些去剧院"打发晚间时光"的人还有点儿远。

西方人完全不了解东欧的乡下人。这些人永远也不会去西

欧。他们像农民一样难离故土。他们自己就是半个农民。他们
也许是雇农，或者磨坊主，再就是在村里开个小酒馆。他们从
来没有正经学过任何职业。他们中有很多人几乎不认字，勉强
还能做点儿小买卖，也就比真正的农民聪明一点儿。他们体形
高大健壮，出奇地健康，有勇无谋，喜欢打架，不怕危险。很
多人就是利用他们与农民相比的优势，在古老的俄国找机会发
动了地区性对犹太人有组织的屠杀，在加利西亚地区制造了反
犹太人的骚动。不过他们中的很多人都有一种农民式的对大自
然的虔诚和发自内心的正直。很多人有那种健康的人类理智，
就是在所有国家都能找到的那种一个正常的人种处于大自然法
则之中所发展出来的理智。

　　要我谈谈东欧犹太人中的无产阶级，这实在让我犯难。我
不得不说大部分无产阶级都与自己同一阶级的人为敌。那种感
觉即便谈不上是充满敌意那么严重，起码也是一种十分无所
谓的态度。西欧人对于东欧犹太人有很多不公正和无意义的指
责，其中最不公正和最无意义的一条就是：他们是秩序的破坏
者，就是被市民称为布尔什维克的那种。在全世界的穷人当
中，贫穷的犹太人是最为保守的。他们保障了旧有的社会秩
序，使之得以维系。大部分的犹太人是带有各自民族、宗教和
种族特征的市民阶层。东欧（西欧也一样）的反犹主义经常更

具革命性，就是大家都知道的词——"傻瓜的社会主义"，尽管如此这也还是一种社会主义。斯拉夫的穷鬼，贫穷的农民、工人、手工业者，他们都坚信犹太人有钱。其实犹太人和这些仇恨犹太人的敌人一样口袋空空。但是犹太人却过着市民阶级的生活。和那些基督教的无产阶级一样忍饥挨饿，被贫困折磨，只是他们更加节制。可以这样说：他们每天到了固定的时间没有饭吃。一周只有一次，也就是周五的晚上，他们会像那些有钱的犹太人一样大吃一顿。他们也打发家里的孩子们去上学，给孩子们穿更好的衣服。他们总能省下钱来，这个古老的种族一直都是如此，他们总还有一点儿财产：从曾祖父那里继承的一件首饰，有床，有家具。他们总能从家里找出一两件值钱的小东西。他们很聪明，什么都不卖出去。他们不会让自己喝醉，有着基督教无产者那种令人悲伤，但还算健康的无忧无虑。他们总能给女儿凑出一份小小的嫁妆。甚至还能让女婿一直不离开女儿。无论这个犹太人是个手工业者、小商贩、一个穷教书的或者是教堂杂役、乞丐或者担水的，他们可不想成为一个无产者，他们想和乡下那些穷人过得有所差别，他们假装自己过得还不错。即便他们自己成了一个乞丐，也不愿意在街头行乞，而是去那些富人家里讨钱。即便他们也沦落到街头行乞的地步，但是他们的主要经济来源是从某些固定客户那里讨来的，他们定期上门去要钱。他们不会去富有的农民家里讨钱，反而会去经济条件不那么好的犹太人家。他们心里总还维持着一种市民阶层的骄傲。犹太人这种过上富足生活的市民阶级天赋来自犹太教里的保守主义，同时，它也阻止了无产阶级群体的革命化倾向。宗教和习俗禁止一切形式的暴力，禁止暴动、狂怒甚至是公开表达嫉妒。贫穷而有信仰的犹太人安贫乐道，就像每一种宗教里的穷人一样。上帝让一些人富有，一些人贫穷。如果对富人发怒就如同对上帝发怒一样。

　　只有犹太人里的工人成了有自我意识的无产阶级。从而形成了有各自特点的社会主义思想。东欧犹太人里的社会主义者和无产阶级与市民阶层和半无产者的犹太人相比，犹太人的特征反倒不那么明显了。如果他另外还信仰民族犹太教，加入了犹太复国主义，那他就更不像一个真正的犹太人。最有民族意识的犹太社会主义分子就是锡安工人党，他们渴望实现社会主义的巴勒斯坦，至少也是由工人治理的巴勒斯坦。犹太社会主义和犹太共产主义之间的界限并不明显，不过却没有我们这里常见的无产阶级内部那种相互间的仇恨。很多犹太工人都加入了各自国家的社会主义或共产主义党派，他们是波兰、俄罗斯或者罗马尼亚的社会主义者。几乎所有人心目中民族国家的问题都是排在社会福利问题后面的。所有国家的工人们都是这么想的。"民族国家的自由"是某个实在没有别的烦恼的人创造出来的奢侈概念。如果所有国家都能在"民族国家问题"里找到涉及生死存亡的内容，那么其他人的民族主义也在强迫这些犹太人必须成为一个独立的民族国家。而且这个民族国家的工人们认为社会问题更为重要。他们在无产阶级的感受方面似乎更为强烈，更真诚，也更坚定，换句话说——他们更加"极端"。这个西欧社会主义党派领袖嘴里的时髦行话，甚至已经成了一种侮辱人的词汇。那些反犹主义者以为犹太人都是极端的革命者，其实这是一个错误认知。即便是市民阶层或者半无产者的犹太人也会觉得一个犹太革命者实在可怕。

如果违背这些人的意愿称他们为无产者，我觉得非常尴尬。也许我可以勉强使用一个弱化了的词语，一个西欧人发明的可笑称呼——"精神上的无产者"。他们是妥拉经卷的抄写员、犹太教的经师、缝制祈祷服的人、蜡烛制作者、仪式上的屠宰者以及那些文化部的小官员。我们或许也可以称他们为"有宗教信仰的无产者"。可是另外还有大量受苦的人，被践踏的人，被蔑视的人，他们无论在信仰或者阶级意识，还是革命思想里都寻求不到任何安慰。其中就包括小城市里的挑水匠，他们从早到晚挑水去填满富人家的水桶——每周仅能得到一点儿微薄的报酬。他们都是天真单纯的人，力气大得不像犹太人。和他们社会地位差不多的还有家具打包运输工、行李搬运工以及很多各种各样打短工的人——反正都是体力劳动者。他们都很健康，而且还很勇敢，一副热心肠。在别处再也找不到这么好的犹太短工，心地那么善良，身体又强壮有力。干的虽然是粗活累活，但是人却不粗鲁。

有些皈依了犹太教的斯拉夫农民以打短工为生。这种宗教转变在东欧比较常见，尽管正统犹太教反对这样。在世界上所有的宗教里，只有犹太教不鼓励转变信仰。毫无疑问，东欧犹太人里的斯拉夫血统要比德国犹太人里的日耳曼血统更多一些。如果西欧反犹主义者和德国犹太人相信东欧犹太人"更像犹太人"，因而"更加危险"，这绝对是个错误的看法。就如同一个当上银行家的西欧犹太人感觉自己"更像一个雅利安人"，因为他的亲缘关系里曾有异族通婚史。

西欧的隔都

维也纳

1

　　来到维也纳的东欧犹太人，选择在利奥波德城安家，这里是二十城区里的第二区，距离普拉特游乐园和火车北站很近。那些沿街兜售的小商贩可以在普拉特找到生计，向陌生人出售明信片，而且那些开心的游客也比平时更加乐善好施。他们来的时候都是到达火车北站，甚至大厅里都还飘着故乡的香味，返回的大门也是敞开的。

　　利奥波德城是一个自愿形成的隔都。有很多桥把这里和维也纳其他的区连在一起。白天行走在这些桥上的有小商贩、上门推销员、股票经纪人、经理人，都属于东欧犹太移民里的非生产型要素。不过，清晨时分行走在这些桥上的是同样一批非生产型要素的后代，那些小商贩的儿女，他们在工厂、办公室、银行、编辑部和小作坊里上班。

这些东欧犹太人的子女都极具创造力。也许他们的父母做投机买卖或沿街叫卖。可他们的儿子却是最有天赋的律师、医生、银行职员、记者或演员。

利奥波德城是一个贫穷的城区。这里的住房都很小，六口之家挤在一起。还有小旅店，里面五六十人打地铺。

无家可归者都睡在普拉特。火车站附近总是住着工人里最穷的那些。东欧犹太人并不比住在这个城区的基督教徒过得更好。

他们有很多孩子，他们不习惯卫生设施和干净，他们遭人恨。

没人接受他们。他们的堂兄弟和犹太教兄弟，那些坐在第一区编辑部里的犹太人，都已经"变成了"维也纳人，不想和这些东欧犹太人搭上亲戚关系，或者被别人看出自己的来历。那些基督教社会党人和德国民族主义者都将反犹主义作为重点的宣传计划。社会民主党都担心成为"犹太人的党"这种说法。犹太民族党党员们还很弱小。另外，这个犹太民族党其实是一个市民阶层的党。可是东欧犹太人里大多数都是无产者。

东欧犹太人靠着市民阶层慈善组织过活。人们普遍倾向于高估犹太人的善心，而事实并非如此。犹太人的慈善组织也和其他人的慈善组织一样并非完美无缺。慈善行为首先是让那些慈善家感到满意。在一个犹太人的慈善办公室里，东欧犹太人正是被有相同信仰的人，甚至是他祖国的同胞们，恶言恶语地对待，而不是被天主教徒们轻慢。当一个东欧犹太人可真难。东欧犹太人来到陌生的维也纳，这可真是无比艰难的命运。

2

如果他来到第二区，就会有一些熟悉的面孔问候他。他们是在问候他吗？唉，只不过是他看到了他们而已。那些十年前就迁居此处的人并不愿意看到这些后来者。又来了一个。又来了一个想挣钱的人。又有一个人想在这里活下去。

最糟糕的是，还不能把他干掉。他不是一个陌生人。他是一个犹太人，一个老乡。

总会有人接纳他。会有别人给他塞一点钱做资本或者给他搞到贷款。会有第三方拉着他"转上一圈"或者凑点能售卖的东西。新来的人会成为一个分期收款的小商贩。

第一条路，也是最难走的路就是去警察局。

柜台后面坐着一个男人，他最受不了犹太人，尤其是东欧犹太人。

这个男人会要求查看一些公文。不可能有的公文。从来都不会有人要求天主教移民出示这样的公文。另外天主教的公文也都符合要求。所有的天主教徒都有那种能听懂的欧洲人的名字。犹太人的名字不好懂，而且一听就是犹太名字。更糟糕的是：他们还有两个或三个联姻之后产生的姓氏。人们永远都不知道他们到底叫什么。他们的父母是由拉比主持仪式完成婚礼的。这种婚姻在法律上是不受承认的。如果这个新郎叫魏因施托克，新娘叫亚布拉姆斯基，那他们的孩子就叫魏因施托克·莱克特·亚布拉姆斯基；或者亚布拉姆斯基·福斯·魏因施托克。而这个儿子在受洗时获得的犹太教名是莱布·纳赫曼。可是这个名字很难，而且发音有点儿刺激性，所以这个儿子给自己取名雷欧。那么他——莱布·纳赫曼的全名就是：雷欧·亚布拉姆斯基·福斯·魏因施托克。

　　这样的姓名会给警察带来麻烦。警察可不喜欢麻烦。如果只是名字麻烦那还算好的呢。有时就连他们的出生日期也不太对。通常情况下他们会说出生证被烧毁了。（在加利西亚、立陶宛和乌克兰的那些小地方，民政局总是着火。）所有的个人档案都丢了。国籍也搞不清楚。在一战和《凡尔赛条约》生效之后，国籍的事情就变得更加复杂了。这个人是怎么穿越国境线的？没有护照吗，还是用了假护照？那么他就不叫护照上的这个名字，尽管他有这么多的名字，名字这么长，一看就是假的呀，也许的确是假名字。证件上的人，登记表上的人和刚才到

的这个人不一致。该怎么办？把他关起来吗？那关起来的也不
是证件上的这个人。应该把他驱逐出去吗？那就是驱逐了一个
假扮别人的人。可是如果把他送回去，让他去弄新的公文，正
经的公文，带着不令人生疑的名字那种，这样一来也许是把正
确的那个人给打发回去了，另一种可能是让一个冒名顶替者带
着他真实的身份证明回来。

　　于是办事员就把这个犹太人给打发回去了，一次，两次，
三次。一直到这个犹太人注意到，他没有别的办法可想，只能
给出假的日期，才能让它看起来是真的。他得选择一个名字，
不见得是他的本名，可是起码要看起来不令人生疑，得是个令
人信服的名字。东欧犹太人被警察逼得想到了一个好主意，他
们隐藏起自己真正的、真实的，但是令人糊涂的状况，编造出
一个虚假的，但是听起来正常的身份。

　　每个人都惊讶于犹太人编造虚假信息的能力。没有人惊讶
于警察天真的要求。

3

　　东欧犹太人可以当一个沿街叫卖者或者分期收款小商贩。

　　一个沿街叫卖者会用篮子装着肥皂、裤子背带、橡胶制
品、裤子纽扣和铅笔，再把篮子绑在自己后背上。他随身带着
这个小商店去很多的咖啡馆和旅店。不过最好先思考一下，去

哪里能卖出东西去。

　　想成为一个成功的沿街叫卖者必须得积累多年的经验。最保险的做法就是在黄昏时分去皮欧瓦蒂饭馆，那些有钱人正在享用符合教规的香肠，蘸着山葵酱。饭馆老板对得起这家公司在犹太人里的声望，会为可怜的小商贩提供一份汤。无论如何这都称得上是一种善举。而客人们已经吃饱了，所以心情很舒畅。犹太商人在身体需求得到满足以后就会格外乐善好施。当他吃完饭之后，尤其是品尝完美食大餐之后，他甚至会买一对裤子背带，哪怕他自己的店里还囤着一些。大多数时候他啥都不买，但是会施舍一点儿钱。当然如果你来得太晚就不行，第六个来到皮欧瓦蒂饭馆的小贩是什么都得不到的。善心到第三个就终止了。我认识一个小商贩，他每隔三小时会去同一家皮欧瓦蒂。食客每隔三小时就会换一拨。如果看到上一拨客人里还有没走的，那这个小商贩就绕开那张桌子。他非常了解，善心什么时候停止，何时会变成闹心。

　　喝酒喝到一定的程度，天主教徒们也会发善心。这些小商贩可以选择星期天去郊区的小酒馆和咖啡馆，而无须害怕会遇到什么不好的事情。也许他们会被稍微欺负一下，或者挨一顿骂，不过这也算是善心的一种表达方式。客人们最喜欢的恶作剧方式就是把装着杂货的筐子拿走，藏起来，看着小商贩着急上火。不过他是不会被吓退的！维也纳人还有很多这类表达真心的话。最后小商贩还是能卖出去几张明信片的。

所有的收入加起来都不够维持他一个人的生计。不过，这个小商贩知道该如何养活自己的妻儿老小。如果孩子们有点儿天赋，他还会送他们去上中学。儿子将来也许会成为一位著名的律师，不过即便如此，他父亲的境遇也不会改变：既然他已经沿街售卖了这么久，以后也肯定会愿意继续干下去。有时候还会发生这样的事：这个小商贩的曾孙子居然还成了基社盟党的反犹分子。这种事还真是屡见不鲜。

4

一个沿街叫卖者和一个分期收款小商贩之间的差别非常大！前者得到的是现金，而后者是分期收款。前者需要走街串巷，而后者要走很远的路。前者只需乘坐去近郊的电车，而后者则要坐很久的火车。前者永远也成不了大商人，而后者还有点儿可能性。

只有在实行固定货币兑换值的时期才可能出现这个职业。大幅度的通货膨胀夺走了所有分期收款小商贩那点儿可怜的生计。他们成了货币兑换小商贩。一个货币兑换小商贩的日子也不好过。如果他买入了罗马尼亚的货币列伊，它们在股市上就会狂跌。而他一旦卖掉，股市上又开始涨了。如果美元在柏林高涨，马克在维也纳走高，那么货币兑换小商贩就坐火车去柏林买入马克，再回到维也纳，用手里走高的马克购入美元。然后他再带着美元去柏林，再去买更多的马克。可是火车行驶的速度也比不上马克跌落的速度。还没等到他抵达维也纳，手里的货币已经贬值了一半。货币兑换小商贩想挣到一点儿钱，就必须和世界上所有的股票交易所保持电话联系。可是他只和居留地的一个黑市有联系。他实在是过分高估了黑市的有害性以及信息的灵通度。比黑市更黑的其实是官方的、雪白的，显得十分无辜，受警察保护的股市。黑市就是在与一个肮脏的机构进行一场肮脏的竞争。货币兑换小商贩是被咒骂的竞争者，对手就是有着崇高声誉的银行。只有极少数的货币兑换小商贩真的能发大财。

大多数人今天和昨天一样，仍然是贫穷的货币兑换小商贩。

5

分期收款小商贩的顾客是那些手头没钱，但却有收入的人，比方说大学生、小官员、工人。分期收款小商贩每周都会来顾客这里收钱，再销售新的商品。因为老百姓的日常需求高，相对而言他们买的也挺多。因为他们的收入很低，所以他们付的钱也很少。这个分期收款的小商贩不知道自己应该为提高的销量感到高兴呢，还是为降低的销量而感到高兴。他卖出去的东西越多，他收到货款的时间就拖得越久。

他应该把价格提高一些吗？那样的话他的顾客就会去离他

们最近的商店里买东西了，现在所有的小城市里也都会有几个
这样的商店。对他们而言，在分期收款小商贩那里买东西会便
宜一点儿，因为他自己出火车票钱，否则他们就得自己买火车
票出门去买东西。小商贩就相当于是把百货商品送上门来。在
他这里买东西比较方便。

　　而结果就是他的生活变得不方便了。如果他想省下火车票
钱，他就得背着重重的货物徒步走很远的路。他走得很慢，也
没办法到处都去。可是他得趁着周日去拜访所有还欠他货款
的顾客，因为工资都是在星期六支付的，到了下周一就全部都
花出去了。如果这个小商贩乘坐火车，那他无论如何都得买车
票，他也可以到处去，可是在很多时候，每周支付的这点儿收
入到周日就花完了。

　　这就是犹太人的命运。

6

　　一个东欧犹太人还能干点儿啥？如果他是个工人，没有一
个工厂会要他。有很多秘密的失业者。可是即便没有失业者，
这些工厂连天主教的外国人都不要，更何况是犹太人呢。

　　东欧犹太人里也有手工业者。在利奥波德城和布里吉特瑙
生活着的很多男装裁缝都是东欧犹太人。犹太人是很有天赋的
裁缝。不过裁缝也分好几等，在第一区，内城的绅士街拥有一

家店面，一个时装沙龙和在小船巷一栋房子的厨房里有一个小作坊，那区别可就大了。

　　谁会到小船巷来呢？如果不是被迫到这里来，很多人都会急匆匆地走过去。小船巷闻起来有一股怪味儿，那是洋葱和石油，鲱鱼和肥皂，洗碗水和家具，汽油和煮锅，霉菌和美食的味道。脏兮兮的孩子们在小船巷里玩耍。人们在打开的窗子前拍打地毯上的灰尘，晾晒被子。空气里飘着羽绒细毛。

　　犹太人小裁缝就住在这样的一条小巷子里。如果只是巷子不好也就算了！他的住处只有一个房间和一个厨房。可是按照上帝统治犹太人的谜一样的法则，这个可怜的东欧犹太人小裁缝肯定有六个孩子，甚至更多，可是他却连一个帮手都没有。缝纫机丁零当啷地响个不停，电熨斗就摆在擀面板上，在婚床上量尺寸。谁会专门来找这样的裁缝做衣服呢？

　　这个东欧犹太人裁缝，他不会"压榨自己同胞"。他也不会从信仰天主教的裁缝那里争夺顾客。他会量体裁衣，手艺非常好。也许他二十年以后也能在第一区的绅士街开一间时装沙龙。可是那先得挣到很多钱才行。东欧犹太人也不是魔术师。他们获得的成功，也得靠努力、汗水和吃苦。

7

　　如果一个东欧犹太人非常幸运，也很有钱，那他也许能克服困难拿到一张营业许可证，开一家店。他的顾客就是这个城区那些贫穷的小人物。比如前面描写过的男装裁缝。他不是付现金，而是贷款。这里边东欧犹太人就能做"生意"。

东欧犹太人里也有一些知识分子，教师、抄写员等等。也有一些人靠施舍活着，被人鄙视的乞丐、街头要饭的、乐手、卖报纸的，甚至是擦鞋匠。

还有所谓的"空头贩子"，售卖"空头商品"的小贩。商品还在匈牙利的某个火车站呢，可是它们并非是存放在匈牙利的火车站，而交易是在弗兰茨·约瑟夫码头谈成的。

东欧犹太人里也有骗子。当然了，骗子哪儿都有！也有来自西欧的骗子。

8

利奥波德城有两条主街：塔波街和普拉特街。普拉特街几乎说得上是气派的，沿着它走下去就是普拉特乐园。这里住着犹太人和天主教徒。这条街平整、宽阔又明亮，还有很多咖啡馆。

塔波街上也有很多家咖啡馆。那是犹太人开的咖啡馆。店主大部分都是犹太人，那里的客人也全部都是犹太人。犹太人喜欢去咖啡馆，因为可以读报纸，玩杜洛克牌和下棋，还可以谈生意。

犹太人都是好演员。他们也有天主教徒的伙伴。一个信仰天主教的优秀演员绝不会是反犹分子。

犹太咖啡馆里还有一些站着的顾客，他们真的是"流动顾客"，不在店里吃东西或者喝咖啡，然而这并不妨碍他们成为老顾客。他们一上午的时间要来咖啡馆十八次，因为做生意只能这样。

他们会制造很大的噪音。他们说话急速又响亮，毫无顾忌。因为所有的客人都见过大世面，举止优雅，所以尽管这些人很引人注意，但是客人们毫不在意。

在一家真正的犹太人咖啡馆里，即使有人病入膏肓，也没谁会搭理他。

9

战争造成大量东欧犹太难民拥入了维也纳。在他们的家乡被人占领期间，会有人给他们提供"支持"。但不会有人把钱送到他们家里。在冬天最寒冷的日子里，他们凌晨时分就得来排队等候。年老体弱或是妇孺，概无例外。

他们走私生活物品。他们从匈牙利带来面粉、肉和鸡蛋。他们被人关进匈牙利的监狱，因为买光了所有的食品。他们也被人关进奥地利的监狱，因为把不符合规定的食物带入了奥地利。他们让维也纳人的生活稍微好过一些，却落得个被关押的下场。

　　战争结束之后他们有一部分人被强制遣送回国。一个社民党的地方长官将他们驱逐出境。对天主教社会党而言他们是犹太人。对德意志民族主义者而言他们是闪米特人。对于社会民主党人而言他们是非生产型要素。

　　他们是失业的无产者。一个沿街叫卖的小商贩肯定是无产者。他的双手没有制造产品，只能靠双脚。他找不到更好的工作，可这又不是他的错。这还用解释吗？可是这种想法有什么用呢，谁还相信这种无须解释的道理呢？

柏　林

1

　　没有一个东欧犹太人会自愿去柏林。这世界上哪有人会自愿来到柏林呢？

　　很多人都把柏林看作是一个中转站，最后却迫于某些原因滞留了比较长的时间。柏林没有隔都。这里有一个犹太人区。来到这里的难民都是想经过汉堡和阿姆斯特丹到美国去。很多时候他们是被迫留在了这里。他们没有足够的钱。或者他们的证件有问题。

（当然了，肯定是证件有问题！一个犹太人有半辈子都在为了证件打一场毫无意义的战争。）

来到柏林的东欧犹太人通常拥有一张过境签证，允许他们在德国停留两三天。也有些人只有这么个过境签证，却在柏林待了两三年的。

已经定居柏林的东欧犹太人大多数都是因战争前来的。后来又陆续把亲戚们都接来了。占领区的难民也逃到了柏林。那些在俄国、乌克兰、波兰和立陶宛加入了德国占领军的犹太人也不得不跟着德国军队来到德国。

在柏林也有些罪犯是东欧犹太人，小偷、骗婚的、诈骗犯、造假钞的、买空卖空的。但几乎没有入室抢劫犯。没有谋杀犯。没有抢劫杀人犯。

如果一个东欧犹太人用犯罪手段来和这个社会斗争，那他就不用为了证件抗争了。那些东欧犹太犯罪分子大部分在家乡的时候就是罪犯。他来德国的时候要么是没有证件，要么用了假证件。他是不会去警察局登记的。

只有那些诚实的东欧犹太人才会去警察局登记，他们不仅是因为诚实，更多的是出于害怕。在普鲁士可比在奥地利难混多了。柏林的刑事警察有一个特性，就是喜欢事后到家里去检查。他们也会在街头检查证件。通货膨胀时期检查得格外频繁。

买卖旧衣服虽然没有被禁止，但是也绝不被姑息。如果没有经营执照，就不能来买我的旧裤子。他也不能出售。

尽管如此他还是买了。他也卖了。他就站在约阿希姆斯塔尔街或者约阿希姆斯塔尔街与库达姆大街拐角，装出一副无所事事的样子。他必须仔细观察路人，第一观察他们会不会有旧衣服要卖，第二再看看他们是否需要钱。

买来的衣服第二天再拿到旧衣服市场上去卖掉。

那些沿街叫卖者里也分个三六九等。里面有较富有的、较强壮的，那些弱小的商贩只能恭顺地仰视他们。这种小商贩越是富有，就越能挣钱。他是不会到街上去的。他不需要。我甚至都不知道应不应该称他为小商贩。因为他有一家出售旧衣服的店面，也有营业执照。即便他不是这张营业执照的主人，那也肯定是一个本地人，一位柏林市民，虽然他并不懂服装买卖，但是要拿分成的。

每天上午一群服装店主和小商贩就会聚集到旧衣服市场上去。小贩们会把前一天的收获带去，所有的旧上衣和其他衣服。春天卖得最好的是男式常礼服和运动套装。秋天最受欢迎的是男式大礼服、吸烟装和条纹裤子。如果有人秋天拿来的是男式常礼服和麻质西服套装，那就是不懂行情。

小商贩从行人那里只用可笑的几个小钱买来衣服，再多要一点儿少得可怜的钱，就卖给了店主。这些店主让人把衣服熨平，"修复"，弄平整。然后就挂在小店招牌前，在风中飘舞。

那些懂得如何出售旧衣服的人，很快就能出售新衣服。他会办一个杂志，而不是开一家店。他以后还会拥有一家百货商店。

在柏林，一个小商贩也能取得事业上的成功。他会比维也纳那些同阶层的人更快地融入当地生活。柏林能够削弱差距，磨灭个性。因此在柏林并没有出现大型的隔都。

在华沙桥和谷仓区附近出现了几条犹太人聚居的街道。在柏林的街道里，最有犹太人特点的就是悲伤的牧羊人街。

2

这世上再没有哪条街这么令人悲伤。牧羊人街上甚至连点儿残枝败柳都没有。

牧羊人街是柏林的一条街道，被东欧犹太人搞得柔和了一些，但是没有改变它。敞开的房子的走廊里也堆放着废品。也有收集来的、买入的废品。用于买卖的废品。旧报纸。刮烂的丝袜。单只的鞋底子。鞋带。围裙带儿。牧羊人街像任何一个郊区小镇一样无聊，却并没有小城街道的那种特点。一方面它很新，便宜，可是又像被过度使用了，变成了废品。一座百货大楼一样的街道。一座便宜的百货大楼。有几个黑乎乎的橱窗。犹太人的行李、羊角小面包、小面包、黑面包摆在这些橱窗里。一个小油壶、苍蝇纸、一团熔化的金属形成的滴珠。

另外还有教犹太法典的学校和祈祷室。街头能看到希伯来字母。写在墙上，看起来很陌生。在遮挡了一半的窗户后面能看到书脊。

在这条街上能看到犹太人胳膊下面夹着祈祷书。他们从祈祷室出来，朝着各自的店铺走去。还能见到生病的孩子，年老的妇人。

这里的犹太人一直都有强烈的愿望，想把这条无聊的，尽可能维持干净的街道变成一个犹太人的隔都。可是一直以来都是柏林更强大一些。这里的居民就像在打一场没有希望的战争。他们想扩张？柏林就往里再挤一挤。

3

我走进一家小酒馆。后面的房间里坐着几个客人，正在等着吃午餐。他们的头上戴着小帽子。女侍者站在厨房和餐厅中间。她丈夫就站在吧台后面。他留着一把红胡子。他很胆小。

他又怎么能不胆小呢？警察难道不会来这家店吗？不是已经来过几次了吗？这位店主还是伸出手跟我握了握。无论如何他还是欢迎我说："哦，客人来了！您很久都没过来了。"一个热情的问候什么时候都错不了。

大家在这里喝犹太人的民族饮料：蜂蜜酒。这就是允许他们把自己喝得迷迷糊糊的酒精饮料。他们热爱这种口感很浓厚的黑褐色酒，它是甜的，略微涩口，很有后劲儿。

4

有时，"所罗门的圣殿"也会到柏林来展览。这座圣殿是一位来自乌克兰别尔基科夫的弗罗曼先生按照《圣经》上详细的说明，用云杉、纸板和金颜料手工做的。肯定不会像所罗门国王那样使用西洋杉和真正的金子来建造圣殿。

弗罗曼声称，他花了七年的时间才打造出这样一座迷你的圣殿模型。我相信他。完全按照《圣经》的记载再造一座神庙，不仅需要付出时间，还得热爱这件事儿。

这座神庙的房间居然是有窗帘的，有前庭，有最为细小的塔尖，还有圣器。这座神庙就摆在一家酒馆后面房间的桌子上。房间里有一股犹太菜——肚子里塞了洋葱的鱼的味道。来的参观者寥寥可数。年老者都见过这座圣殿了，年轻人想去巴勒斯坦，不是为了去看神庙，而是为了去修建道路。

弗罗曼从一个隔都去往下一个，从一群犹太人这里到另外一群人那里，为了向他们展示这件艺术品，弗罗曼守护着唯一传统而伟大的建筑作品，圣殿是犹太人建造的，永远都不应该被忘却。我想，弗罗曼表达的这种渴望，也是整个犹太民族的渴望。我曾经看到过一位犹太老人站在这座迷你圣殿前。他就和那些在耶路撒冷的兄弟一样,他们站在被毁神殿唯一保留下来的圣墙前面,一边哭一边祈祷。

5

那家卡巴莱剧院是我无意中发现的,那是一个明亮的夜晚,我走过一条昏暗的街道,看着小小的祈祷室的橱窗,它们白天其实就是很普通的小商店,而早晨和夜晚时分就会变身为祈祷室。对于东欧犹太人而言,生意和天堂的距离就是这么近。他们举行礼拜仪式只需十位"成年人",而这里的"成年人"指的是拥有相同信仰,年龄超过十三岁的人,另外还要有一位领祷员,此人只需有一点儿方向感,能找到东方就行,因为那是锡安山的方向,也是太阳升起的地方。

在这一片地区一切都带着临时性:通过聚集在一起来代替圣殿,通过站在街道中间来代替做生意。就像当年摩西带领大家出埃及一样,这个传统延续了几千年。犹太人要学会随时应对变化,把最重要的东西带在身边,一边的口袋里装着一个面包和一个洋葱,另外一个口袋里装着祈祷巾。谁知道呢,没准儿下一个小时又要开始漂泊。就连这个剧院都是突然成立的。

我看到的这个卡巴莱剧院就是在一个又脏又旧的客栈后

院里。这是一个四四方方有灯光的院子。在墙上贴上布景，那是带有玻璃窗的过道和走廊，表现出不同的家庭私密氛围，有床、衬衣和桶。院子正中间长着一棵古老的椴树，长得乱糟糟的，象征着大自然。透过几扇亮灯的窗户可以看到一个充满仪式感的客栈厨房。煮开的锅冒着蒸汽，一个胖女人举着勺子，肥胖的胳膊露着一半。那女人的身体将窗户挡住了一半，而就在那几扇窗户外面摆着一个小舞台，直对着餐馆的过道。台子的前面就是乐队，由六名乐手组成，大家都传说他们是兄弟，来自别尔基科夫，是一位著名音乐家的儿子们。来自东欧的最年长的犹太人还记得这位音乐家，无论是在立陶宛、沃里尼亚还是加利西亚，大家都无法忘记他，因为他的小提琴技艺的确精湛。

　　马上就要登台表演的这个剧团取名叫"索罗金剧团"。团长姓索罗金，来自立陶宛的考纳斯，他还兼任导演和收银员，这位胖胖的先生胡子刮得很干净，已经在美国登台演唱过，还是领读祈祷文者和男高音歌手，在犹太教堂和歌剧院都是引人注目的角色。他到处被人捧着，姿态骄傲又谦卑，他既是团长又是剧团成员。观众坐在小小的桌子旁吃着面包，喝着啤酒，自己去餐厅拿来餐食饮料。他们聊着天，有人惊声尖叫，有人放声大笑。他们是小商人和家属，都不再是正统信徒，而是"经过启蒙的"，在东欧，大家都这么形容那些剃了须（哪怕只是每周一次）和身着欧洲服装的人。这部分犹太人之所以还遵循宗教习俗，更多是出于虔敬之心，而并非发自内心对宗教的渴望：他们只有在需要求助上帝的时候才会想起他老人家，而他们经常需要上帝，这也算是一件幸事吧。他们之中不乏愤世嫉俗者和迷信的人，不过所有人在某些特定的情景里都会变得多愁善感，他们那么容易被打动，这一点还真是令人感动呢。他们在与生意相关的事情上无论是彼此之间还是对陌生人都毫无顾忌，可是只需触动某一根隐藏的琴弦，就能让他们甘愿付出一切，变得善良又人道。他们甚至可能会感动到痛哭出声，尤其是在这样一个露天的剧场里。

　　这个剧团的成员有两名女性，三名男性。当我尝试着想描写他们在舞台上如何表演的时候，我不禁说不出话来。整个演出都是临时编排的。一开始上来一个瘦高个儿的男人，他的鼻子长得非常奇怪，与脸上的其他部分完全不和谐；这是一个骄傲的鼻子，显得咄咄逼人，同时又令人感动，有点儿可笑；这更像是一个斯拉夫人的鼻子，而没那么像犹太人的鼻子，鼻翼很宽，鼻尖却尖得出人意料。长着这么一个鼻子的男人扮演一个逗笑者，这是一种既傻乎乎又透着点儿聪明劲儿的搞笑角色。他唱了一些古老的歌曲，又通过加上一些奇怪的、荒诞的唱词来搞怪。然后那两个女人又唱了一首歌，一位男演员讲了一个沙勒姆·亚拉克姆的幽默故事。最后，索罗金剧团的团长又朗诵了现代的希伯来语和犹太语的诗歌，是在世的或者刚去世不久的犹太诗人们写的。他先是诵读希伯来语的诗歌，再读出犹太语的翻译。有时候他还会轻声地唱出两三段，就好像他在自己的房间里唱给自己听一样，四下里一片寂静。那些小商人睁大了眼睛，用手撑着下巴，安静得能听得到椴树叶被风吹动的声音。

我不知道您是否熟悉这些来自东欧犹太人的歌曲旋律，我试着让您想象一下这种音乐。我想，它最明显的特征就是同时具有俄罗斯和耶路撒冷的味道，是一种民歌和赞美诗的混合体。这种音乐既有教堂里的庄重，同时还有民歌的天真。如果单纯只是看歌词的话，觉得需要一种轻松愉快的音乐来搭配。如果是听别人唱，那真是一首痛苦的歌，"含泪微笑"那种。只要听过一次，接下来几周的时间里耳畔都会回荡着那首歌，歌词与旋律之间的反差是那么大，实际上这种歌词真的只能用这种旋律来唱。歌词是这样的："在绿色的大树下面，坐着莫施拉赫和施罗美拉赫，眼睛像燃烧的煤炭。"

他们不是像普通孩子那样在绿色的大树下嬉闹玩耍，而是坐在那里！如果歌词是"嬉闹玩耍"，那这首歌就真的像第一眼看上去那么轻快了。可是那些犹太小男孩，他们并没有嬉笑打闹。

我听到了那首古老的歌曲，就像是耶路撒冷这座城市在唱歌，唱得如此悲伤，它的痛苦像一阵风吹到了遥远的欧洲，朝着东边吹，穿过西班牙、德国、法国、荷兰，沿着犹太人充满苦难的逃亡之路。耶路撒冷唱道："来啊，来啊，回到耶路撒冷的家，回到你高贵的国家……"

所有的商人都听懂了这首歌。这些小人物不再喝啤酒，也不再吃香肠。他们被这种带着美丽哀伤的诗歌打动了，尽管某些诗句非常难懂，某些十分抽象，这是伟大的希伯来诗人比亚利克所写，他的作品几乎被翻译成了所有文化国家的语言，甚至可以说令这种古老的书面语复活了，终于变成了一种有生命力的语言。这位诗人的作品融合了古老预言家的愤怒和欢呼的孩子们那种甜美的声音。

巴　黎

1

东欧犹太人费了很多周折才来到巴黎。他们去布鲁塞尔和阿姆斯特丹会更容易一些。犹太珠宝商被迫留在了法语区，他们当中有几个破产了，有几个发财了。东欧犹太人对于一门完全陌生的语言有着超出常规的恐惧。德语几乎算得上是他们的母语。所以他们宁愿去德国，而不愿去法国。东欧犹太人很快就能听懂陌生的语言，可是他们的发音永远都带着口音。他说外语的时候总被人听出来是外国人。有一种健康的本能在提醒他们不要去拉丁语族国家。

可是健康的本能也会出错。东欧犹太人在巴黎的生活就像上帝在法兰西。在这里没有人阻拦他们做生意，甚至是建立隔都。在巴黎有几个犹太人聚居区，比如在蒙马特高地和巴士底狱附近都有。这都是巴黎最古老的城区。都是巴黎最古老的房子，因而房租也最便宜。犹太人不喜欢把钱浪费在"没有必要"的生活享受上面，除非他们已经特别富有。

仅从外部原因分析他们在巴黎的生活就比较轻松。人们从长相上无法区分犹太人和本地人。他们那种热情并不显眼。他们的笑话和法语的笑话大致相似。巴黎是一座真正的国际性大都会。维也纳曾经是。柏林将来会是。真正的国际性大都会总是客观的。它也像其他城市一样带有偏见，但是却没有时间来使用这些偏见。在维也纳的普拉特游乐场几乎听不到任何反犹主义的言论，尽管并非所有的访客都对犹太人很友好；尽管他们当中，他们身边也有来自最东边的东欧犹太人在闲逛。为什么呢？因为人们在普拉特都很开心。而在通向普拉特的塔宝街，反犹主义者就会发表一些反犹主义的言论，因为在塔宝街，人们过得不开心。

在柏林，人们也过得不开心。但是巴黎却充满了喜悦的气氛。在巴黎，只有那些过得不开心的人才会有一些反犹主义的情绪。他们是保皇派、社团分子和法兰西运动的参与者。所以我丝毫不会感到惊讶，为什么这些犹太人在巴黎待得乐不思蜀。他们太不像法国人了。他们过于充满激情，但又很欠缺那种嘲讽的劲儿。

巴黎是客观的，虽然客观性听起来更像是德国人所具有的一种美德。巴黎是民主的。德国人是奉行人道主义的。但是巴黎具有悠久的、强烈的、实践性的人道主义传统。只有在巴黎，东欧犹太人才能真正变成西欧人。他们变成了法国人，甚至还成了爱国主义者。

2

东欧犹太人为了得到"证件"，毕生都在进行艰苦的斗争。而在巴黎，情况会缓和一些。这里的警察都比较懒散，每个警察都是独特的个体，也更亲切一点儿，而德国警察完全是照章办事。多解释几遍，巴黎警察很容易就信了。在巴黎不用被打发回去四趟就能完成登记手续。

巴黎的东欧犹太人可以按照他们的意愿生活。他们可以将孩子送去纯粹的犹太学校，也可以去法语学校。东欧犹太人的孩子如果是在巴黎出生的，就可以获得法国国籍。法国需要人。似乎这个国家的任务就是保持较低的本国人口数量，不断需要更多的外国人，并将他们变成法国人。这既是它的强项也是它的弱项。

当然在非保皇派中也会出现法国式的反犹主义。但这些人并非百分百的反犹分子。东欧犹太人对更强烈、更粗鲁、更血腥的反犹主义早就习以为常，所以法国人里的这种反犹主义对他们而言简直是小菜一碟。

他们的确应该感到满足。他们享有宗教、文化和国家赋予的所有自由。他们可以公开说意第绪语，愿意说多少都行，说多大声也没人理。他们的法语哪怕说得再烂，也不用担心会招来怀疑。法国人的这种态度令犹太人愿意学习法语，他们的孩子甚至都不再说意第绪语，他们勉强还能听懂。我曾在巴黎犹太人聚居区的街道上听到过父母说意第绪语，而孩子说法语的对话，那可真有意思。父母用意第绪语提问，孩子用法语来回答。这些孩子很有天赋。如果上帝愿意，他们一定会在法国做出一番事业来。我觉得上帝是愿意的。

而在柏林牧羊人街上的犹太人小酒馆是令人悲伤的，凄冷而安静。巴黎犹太人开的旅店则是令人开心的，温暖而热闹。所有的旅店生意都很好。我曾经在维恩戈罗德先生开的饭馆吃过饭。他做的烤鹅味道棒极了。他还酿造了一种很好的烈酒。他很会逗客人们开心。他对太太说："请给我一下对账单，谢

谢。"他太太回答道："请您随意取用，非常感谢！"他们总是
快活地在意第绪语里夹杂着法语。

我曾问过维恩戈罗德先生："您是怎么来的巴黎？"他回答
说："先生，为什么不来巴黎呢？在俄罗斯我被人扔出来，在波
兰我被人关起来。去德国吧，人家不给我签证。我为什么不来
巴黎呢？"

维恩戈罗德先生是一个勇敢的男人，他失去了一条腿，装
了假肢，可是却整天都乐呵呵的。他在法国自愿去服兵役。很
多东欧犹太人都是出于感激之情，自愿加入了法国兵团。不过
这条腿并不是在打仗时丢的。他健健康康地回来了，好胳膊好
腿儿的。在他身上印证了命运多舛这句话。维恩戈罗德先生走
出饭店，想要横穿马路。这条街平时根本没有车，顶多一个星
期能有一辆。而恰恰就在他想过马路的时候，开过来一辆车。
把他撞倒在地。他就这样失去了一条腿。

3

我在巴黎去探访了一家犹太人开的剧场。衣帽间还可以
存放婴儿车。雨伞可以直接带进大厅里。包厢里坐着带婴儿来
的母亲。椅子之间的间距很宽，可以把座椅取出来。在靠边的
走道里，有些观众在走来走去。有些人站起来，有些人坐下
去。有人在吃橘子。橘子的汁水喷溅出来，四处飘着橘子的味

道。开放式的舞台上演员在表演，人们大声聊天，跟着演员一起唱，拍着手。年轻的犹太女性只会说法语。她们有着巴黎女性的优雅，打扮得很漂亮，看起来就像是来自马赛。她们对法语很有天赋。她们卖弄风情，又带着一股冷冷的劲儿。她们既轻浮又很客观。她们像巴黎女性一样忠诚。一个民族被同化，总是先从女性开始的。正在演出的这一场滑稽戏有三幕：第一幕是住在俄罗斯一个小村子里的犹太人一家想要移民。第二幕演的是他们获得了护照。第三幕里这一家人来到了纽约，发了财，穿得很浮夸。他们也决定忘记自己的故乡，来自故乡的旧友来到美国，他们也不理不睬。这出戏里有很多机会可以演唱美国乡村歌曲，还有古老的俄罗斯犹太人歌曲。当演员们唱起俄罗斯歌曲跳起舞，台上的演员和台下的观众哭成一片。如果只是一方在哭，那场面就有点儿可笑。可是他们都在哭，让人看着也觉痛苦。犹太人很容易被感动——这一点我早就知道。但是我却不知道，乡愁也会让他们感动落泪。舞台上的表演与观众之间的关系是一种很密切的，甚至是私人化的关系。对这个民族而言，当演员真是一件美好的事。导演走上台来，宣布接下来的节目更改。不是登载在报纸上，也不是贴广告。而是口头通知，口口相传。导演说："你们将会在星期三见到美国来的某位先生。"他的语气就像一位首领在对追随者训话。他说话很直接，而且很搞笑。他讲的笑话很容易懂。几乎可以提前预见到笑点。

4

　　我在法国的时候和一位来自拉季维利夫的艺术家谈过话，这是一个位于俄罗斯与奥地利边境上的古老的小镇。他是一位弹奏乐器的小丑，收入颇丰。他并不是天生的小丑，而是出于某种信仰才选择了这个职业。他出身于一个乐手家庭。他的曾祖父、祖父、父亲和兄弟们都是在犹太人婚礼上演奏的乐手。他是唯一离开故土的人，还到西欧的大学学习了音乐。一个富有的犹太人给了他经济上的资助。他上的是维也纳的一所音乐大学。他能作曲，还开了音乐会。"可是，一个犹太人该如何为这个世界谱写严肃音乐呢？在这个世界上我一直都觉得自己像一个小丑，即使有人以我为主题做过严肃的报告，即使那些经常上报纸的名流戴着眼镜坐在音乐会的第一排。难道我要弹贝多芬吗？还是应该弹奏约翰·佐恩呢？有一个晚上，当我坐在舞台上时，忍不住笑到浑身颤抖。我一个来自拉季维利夫的乐手要为大家表演什么呢？我是不是该回到拉季维利夫去，到犹太人的婚礼上去演奏音乐？可是我到了那里岂不是更可笑？

　　"就在那个夜晚我终于想明白了，我唯一能做的事情就是去一个马戏团，不是去当一个骑手或者走钢丝的人！这都不是犹太人该做的事情。我是一个小丑。自从我第一次在马戏团登台表演之后，我就明白了，我并没有荒废父辈们的传统，我成了一个他们希望成为的人。如果他们看到我一定会吓一跳。我演奏手风琴、口琴和萨克斯，一想到大家都猜不到我会演奏贝多芬，我就特别开心。我是一个来自拉季维利夫的犹太人。

"我喜欢法国。对于所有艺术家而言，这个世界的任何一个城市都是一样的。可是对我而言并非如此。我去每一个大城市里寻找来自拉季维利夫的犹太人。在每一个大城市里我都能遇到两三个。我们会交谈一番。在巴黎也生活着几个同乡。他们有来自拉季维利夫的，也有来自杜布诺的。如果不是来自杜布诺，那就是来自基希纽。他们在巴黎过得不错。可是并非所有的犹太人都为马戏团工作吧？如果他们不在马戏团工作，就必须和所有无所谓的陌生人友好相处，不能得罪任何人。我只需要被归入艺术家阵营就足够了。这会带来巨大的优势。犹太人在巴黎过得自由自在。我是一个爱国者，我有一颗犹太人的心。"

5

在马赛的大港口，每年都会有几个来自东欧的犹太人到达。他们在这里等着登船。或者他们的船刚刚靠岸。我们总有一个想要去的地方。可是他们没有盘缠了，被迫滞留在岸上。

他们拖着全部的行李来到邮局，拍一封电报，然后等着回复。可是这种电报往往不会很快收到答复，如果是要钱的电报，那肯定是不会有人理会的。一大家子人只得露宿街头。

有个别人就滞留在马赛了。他们就成了翻译。翻译也是一种犹太人特有的职业。但是并非大家想象中的那种翻译工作，将英语翻译成法语，或者从俄语翻译成法语，从德语翻译成法语之类的。这项工作的重点是即使陌生人一言不发，也能替他把心里话说出来。陌生人压根儿就不需要开口。天主教徒也许是真的在不同语言之间翻译。犹太人是靠猜的。

他们能挣到钱。他们会将这些陌生人带到生意兴隆的饭馆里去，也去农村。翻译也参与做生意。他们能挣到钱。他们来到港口，登上一艘船，去了南美洲。东欧犹太人想去美国实在是太难了。允许进入美国的犹太人数量早就已经超出限额。

6

有几个来自东欧的大学生去了意大利。意大利政府还算是做了件好事，给东欧的大学生发放奖学金。

很多东欧犹太人在帝国解体之后去了新成立的南斯拉夫。

东欧犹太人基本上都被匈牙利驱逐出来了。没有任何一个匈牙利犹太人敢收留他们。尽管有霍尔蒂·米克洛什，匈牙利犹太人中的大多数都是马扎尔人。也有匈牙利国籍的拉比。

7

东欧犹太人还能去哪儿呢？

他们是不会去西班牙的。自从犹太人被迫离开了这个国家，拉比们就发话了，如果去西班牙就会被革出教门。就连那些不太虔诚的人，那些"启蒙了的犹太人"，也不敢贸然前往西班牙。直到今年这条绝罚①才被解除。

我听见几个东欧犹太人大学生说，他们想去西班牙。他们抱怨说波兰大学有入学名额限制，维也纳的大学除了名额限制，那里的人说话都有口音，而德国的大学生们只知道喝啤酒，所以他们想另辟蹊径。

8

情况可能还会持续几年。之后东欧犹太人也会去西班牙。人们在东欧讲述的那些传说，都和犹太人久居西班牙有关。有些时候这就像是一种默默的思念，对这个国家还有一种被刻意压制的思乡之情，会让人想起最古老的家乡巴勒斯坦。

你可能想象不出比东欧犹太人和西班牙犹太人更强烈的对比。普遍来说，西班牙犹太人都看不起阿什肯纳兹犹太人，尤

---

　　① 相当于一种出于宗教原因的禁令，在某个历史阶段，凡信仰犹太教的人都不被允许前往西班牙。——译者注

其是东欧犹太人。西班牙犹太人因为自己古老的贵族血统而十分骄傲。西班牙犹太人与阿什肯纳兹犹太人很少通婚，而西班牙犹太人和东欧犹太人根本就不会联姻。

9

有一则古老的传说，曾经有两个东欧犹太人四处募集修建一座犹太教堂的钱。他们徒步穿越德国。他们来到了莱茵河畔，走去法国，来到了法国蒙彼利埃一个古老的犹太人社区。从这里开始他们朝着东方走，两人没有地图，也不认路，就走丢了。在一个漆黑的夜里，他们来到了极其危险的西班牙，要不是一座修道院虔诚的僧侣们收留他们，两人一定就被杀了。僧侣们邀请他俩参加一场辩论会，发现他们是饱学之士，于是十分高兴，将两人安全地护送过边境，还送给他们一块狗头金让他们盖教堂。分手的时候让他们发誓一定要真地将黄金用于修建教堂。

犹太人于是做出了承诺。但是风俗（即便没有法律规定）却不允许他们将属于修道院的黄金用于修建圣殿，即便这是一个对犹太人友好的修道院。他们思考良久，终于想出一个办法，让人将狗头金打成一个金球，镶嵌在教堂的顶部，作为一种象征。

这个金球现在仍然在教堂的顶部闪闪发光。这是唯一一件将东欧犹太人与他们古老的西班牙故乡联系在一起的物件。

这个故事是一位犹太老人讲给我听的。他是一位职业抄经人，吹羊角号的人，一位虔诚、智慧而贫穷的男人。他反对犹太复国主义运动。

他说："现在将会解除对西班牙的绝罚。我绝不会反对自己的孙子去西班牙。那里的犹太人日子不见得一直很差。西班牙也有虔诚的人，只要是虔诚的天主教徒生活的地方，也适合犹太人生活。对上帝的敬畏总是比所谓的现代人道主义更加安全。"

这位老人，他并不知道其实人道主义并不现代。他只是个可怜的抄经人。

一个犹太人去美国

1

尽管来自东欧的移民数量多次超过规定的限额，尽管美国领事馆要求提供的证件比任何一个国家的领事馆都要多，还是有很多东欧犹太人移民去美国。美国很遥远。美国意味着自由。美国有不少移民。

在东欧几乎每一家人里都有一个堂兄弟，或者一个叔叔生活在美国。二十年前就开始有人移民去美国。他是想逃避兵役。或者他兵役检查合格之后就叛逃了。

如果东欧犹太人不那么提心吊胆，他们完全有理由吹嘘自己是全世界最仇恨军队的民族。很长时间以来，他们的祖国——匈牙利和奥地利都没有强迫他们去服兵役。直到犹太人获得同等公民权之后，他们才需要服兵役。这其实不算是一种平等对待，而是平等责任。如果说此前犹太人不得不忍受政府部门的刁难，那么现在他们额外还要被军事管理部门刁难。犹太人背上了不愿意服兵役的骂名，他们倒是还挺高兴。当宣布犹太人终于无比荣幸地可以为国参战、操练并捐躯时，他们十分悲伤。一个小伙子快要长到二十岁了，他身体健康，估计自己会被征召入伍，于是就逃到美国去了。而那些没有钱的人则会自残。战前那几十年的时间里，自残行为在东欧犹太人当中十分普遍。对士兵生活的巨大恐惧会让他们痛下决心，剁掉自己的一根手指，或者把双脚的跟腱挑断，或者往眼睛里撒毒药。于是他们就成了英雄般的残疾人，眼睛瞎了，某个部位瘫痪了，或者蜷曲着，他们宁愿去忍受大半辈子最为丑陋的苦痛，也不愿意入伍。他们不愿被卷入战争，战死沙场。他们的理智总是保持清醒，而且还在暗中算计。他们那清醒的理智是这么计算的，宁可残疾地活着，也好过健康地死去。他们的虔诚也支持这种想法。为了一个皇帝或者沙皇去战死，不仅是愚蠢的，而且也是一种罪恶，是一种违背妥拉和十诫的生活。就像吃猪肉一样的那种罪恶。或者在安息日携带武器。去操练。然后面对一个无辜的陌生人举起手，或者更可怕的是举起手中的剑。东欧犹太人是具有英雄般勇气的和平主义者。他们宁愿为了和平主义而自己受罪。他们心甘情愿变成残疾人。还没有任何人为这些犹太人写过一首英雄赞歌。

"委员会的人来啦！"大家都怕听到这样的呼喊。这里指的是军医体检委员会，他们会前往所有的小城，去选拔士兵。几周之前就开始有人饱受折磨。那些年轻的犹太人折磨自己的身体，好让自己变得虚弱，最好是能把心脏折腾出一些毛病。他们不睡觉，拼命抽烟，到处乱逛，去跑步，为了达到虔诚的目标放浪形骸。

但无论如何他们都要去贿赂一下军医。这事儿要找中间人，他们曾是一些职位比较高的官员，自己也曾当过军医，因为一些见不得人的勾当被迫辞去了职务。有大量的军医变得十分富有，于是就离开军队，自己去开一个私人诊所，而这只是一个幌子而已，其实诊所的很大一部分工作就是为贿赂充当中间人。

那些有点儿钱的人就会考虑，是去贿赂呢还是逃到美国去。最勇敢的人都去了美国。他们永远都不能再回故乡了。想到家庭他们心情沉重，而想到祖国他们心情轻松。

他们去了美国。

2

这些人就是东欧犹太人富有传奇色彩的堂兄们。曾经的逃兵在那边发了财，至少也算得上是富裕的商人。古老的犹太人的上帝在保佑他们，对他们反抗兵役予以奖赏。

这样的一位美国堂兄就是每个东欧犹太家庭最后的希望。这位堂兄很久都没写信来了。人们只知道他已经结婚生子。墙上挂着一张老旧发黄的照片。那是二十年前寄到的，还随信附了十美元。之后就再也没有听到过他的消息了。可是这个在杜布诺的家庭深信可以在纽约或者芝加哥找到他。当然他现在肯定改名换姓，不再使用以前在家乡时的名字了，因为一听就是犹太人。他说英语，他成了美国公民，他穿着挺括的西装，宽腿的裤子，上衣里有很宽的垫肩。可是亲戚们肯定还能认出他来。他不见得愿意见到这样的访客。可是他肯定不会将亲戚们扫地出门吧。

而正当他们思前想后的时候，有一天邮递员送来了厚厚的一封挂号信。信里包括美元、询问、愿望和问候，还承诺"很快就会寄来一张船票"。

从这一刻起，似乎这个犹太人就已经"去美国了"。季节交替，岁月流转，一年转瞬即逝，尽管一直没有等到那张船票，可是他却"去美国了"。全城人都知道，临近的村庄也全都听说了，甚至是相邻的小城。

如果来了一个陌生人，问道："约书卡·迈尔在干什么？"当地人一定会回答："他去美国了。"尽管这个约书卡·迈尔无论是今天、昨天，还是前天、大前天都还在忙他的生意，而且表面上看他的家里也没有任何变化。

实际上很多事情都改变了。他在自我调整，为去美国做好心理上的准备。他已经想好了要带什么东西去，保留哪些，什么东西不要了，将要卖掉哪些。他心里也清楚自己名下的这四分之一栋房产要怎么办。其余的四分之三房产本来属于三位亲戚。他们有的死了，有的早已移民。那四分之三的房子现在属于一个陌生人。完全可以把这最后的四分之一也转让给他。就是恐怕他给不了多少钱。可是除他之外，这个世界上谁会愿意买四分之一栋楼呢？即便这座房子"没有抵押"了，购入也是让自己背了很多债务。要过一段时间才能办妥这件事。那时就会有现金或者汇票，汇票大概和现金一样好用。

这个想去美国的犹太人并不会因此而提前学习英语。他已经清楚地知道自己该如何在一个陌生的国度谋生。他会说意第绪语，这可是在世界上分布最广的语言，不是因为说意第绪语的人的绝对数量最大，而是从地理分布上而言最为广泛。他肯定能跟人沟通的。他不需要懂英语。三十年来一直住在纽约犹太人聚居区的那些本地犹太人也一直还说意第绪语，他们甚至听不懂自己的孙辈在说什么。

也就是说这个陌生国度的语言他已经掌握了。这就是他的母语。钱他也有了。他缺的就是勇气。

他不害怕美国，他怕的是大海。他习惯了在广阔的土地上漂泊，可是不习惯出海。从前，当他的先祖们想要穿越一片海洋的时候，奇迹出现了，水向两边分开。可是如果他要穿越这一片海洋离开故土，那就意味着永远的分离。东欧犹太人都害怕坐船。他不敢坐船。几百年以来，东欧犹太人都生活在内陆。他不害怕大草原和广阔无垠的大地。他害怕海上彻底失去方向感的感觉。他习惯了每天三次面朝东方祈祷。这不仅仅是一条宗教规定。这是一种发自内心的紧迫感，一定要知道自己身处何方。只有准确知道自己的地理方位，才能最好地找到前方的路，才能最好地认出上帝指示的道路。能大概知道巴勒斯坦的方向。

可是在海上就完全不知道上帝住在哪里了。也认不出来哪边才是东方。找不到在这个世界上的位置。人是不自由的。人会受到船只航线的限制。东欧犹太人的血液里有一种随时准备逃离的潜意识，在船上他们感觉很不自由。要是出了事，他们该往哪里逃呢？几千年来他们都在不停地自救。几千年来总是不断地发生一些性命攸关的事情。几千年来他们在不停地逃跑。会发生什么事儿呢？谁知道呀？在一艘船上就不会发生屠杀犹太人的事儿吗？那时候该往哪里逃呢？

　　如果一艘船上有个乘客突然死了，该把尸体埋在哪里呢？会直接把尸体丢进海里。关于弥赛亚降临的古老传说里详细描写了亡者的复活。埋葬在陌生土地里的犹太人都会在地底下滚动向前，直到他们抵达巴勒斯坦。而那些本来就埋葬在巴勒斯坦的犹太人就有福了。他们省去了这种漫长而费力的旅途，这种几千公里长、不停的翻滚。可那些被扔进水里的亡者也会复活吗？水底下有陆地吗？那下面生活着哪些奇怪的物种呢？犹太人不允许尸体被解剖，必须是完整的尸体才能完成"尘归尘，土归土"的转换。难道鲨鱼不会吃掉那些被抛入水中的尸体吗？

　　再说那张承诺的船票一直都没寄过来。它肯定会来的。可是仅有一张船票是不够的。必须得有入境许可。没有证件是得不到的。证件又该从哪里搞呢？

　　那么现在开始打响这最后一战，也是最令人崩溃的战役吧，对手就是证件，同时也是为了得到证件。如果这场战争能赢，就啥都不缺了。等到了美国立即就会换一个新名字和一个新证件。

犹太人对自己的名字毫无虔敬之心，这一点儿也不令人惊讶。他们会用一种令人诧异的轻率态度换掉自己的姓名，这可是祖辈传下来的名字呀，这些名字的发音之于欧洲人的感觉而言总归还是带有某种情感含意的。

而对犹太人而言之所以这个名字没什么价值，就是因为它根本就不是他的名字。犹太人，尤其是东欧犹太人，没有名字。他们被迫使用化名。他们真正的名字是在安息日和其他节日时用来呼唤他们诵读妥拉经卷的，那是一个犹太式的名，还有他父亲的名。而他们的姓氏，无论是戈尔登贝格还是赫希勒斯，都是被迫接受的。政府命令犹太人，必须接受一个姓氏。这还是他们本来的姓名吗？如果一个人被迫接受一个姓氏，而他的名则被转写为一个欧洲人通用的"诺伯特"，那么这个"诺伯特"岂不是就像一件衣服，这不就是个假名吗？难道它比"米米克里"这样的名字更像样？难道变色龙该对自己不断改变的肤色有某种虔诚吗？犹太人到了美国可能会用"格林布姆"这种英文拼写来代替"格林鲍姆"这种典型的意第绪语拼写。他不会因为更改了几个元音字母而感到伤心。

3

可惜他还没到美国，不能随心所欲地叫一个自己喜欢的名字。他还在波兰，或者立陶宛。他还得想方设法搞到证明自己姓名、存在和身份的证件。

　　他又得踏上先祖们曾经走过的流浪之旅，这条路一样看不到尽头，令人迷惘，没有目标，各种细节让人心酸又可笑。他们被人像皮球一样踢来踢去，遇到的都是紧锁的房门。其实所有政府的大门对他们而言都是紧锁的。只是到了长官秘书那里，还会叫人把他们都关起来。要说有人在这种踢皮球的游戏中还感受到了一丝快乐的话，那一定就是长官秘书们。

　　不是可以贿赂他们吗？要是行贿这件事这么简单就好了！谁知道行贿会不会惹来一场大官司，然后把人关进监狱啊？人们只知道，所有的官员都会接受贿赂。是啊，其实所有人都会接受贿赂。受贿是人类天性中的一种美德。但是我们却永远无法得知，某个人是否会接受我们的贿赂，还有什么时候才是最合适的时机。我们无从得知，会不会有一个官员，他之前接受了十次的贿赂，可是偏偏在第十一次的时候他提起了控告，只是为了证明他之前的十次并没有拿钱，然后再继续接受一百次的贿赂。

　　幸运的是，这世上总有那么一群人，他们清楚地了解这些官员的灵魂，而且还以此为生。这些老油条也是犹太人。可是这样的人毕竟少而又少，他们零散地分布在每一座城市里，他们有本事在与官员们喝酒时操着那些官员的家乡话，所以这些

犹太人自己也差不多算得上是官员，要想通过他们去行贿，得
先贿赂他们才行。

可是即便完成了贿赂这一步，还是省不了后面的羞辱和无
谓的跑腿儿。犹太人必须得忍受羞辱和无谓的跑腿儿。

然后就能拿到证件了。

4

等所有手续都办完了，美国关闭了国境，说今年移民的东
欧犹太人已经太多了，于是只得干瞪眼，再等下一年。

之后终于坐着火车四等座前往汉堡，路上就需要六天。之
后还要两周的时间等船。终于能上船了。当所有的乘客挥动着
手帕，快要哭出来的时候，这个犹太移民终于在他的一生中第
一次觉得开心。他心里害怕，但是又相信上帝会保佑他。他要
去的这个国家，矗立着一尊巨大的自由女神像，欢迎所有刚刚
到达的人。这尊巨大的雕像总该能有几分符合现实吧。

这一自由的象征的确有几分符合现实。但原因并非是那边
将所有人的自由当回事儿，而是因为这片土地上还有比犹太人
更犹太人的人——黑人。在那里一个犹太人当然是一个犹太人。
但是首先他是一个白人。他所属的人种第一次给他带来了一些
好处。

这个东欧犹太人乘坐的是三等舱，也就是甲板下的低级客

舱。乘船旅行比他想象中的情况要好一些，但是上岸却比想象的更难。

在欧洲港口的那些身体检查就够烦人的了。现在他面临着一场更为严格的检查。而且证件上也有不合格的地方。

虽然是费了很大力气才搞到的真实证件。可是看起来就是哪里有些不对劲儿。

还有可能在船上的时候，有个虫子爬进了这个犹太人的衬衣里。

一切皆有可能。

于是这个犹太人就被关了起来，这就是所谓的隔离或者类似的措施。

高高的栏杆保护着美国不会被他传染。

透过监房的栏杆他看到了自由女神像，他不知道，被关起来的是他还是自由。

他有充分的时间来思考到了纽约之后会怎么样。他几乎都不敢想象。

不过生活一定会是这样：他会住在一栋十二层的高楼里，挤在中国人、匈牙利人和其他犹太人之间，他还是做登门推销的工作，还是害怕警察，还是会遭到羞辱。他的孩子们也许会成为美国人，也许是著名的美国人，富裕的美国人，成为垄断了某一种材料的大亨。这个犹太人在隔离间的铁窗后做着这样的梦。

在苏俄的犹太人的状况

在古老的俄罗斯，犹太人也曾经是一种"少数民族"，不过是一种遭到虐待的少数民族。通过蔑视、剥削和大规模屠杀将犹太人视为一个独立的民族。当地人不愿意去同化犹太人，甚至不屑于强奸他们，而只是努力将犹太人与其他人隔绝开来。用来对付他们的那些手段看起来就像是要将他们彻底根除。

在西欧国家，反犹主义也许是一种原始的抵抗本能。在基督教统治的中世纪，这是一种宗教上的狂热主义。而在俄国，反犹主义是一种统治工具。普通的农民并非反犹主义者。犹太人对他们而言并非朋友，只是陌生人而已。俄罗斯有足够大的空间来接纳那么多的陌生人，对犹太人而言也是自由的。稍微接受过一点儿教育的人和市民阶层都是反犹分子，因为贵族们反犹。而贵族们之所以会这样，是因为皇室这样。皇室会这样，是因为沙皇反犹，而沙皇觉得表现出害怕自己的"臣民"不太好，所以他伪装出一副只害怕犹太人的样子。于是就给犹太人硬加上一些让所有阶层的人都感到危险的特性：对于普通的民众而言，犹太人是杀人祭神者；对于小有资产的人来说，他们是财产的破坏者；对职位较高的官员而言，他们是粗俗的骗子；对贵族来说也是危险的，因为他们是聪明的奴隶；而对于那些小官员，同时也是各阶层的小首脑而言，犹太人是上述的一切：人祭、杂货商、革命者和暴徒。

在西欧国家，十八世纪开始了对犹太人的解放。在俄罗斯，官方的、合法的反犹主义始于十九世纪八十年代。1881 至 1882 年间，普雷瓦，后来的部长，在俄罗斯南部组织了最初的几场针对犹太人的大屠杀。他们想要震慑那些具有革命精神的年轻犹太人。

可是那些被雇佣的暴徒，不愿意为暗杀行动报仇，而只是想打人。他们冲进富有的保守犹太人家里，这些人根本就不是本来要针对的目标。因此就演变成了所谓的"静默屠杀"，制造了著名的"迁居区"，将大城市里的犹太裔手工业者赶到那里去，在犹太人学校里确定一定比例需要离开的人（每一百人出三个），而且压迫在大学里的犹太裔知识分子。可是同时有一个犹太人的百万富翁和铁路企业家波拉科夫是沙皇的好朋友，必须允许他公司的职员继续留在大城市，于是几千名俄罗斯犹太人突然变成了波拉科夫手下的"职员"。当时有很多类似的应对办法。犹太人的狡猾劲儿和官员的爱受贿不分伯仲。于是在二十世纪初的那几年又演变成公开屠杀犹太人，造成了大大小小很多起针对杀人祭神的诉讼事件……

现在的苏俄成了欧洲唯一一个对反犹主义嗤之以鼻的国

家，即便反犹主义并未停止。犹太人成为完全自由的公民，尽管他们的自由并不意味着犹太问题就得到了解决。作为个人他们不用再为仇恨和迫害而担心。作为一个整体他们享有任何一个"少数民族"拥有的所有权利。在犹太人的历史上从来没有这么突然和彻底的解放。

　　生活在俄国的两百七十五万犹太人当中，三十万是有组织的工人和职员，十三万农民，七十万手工业者和自由职业者。剩下的部分由以下人员构成：资本家和被视为"不具生产能力的要素"的"赤贫分子"，小商贩、中介、代理人、推销员，他们被视为非生产型要素，不过却属于无产阶级。针对犹太人的"殖民化"正在大力推进——部分用到了美国的钱，在大革命之前这些钱基本都用来进行巴勒斯坦的殖民化了。在乌克兰有很多犹太人生活的殖民地，位于敖德萨、赫尔松的郊区，在克里米亚。大革命之后有六千个犹太家庭被迫从事农业生产。总体上一共给这些犹太农民分配了 102000 公顷的土地。同时，还对犹太人实行"工业化"，意思是尝试着将那些"非生产型要素"安置在工厂里当工人，成立了大约三十所犹太人"职业技术学校"对犹太人进行职业技术工人的教育。

　　在所有犹太人聚居区都有用意第绪语开设的课程，仅在乌克兰的意第绪语学校就有三十五万名经常上课的学生，在白俄罗斯大约为九万。在乌克兰有三十三家法庭可以用意第绪语进行审讯，在战争法庭也有说意第绪语的庭长，还有犹太人的军事（警察）协会。有三家意第绪语发行的大报，三种每周出版的期刊，五种月刊，还有几个用意第绪语演出的国家剧院，在大学里，本国的犹太人也占到了很大的份额，在共产党里也一样。一共有六十万名共青团员。

从这些数据上就能看出苏俄想尽办法来解决犹太人问题：他们坚信这种理论的无比正确性，带着一种毫无顾虑、不加区别，但是高贵又纯粹的理想主义。这条理论是怎么规定的？——民族自治！但是想要彻底地使用这种方法，必须先把犹太人变成一种真正的"少数民族"，例如那些格鲁吉亚人、德国人和白俄罗斯人。必须要改变犹太大众的非自然社会结构，这个民族与世界上其他民族相比，拥有数量最多的乞丐、混在美国"领养老金的人"、食客乞丐和赤贫分子，要把这样一个民族改造成和大家差不多的样子。因为这样的一个民族生活在一个社会主义国家，所以必须要摒弃那些小市民的元素和"非生产型要素"，让他们成为无产阶级。最终不得不划定一个封闭的区域供他们生活。

这样一个大胆的尝试，当然不可能在几年内就能完成。由于这种慷慨大方，贫穷犹太人的困境一开始得到了一些缓解。可是尽管让很多人都迁入新开辟的区域生活，那些老的隔都还是人满为患。我认为，犹太人里的无产阶级比其他民族的无产阶级都生活得差。最令我伤心的经历就是去拜访敖德萨的犹太人聚居区摩尔德万卡。那天浓雾笼罩，就像命运，那是个不祥之夜，初升的月亮就像是一个嘲讽。这里的乞丐就像一般城市里那样随处可见，简直是别处的三倍还多，因为这是乞丐们的家乡。每一栋房屋都开有五六七家极小的店铺。每一家店里都还住着人。窗户还当门用，前面就是操作台，后面是床，床上方吊着几个篮子，里面住着孩子——就像被不幸的命运来回摇晃着。高个子的、四肢粗壮的男人们回到了家里：他们都是港口上的犹太人搬运工。跟那些瘦小、虚弱、神经质、面色苍白的同类相比，他们简直像来自另外一个粗俗、野蛮的种族，就像是误入了古代的闪米特人。所有的手工业者都要工作到深夜。所有的窗户里都亮着一盏忽明忽暗的小灯，像在哭泣。这些灯真奇怪，它们无法散播光明，而是某种带着明亮内核的黑暗。它们和被赐福的火光没有任何亲缘关系，只是黑暗的灵魂……

　　这场革命压根儿没有提出那个古老的、同时也是最重要的问题：犹太人是否是和其他民族一样的一个民族？他们是少了一点儿特性还是多了一点儿？他们究竟是一个宗教群体、一个宗族群体还是只是一个精神上的团体呢？这个民族在过去的几千年里只是因为宗教和特殊地位才得以在欧洲延续下来，是否可以撇开他们的宗教而只是将他们作为一个民族，在这个特别的情况下是否有可能将宗教与民族性分开？是否有可能将有重视精神生活传统的犹太人变成农民，是否能将具有独特个性的个体变成具有大众心理的个体？

我曾见过犹太农民：当然他们看上去已经和住在隔都里的犹太人大不相同。他们已经变成了乡下人，但是又和其他农民有很大的区别。俄罗斯农民首先是农民，然后才是俄罗斯人；而犹太农民首先是犹太人，然后才是农民。我知道这种表述会让每一个"思维正常"的人立即嘲讽地反问："您是从哪儿知道的？"——我是看出来的。我看到犹太人不是白白挺过了四千年的磨难，只有犹太人能做到。犹太人有这样古老的命运，一种古老的、同时又有着丰富经验的血脉。他们是善于思索的人。这个民族两千年来没有出现过一个文盲，跟他们说话你能听得出来。也许他们是世界上唯一的一个民族，不仅出版的杂志比报纸还多，而且杂志的发行量远超报纸的发行量。当身边其他农民刚开始费劲巴拉地学习写字和读书的时候，犹太农民在犁铧后面，大脑里思考的是相对论。对于这种有着复杂大脑的农民，适合于他们的农具还没有发明出来。一种未开化的工具需要的是未开化的大脑。与犹太人那种辩证的理解力相比较，拖拉机也只是一种很简单的工具而已。犹太人的殖民地也许会很好地保留下来，干净有序，收成良好。

（目前的收成还不太行。）可这里始终是"殖民地"。它们变不成村庄。

我知道所有异议当中最简单的那一个：犹太手工艺人用的锥子、刨子、锤子也并不比犁复杂多少啊。可是他们的工作本身是一种极具创造性的手艺。面包产生的过程中富有创造力的工序是大自然赋予的。可是要做出一双靴子来就得依靠人力了。

我也能想象得出其他的异议：不是有很多犹太人在工厂里当工人吗？但是第一，他们当中大部分都是经过专业培训的技术工人；第二，他们在机械性的手工劳作之外会通过精神上的业余活动来填补饥饿的大脑，通过自己琢磨的艺术创作，或者是更加活跃的政治活动、勤奋的阅读，参与报纸的出版工作；第三，恰恰是在俄罗斯能够观察到一个现象，就是犹太工人离开了工厂，虽然数量不多，但是时有发生。他们成了手工艺者，即便谈不上是成了企业家，但起码自立门户了。

一个小小的犹太"婚姻介绍者"，他能变成一个农民吗？他的工作不仅是不具有生产能力的，在某种意义上甚至还是不道德的。他过得很糟糕，收入很低，更多的时候就像是在乞讨，而算不上真正的工作。可是为了能撮合"一局"，让一个吝啬而富有的同伴变成一个乐善好施的人，他的大脑却做出了复杂、艰难的工作，虽然也是理应受到谴责的工作。现在让这样的一个大脑去面对死一般的宁静，它会怎么样呢？

犹太人的"生产力"永远都不是那种粗浅一眼就能发现的。经过二十代喜欢苦思冥想而没有生产力的人的积累，才造就了唯一的斯宾诺莎①。需要十代拉比和小商人，才能产生一个门德尔松；如果三十代几乎靠乞讨为生的婚礼乐手拉小提琴，才能诞生出一个有高超技巧的著名乐手，那我愿意以这种"没有生产力"作为代价。如果强逼着马克思和拉萨尔的先辈们去务农，估计这两位也就不会出现了。

如果将苏俄的犹太教堂转变为工人俱乐部，禁止开设塔木德学校，因为它们是宗教性的结构，那么首先得搞清楚一点：对于东欧犹太人而言到底什么是科学，什么是宗教，什么是民族性。在他们看来，科学就是宗教，而宗教就是民族性。他们的拉比培养了一批学者，他们的祈祷就是一种民族性的表达。现在生活在俄罗斯被作为"少数民族"获得了权利和自由，得到了土地和工作的犹太人完全是另外一个犹太民族。他们有古老的头脑和新的双手，身上流淌着古老的血液，却学会了一种比较而言新的书面语言。他们用古老的物资过着新的生活方式。具有古老的才能和新的民族文化。犹太复国主义希望在保

---

① 犹太人哲学家。——译者注

留传统的同时做出新时代的让步。可是俄罗斯本土的犹太人不再往回看，它们不想保留古老的希伯来人的遗产，而只想做他们的后代。

当然，他们突然获得的自由在这里或者那里都引发了一种静默而强烈的反犹主义。如果一个失业的俄罗斯人看到一个犹太人被一家工厂雇用了，为了完成"工业化"；如果一个被剥夺了田产的农民听说要给犹太人建殖民地，这两人的心中无疑会生出一种古老的、仇恨的、被人为点燃的本能。不过当反犹主义在西欧成为一门"学科"，杀戮的渴望成为一种政治"倾向"，那么在新的俄罗斯，反犹主义将会继续被视为一种耻辱。公众的羞耻心会将它扼杀。

如果俄罗斯的犹太人问题得到了解决，那么等于所有国家的犹太人问题都解决了一半。（几乎没有从俄罗斯出来的犹太移民，更多的是迁入俄罗斯的犹太移民。）大众的信仰以极快的速度崩塌，以前更为强大的宗教障碍已经去除，弱小得多的民族界限无法取代它。如果这种发展趋势继续下去，犹太复国主义的时代就会逝去，那么反犹主义的时代，也许还有犹太人的时代也终将会逝去。人们会对某种思潮的到来表示欢迎，也会对某种思潮的消失表示遗憾。但是，每个人都要满怀尊重地看着，一个民族如何从耻辱中被解放出来，一个另外的民族滥用这种耻辱。我们也看着一个被打的人从痛苦中解脱出来，而打人者被诅咒，这比一种痛苦还要糟糕。这是俄国大革命谱写的伟大篇章。

跋

虽然我极不情愿，但是却有责任提醒各位尊敬的读者，在最后一个章节里我所描写的苏俄犹太人的状况，应该已经发生了改变。我没有相关的数据做支撑。前面给出的那些数据是我在俄罗斯调研过程中获得的。如果我想以最好的愿望和发自良心想要给出证据的话，我就不能使用那些或许能从莫斯科获得的数据，因为它们是不可信的，带有某种倾向性。但是有一点我是肯定的，那就是苏俄对待犹太人的原则性态度没变。这个原则才是最重要的，而不是那些数据。

也许应该在此处提到过去这几年中最可怕的事件，与我前面所说的那个逐出教门的禁令有关。就是自从犹太人被驱逐出西班牙之后，拉比们就提出了这项教规，针对的是西班牙内战。可能很少有读者知道这样一条传闻，说是这几年要取消这一条无理要求，这条绝罚。当然我不敢擅自揣测形而上学与这个残酷现实之间有没有明确的关系。但是我认为自己有责任指出这一个现在还让人惊讶的事实。

　　我并非想要做出以下表述：只要这条绝罚一取消，西班牙就会开始一场史上未有的巨大灾难。我只是想指出这两件事情几乎是同时发生的，这就绝不仅是用奇怪这个词就能形容的了。还有提醒大家注意先祖们说过的这句话："主的审判随时发生，无论是在地上还是在天庭。"

　　有时可能会经过几百年的时间——但是审判不会缺席。

1937 年 6 月

约瑟夫·罗特

计划中新版的前言

1

现在要呈现给读者的这本书是我很多年前写的，那时西欧的犹太人问题还不像现在那么突出。当时我的初衷仅仅是给非犹太人和西欧的犹太人解释一下东欧犹太人的不幸，特别是在一个具有无限可能的国度，我指的并不是美国，而是德国。当然那里（和其他地方一样）也有一种潜伏的反犹主义在蠢蠢欲动。有人努力发明一些概念，让大家不要意识到反犹主义，或者忽视它的存在。很多西欧犹太人，甚至是他们当中的大部分已经失去了父辈们的信仰，或者这些信仰被注了水，他们用一种对进步的迷信来掩饰信仰的丧失。尽管各种反犹主义危险的迹象已经出现，可是生活在德国的犹太人还是感觉自己是享有平等权利的德国人，在一些重大节日才感到自己是犹太裔的德国人。他们当中有些人居然还以为那些带有反犹主义本能的表述是因为不断拥入的东欧犹太人引发的。这是一个经常被忽视的事实，就连犹太人也可能会有反犹主义的本能。如果一个陌生人来自波兰的洛次，他们不愿意由此想起自己那同样来自波森或者卡托维兹的祖父。一个小市民正准备攀爬一个陡峭的梯子以便到达大资产阶级的平台，那里有自由的空气和开阔的视野，他觉得自己的地位受到了威胁，因而有了这样一种虽然卑鄙，但是可以理解的态度。要是看到来自洛次的堂兄弟，他很可能会因为失去平衡而从梯子上摔下去。

他努力攀爬的这个平台上的贵族、天主教的企业家以及犹太教的投资人在一些特定的情况下会倾向于假装大家都是平等的，他们刻意强调这种平等性，每个敏感一点儿的人都能听出来，他们其实是在强调彼此之间的不同，因此这个德国犹太人会飞快地扔给自己的教友一点儿施舍，免得他们耽误了自己往上爬。扔给陌生人一点儿施舍是待客之道中最该骂的一种方式，但无论如何也勉强属于待客之道。还有一些德国犹太人——他们当中最有代表性的那个现在就在集中营里忏悔呢——不仅错误地以为，要是没有这些东欧犹太人拥入，他们在德国的日子就会过得像蜂蜜那么甜，最起码也像糖一样，他们甚至还会暗中叫来粗鲁的警察驱赶那些无助的陌生人，就像人们放狗去咬流浪汉一样。可是当这警察当了权，房屋主管人占领了"体面的住房"，把所有拴着链子的狗都放出来，这个德国犹太人就发现自己比几年前洛次来的堂兄弟更惨，他现在无家可归，失去庇护。他当时实在是太傲慢了。他失去了父辈们信仰的上帝，获得了一个神祇——文明的爱国主义。可是上帝却没有忘记他。于是上帝打发他踏上漂泊之路：这是犹太人一贯需要承受的痛苦——所有犹太人都得去漂泊。上帝提醒他们千万不要忘记，这个世界上没有什么东西是永恒存在的，家乡也会失去；提醒他们人生苦短，我们的生命比大象、鳄鱼和乌鸦的生命还要短，甚至鹦鹉都比我们活得长。

2

现在也到了我该在洛次的堂兄弟们前面替德国犹太人辩护的时间了，就像我当初尝试着在德国犹太人面前替洛次的堂兄弟们辩护一样。这位德国犹太人并不是来自东欧。他已经忘记了漂泊，忘记了痛苦和乞讨。他只会工作——可恰恰这一点都不被允许。六十万名德国犹太人里有大约十万人外迁了。他们当中的大部分人在哪儿都找不到工作。甚至都不允许他们出去找工作。旅行签证已经到期，作废了。大家知道，当前作为人的生活必须依赖护照，就像古老的先民依赖那条有名的绳子。握着从传统的命运女神那里继承的剪刀，他们站在那里，曾经是参赞、领事、秘密国家警察。没人爱这些不幸的人，甚至是离他们最近的教友，那些同样不幸的人都不爱他们。只有那些虔诚的人和圣徒还爱着他们，可是这个粗野的世界像歧视犹太人一样歧视这些人。犹太人还能到哪里去呢？这个难民凭借混乱之中敏锐的感觉所赋予的第六感在所有国界上都读到了眼睛无法看到的文字在对他们呼喊："就待在这个国家，可怜地死去吧！"

这些移民了的德国犹太人同时又构成了一个新的民族：他们忘记了如何去当一个犹太人，他们开始慢慢地荒废了当一个犹太人这种能力。他们无法忘记自己是德国人，他们倒是不会荒废作为德国人的能力。他们就像蜗牛，背上同时驮着两座房子。在所有陌生的国度，甚至是在一些东方国度，他们看起来就像德国人。如果他们不想撒谎的话，他们也不能轻易地否认这一点。唉！这个讨厌的世界充满了古老、腐朽而又过时的偏见。总有人问一个漂泊的人他从哪里来，而不是问他要去哪里。而对于一个漂泊者而言，重要的是目的地，而不是出发点。

3

当一场灾难爆发的时候，身边的人往往出于震惊会变得乐于助人。这就是当前的灾难造成的结果。似乎人们都知道，灾难总是短暂的。但是旷日持久的灾难会让邻居也无法忍受，渐渐地他们就觉得无论是灾难本身还是受害者都无所谓了，他们的内心不会再有所触动。人类对秩序、规则和法律的重视深植内心深处，因此只能忍受短时间的无法无天、混乱疯狂和精神错乱。如果疯狂状态持续过长，想要助人的手就会变得麻木，慈悲的火苗就会熄灭。人们已经对自身的不幸习以为常，为什么不能习惯邻居身上发生的不幸呢，更何况是犹太人的不幸？

很多慈善委员会都解散了，无论是出于自愿还是被迫。为数不多的几位乐善好施者面对普遍性的贫困无计可施。那些被称为"知识分子"的犹太移民在欧洲所有的国家都找不到工作，包括所有的殖民地。而巴勒斯坦据说只能接纳几千名犹太人。有很多人去了阿根廷、巴西和澳大利亚，只过了很短的时间他们又纷纷返回了。委员会针对移民问题做出的承诺，那些国家根本做不到，连这些委员会都自身难保。至于那些勉强留下来的人生存状况如何，我不得而知，也就是说我根本不知道他们是死还是活。个别人也许能挺过去：这是永恒的自然法则。这个世界基本上没帮什么忙，反正是没帮什么正经忙。还能指望这个世界怎么样呢？

4

在这样的一个世界里，移民不可能得到工作和面包，这一点想都不用想就知道。而且他们也不可能搞到一张所谓的"证件"。没有证件的人会是什么下场呢？还不如一张没有主人的证件！俄罗斯难民在大革命后可以办理的"南森护照"，可以保证他们行动自由，但是德国难民想都不要想。当然国际联盟设置了一个办事处，由一位英国特派员掌管，他的任务就是掌控德国难民的"证件问题"。我们也都知道这个国际联盟是怎么回事儿，它的管理十分困难，仿佛有一些金链子捆住了委员们的手脚。唯一向德国难民发放有效证件的国家是法国，但是这种证件不能保证完全的行动自由，而且还只发给特定数量的德国难民，仅限在某个特定日期前已经流亡到法国的犹太人，另外还有一些限制条件。要获得这个合法护照还必须提供任意一个别的国家颁发的签证，这一点虽说不上比登天还难吧，也已经够麻烦的了。意大利、波兰、立陶宛、英国不愿意让无国籍人士进入自己的国家。只有那些"有一定声望"的难民才能获得这样的一份证件，比如说一个犹太记者、报纸发行人、电影演员或者导演，他们大都和大使或者公使有私人交情。可是我不禁要问，一个可怜的犹太裁缝通过何种方式能进入某个公使馆参赞的官邸呢？这真是一种让人无法理解的状态：这是一个漂泊者，却被困在原地。想逃跑却被捆住了手脚。本来就是不安定的状态，却动弹不得。为此要感谢上帝，尤其要感谢警察局。

在欧洲的某些文明国度，每年动物保护协会都组织很奇怪的考察之旅，飞去南部：人们把那些秋天被同类丢下的候鸟收集起来，用笼子装起来运到意大利去，而这些鸟一般都被当地

人用枪打下来烤着吃掉。有没有这样的一个人类保护组织，能
把那些没有护照和签证的同类运到他们想去的国家呢？按照某
个没人研究的、没有得出研究结论的自然法则，被滞留的五千
只燕子难道比五万个人更有价值吗？一只鸟不需要护照，不需
要旅行票据，不需要签证——而一个人如果这三样东西缺少一
样就得被关起来？难道人类对待鸟类比对待人类更加亲近吗？
虐待动物的人会受到惩罚，而虐待人的人却被表彰，还发给他
勋章？和候鸟相似，尽管对鸟类而言纯粹是多此一举，这些人
也会乘坐飞机从北方去南方，再从南方运到北方。所以毫不奇
怪，动物保护协会在所有国家、在所有阶层的人里都比国际联
盟更受欢迎。

5

那些留在德国的犹太人也注定要踏上漂泊之旅。他们被迫
从很小的城市迁往大一点儿的城市，再从大一点儿的城市搬到
大城市。在大城市里到处碰壁，又返回小一点儿的城市。可是
就算他们可以定居在某处，他们的身边、内心、周围也完成了
一次漂泊！他们似乎离开了那里的朋友、习惯的问候、熟悉的
话语。人们闭上眼睛，假装刚才感受到的一切都不是真的，这
种漂泊就发生在一个欺骗性的、刻意造假的夜晚。人们从刚才
感受到的惊吓再过渡到害怕，这是比惊吓更暴力一些的姐妹，

大家尝试着在这种令人毛骨悚然的害怕当中感受到愉快和舒适。人们逃避到谎言之中，而且是最糟糕的一种谎言，即自我欺骗。他们还从一个机构游走到另外一个机构，从警察局到警察总署，从税务局跑到国家民族主义党的办事处，从集中营跑到警察局，再从那里跑到法院，从法院到监狱，从监狱到改造营。一个犹太小孩在稚嫩的年纪从自然的、儿童的灵魂转变成害怕、仇恨、陌生和怀疑。他在班里也完成了一次迁移，座位从第一排换到最后一排，就算他已经坐在自己的座位上了，也仍然觉得自己坐立不安。人们从一部《纽伦堡法律》换到另外一部，从一个报摊再去另外一个，就好像还希望有一天报纸上能够公布真相。人们陷入那些危险的，但像鸦片一样上瘾的说法："一切都会结束的！"他们可没想到，也许他们会提前结束自己的生命。人们游荡或者说跌跌撞撞地走在一个可笑的希望之中："事情不会那么糟糕的！"——而这种希望无非是一种道德上的腐败。

人们留在原地，但又经历了很多变化：就像一种杂技，只有最不幸的人才能掌握这种技巧，他们是被惩罚下地狱的人。这是犹太人的地狱。

6

这比监禁在巴比伦还要糟糕。在施普雷河、易北河、美因河、莱茵河以及多瑙河岸边，不仅游泳被禁止，连坐也不能坐，更不允许哭，想哭的话顶多只能去新隔都里政府允许的精神生活中心，那些所谓的"文化协会"。这种文化协会，也许设立的初衷是源自某种高贵的想法，实施起来却像纳粹那些野蛮理论下犹太人未被允许的特权。因为它并非基于一种先决条件，即认为犹太人是一种独特的种族，正如很多犹太人今天也会赞同的那样，而是基于这样一种认识：犹太人是劣等民族。比如说人们绝对不会禁止西藏人、日本人或者高加索人的文化协会上演歌德或者贝多芬的作品，但是却禁止犹太人的文化协会这样去做。如果说德国犹太人完全同意纳粹分子的看法，说犹太人是与德国人完全不同的一个民族（犹太人很长时间以来对德国人而言都是一种"移民民族"），那么禁止一个外来的民族演出德国艺术，这个事实里就包含着严重的歧视。而文化协会里的犹太人没有别的办法只能接受这种歧视，这是一种推理得出的结论。犹太人不是被作为一个少数派来对待，而是作为一种劣等人。他们觉得这是理所当然的。他们的演出、音乐会、聚会都被一个特派员监视着。他们表面上还得装出一副对他毕恭毕敬的样子，那情形就像柏林亚历山大广场上那个声名不佳的餐馆，那里经常举办"寡妇舞会"，政府也会派出刑警专员在一旁监视。

可以说德国犹太人缺乏一种骄傲感吗？我对他们的同情当

中掺杂着一种敏感带来的可疑味道，而这种可疑味道实际上已经将一种真正的同情排除在外或者彻底消灭了。如果谈到德国犹太人犯的错，实在没办法"闭上一只眼"。他们值得被宽容，但是不能视而不见。在基希讷乌大屠杀的过程中犹太人奋起反抗——虽然这件事过去才没过多长时间，欧洲却不再是当年的欧洲了，当时英国曾隐晦地跟沙皇说的那些话，今天面对世界大战的被解放者却要刻意隐瞒。他们杀死了六十二个哥萨克人。匈牙利的犹太人屠夫奋起抵抗"白人"乌合之众，经常把他们打得落荒而逃。在德国只有唯一一个犹太人敢于开枪——在"抵制之日"！（当然他最终也被杀害了。）

对背信弃义的卑鄙行为做出的反应就是这种血溅当场的方式，这一点该如何解释？是与信仰有关吗？德国犹太人当中的大多数都会向以色列的文化协会缴纳税款，很多人也会订阅汉堡出版的以色列家庭报：这就是他们能为犹太教做的全部事情。（当然我在这里指的并非那些犹太复国主义者和"有民族意识的"犹太人，而是那些"有犹太信仰的德国公民"。）他们也有兄弟曾为德国战死，当有人将这些捐躯者的名字从光荣榜和纪念碑上抹去，这无异于同时亵渎了亡者和生者。当有人按照法律规定夺去他们的面包、荣誉、工作和财产的时候，他们沉默不语地继续生活下去。超过五十万人顶着这种耻辱继续生活，走到和平的大街上，乘坐有轨电车和火车，缴税，写信：一个曾被侮辱过的人要承受多少谩骂，这是不可想象的。

德国犹太人要忍受着双重不幸：他们不仅要忍受这种耻辱，还要背负着这份耻辱前行。而背负耻辱的这种能力是不幸中最大的不幸。

7

没有建议，没有安慰，没有希望。但愿人们能明白，"种族主义"是容不得半点儿让步的。几百万的城市平民急切地需要那几十万个可怜的犹太人，以便于他们白纸黑字地证明自己是更好的人种。霍恩索伦家族的人（还有德国的贵族）向房屋管理员们表达了自己的敬意。在这样的状况下还有什么好事会发生在犹太人身上呢。暴徒不顾法律，只遵循内心黑暗的本能聚众闹事的时候已经足够冷酷无情。如果他们再是有组织的，那会怎么样呢？德国犹太人以一种和忍受辱骂类似的方式继续住在霍恩索伦人的房子里（这个家族的历史可比犹太人的历史短太多了），也许想到这一点能给他们带来些许的安慰？

如果所有犹太人和犹太后裔能够有组织地迅速撤出德国，就是纳粹政权最大的损失。纳粹只要和犹太人达成一点儿让步，就会立即自我放弃。这种主义发展的目标方向和犹太人根本没有直接关系。

纳粹嘴里说着耶路撒冷，但是心里却想着犹太人和罗马。

8

只有少数一些出色的、虔诚的天主教徒心里明白，在迫害犹太人漫长而又令人羞愧的历史上，这是第一次，犹太人的不幸和天主教徒的不幸是一样的。有人痛殴来自布雷斯劳的莫里茨·芬克尔斯坦①，但是其实心里想的是来自拿撒勒，出卖了耶稣的那个犹太人。人们撤销了来自富尔特或者纽伦堡的犹太牲口贩子的销售许可，其实心里想的是那个在罗马的牧人，他正赶着一群虔诚的羊在吃草。果然只针对几十万个特定来源的人进行诋毁和侮辱还不够。税吏的儿子们因为父辈遭受驱逐而采取了报复行为。这才是真正意义上"源自血脉的声音"。每个扩音器都在发出这种怒吼的声音。

当然有很多有信仰的天主教徒，其中也包括某些高官显贵，他们没有这种想法。第三帝国发生的事情将会给他们上一课。在这些事情的蒙蔽下这些虔诚的天主教徒的命运几乎和德国犹太人一样。人们必须得这么想，有一句粗俗的笑话，讲的是关于犹太人的特性，是这么说的——"他们是不可教化的"，

---

① 德国著名哲学家和物理学家，也是维也纳学派的奠基人。——译者注

这句话特别适合用来形容第三帝国。"它是不可教化的"。

条约也不管用。

9

估计今天仍然生活在德国的那些犹太人，只有很少的一部分愿意移民，他们也有这个能力。因为经过了一百年的解放和差不多延续了五十年的虚假平权，这些犹太人即便没有获得上帝的怜悯，像同信仰的兄弟们一样忍受痛苦，可是他们仍然学会了一种奇怪的能力，就是忍受不可言说之事。无论是对犹太人还是天主教徒，抑或者是有文化意识的欧洲人而言，现在在希特勒青年团长大的这一代人不会给他们带来任何令人愉快的经历。这里发芽的是将会产生祸端的种子。为了让接下来的两代德国异教徒们皈依，可能需要像一整个军队那么多的传教士。只要德国人还不是天主教徒，犹太人就别寄希望于他们了。

我猜测，犹太人是生活在德国人身边的贱民，这种身份还会持续很长时间。即便有人怀有乌托邦式的想象，认为欧洲能够找回自己的良知。一部得到各方认可的法律会禁止所谓"不干预"的愚蠢观点，它起源于那句庸俗而粗野的谚语："各人自扫门前雪！"这种房屋管理员式的哲学倒是几十年来在世界各地被普遍接受。其实每个人都更应该去别人家门口扫雪。如果邻居正准备用锄头打死自己的孩子，我肯定会硬冲进去，这没有什么错。只要有"不干预"这样一条原则存在，就不会有欧洲的道德或者欧洲－天主教式的道德。那为什么欧洲国家又要蛮横无理地将文明和教化传播到遥远的地球角落去呢？为什么不是在欧洲？欧洲某一个民族几百年的文明史远远不能证明，就因为一句对天意可怕的诅咒就会重新变成野蛮民族。就连非洲那些需要已经开化的民族去保护他们的原住民当中，肯定也有几个民族曾经拥有传承千年的文化，可是有一天，有一个世纪突然就因为不明原因被淹没了。欧洲的科学自身不就证明了这一点嘛。

人们总是不断提到一个词，叫"欧洲多民族大家庭"。如果这种类比成立的话，你们在哪里看到过，一个兄弟准备干蠢事或者兽性大发，而他的兄弟却不出手阻止的？难道只允许给那些黑皮肤的食人族教导更好的习俗，而不能教给那些白皮肤的人？这个"欧洲多民族大家庭"还真是一个奇怪的家庭啊！……一家之主的父亲决定只在自己家门前扫雪，而不顾儿子房间里的臭气熏天。

10

我真希望自己能有这样的恩赐，哪怕能隐约地指出一条出路也好。正义感是作家的灵感缪斯里经常被错误认识的一个，而正是正义感驱使我在第二篇前言中得出一个悲观主义的结论：

第一点，犹太复国主义只能部分解决犹太人问题。

第二点，犹太人只有作为"擅长寄生的民族"获得内心的自由，获得一种尊严去保持对苦难的理解之后，才能获得完全的平等对待，获得赋予其外部自由的尊严。

第三点，如果没有上帝的奇迹，基本上就不要认为"擅长寄生的民族"能够找回这种自由和尊严。

上帝与虔诚的犹太人同在。

其他人我只能说一句："壮哉，失败者。"

白城

顾牧 译

1925 年法国游记

法国人如何庆祝革命

巴黎，1925 年 7 月

　　大家在巴黎的大街上载歌载舞，欢庆一场早已结束的革命。如今除了研究历史的人，恐怕再没有人会觉得那场革命留有任何鲜活的印记。目空一切的阶层重又出现，其傲慢程度堪比当年那些被推上断头台的人。尽管如此，7 月 14 日依然还是人民的节日，只是一年一度对胜利的隆重庆祝让人忽略了一点：这场庆祝的缘起实际早已被时代发展抛在身后。巴士底广场的灯光一如它辉煌的历史般璀璨，看热闹的人群声势浩大，竟让人又感受到了群众的可怕力量，不管是今天，还是以前。

舞已经跳了三天，马路和广场的中央有乐队演奏，爷爷带着孙子跳，妈妈带着女儿跳，爸爸带着儿子跳。这座巨大的都市并不想摆出一副国际化都市的姿态，它要的是普天同庆。城市将混乱与反常的节日秩序纳入公共秩序之中：司机们停下车，喝一杯，跳支舞，然后再继续走。如果他们只是开车，不跟着跳舞，那么马路就不属于他们。人行道也被跳舞的人群占领了，不再属于行人。还有谁会不加入舞蹈的队伍？

街上的装饰丝毫不显得过分，横悬在十字路口上方的彩旗并非华丽的摆设，而是喜悦化成的五彩桥梁。这些旗帜从大门上生出，在窗外绽放。古老的墙壁证明了自己的生殖能力，诞出各种装饰。这个节日既不像挑衅，也不是费力的装模作样，它从柏油路上破壳而出，而这些柏油路一整年都像是随时会有熟练的乐手冒出的样子。树上挂着红色的小灯笼，看上去并不会让人感觉是"奇怪的果子"，也根本不给人机会用低劣的比喻去形容它们，它们虽然只是些透着光的红纸，但挂在真实的树叶上又很和谐。树叶抱着灯笼，灯笼又从树叶中钻出，人工与天然浑然一体。虽然前面就会有人收钱，但大家依然觉得什么都是免费的，因为买东西的地方是在一片欢腾的车道正中。穷人并不觉得自己奢侈，就算付了钱也觉得是白拿。

7 月 14 日晚上有焰火表演。街道上挤满了工人，富人则可怜巴巴地坐在大旅行车里，被带着快速地兜圈。一切庄严隆重都被赋予历史内涵，所谓光辉璀璨并非被点亮的空壳。灯箱广告淹没在巨大的光亮之中，这是合法化的、被奉献给喜悦的火光。远方的天空中钻出彩色的烟花，孩子在父亲的肩膀上欢呼，就算这些孩子将来会成为政治的牺牲品，他们也永远是共和国的一员。

因为他们正在一个认为所有焰火表演都无比伟大的年纪，看到了一团既遥远又熟悉的光，那团火光的名字就叫革命！……

（生前未发表）

一张小报的力量

每天街头小报出版的时候，是一天中最嘈杂的时刻。几十万份报纸上的成百上千万个字母营造出一种视觉上的喧哗，让兜售小报的商贩制造的听觉上的喧哗都无用武之地。组成新闻标题的巨大字母像沉重的乌木横梁，带着无与伦比的巨响坠落凡间。这些小报上的消息根本不用读，再不想理会这些消息的耳朵，也会被那喧腾塞满。人还没想着去听，消息就已经自己公布了。只有好奇心极强的人才会买这些小报，甚至还会读上面的内容，因为积习让他们以为这些惊人的标题后面还隐藏着更为惊人的事件，雷声之后还有暴风雨尾随。

这些小报的读者里就有加斯东·帕兰，一个柔弱，或许还很胆小的人，但想象力丰富，最喜欢惊险刺激。公园的林荫道上没什么人，他坐在自己常坐的那张石头长凳上，打开了小报。他的目光马上就被标题吸引了，这个标题横跨在三栏内容之上，字母足有十五厘米高——

"警员与盗窃犯殊死搏斗，右手重伤的警员用左手开枪。"

加斯东·帕兰读完那则报道，了解了事件的所有细节。他仿佛看见警察守在门外，盗窃犯藏在门后，随时准备扑出去，他右手握枪，左手像鹰爪般张开。加斯东·帕兰似乎听见了大意的警察在挪动，门发出决定命运的吱扭声，仿佛能感觉到盗窃犯如何扑出，并就在这时，他看见了章节的标题，黑色的标题凸出在白色的纸上，刚从印刷厂新鲜出炉一般：

"一声枪响。"

静静的林荫道暗了下来，夜晚像一个突兀的、黑色的消息，绕过黄昏直接来到花园中的这个地方。鸟儿惊得扑棱棱飞起，一股阴风从他的小报上拂过，将来他也许会这样描述世界的毁灭。小报哗啦啦响，那则可怕报道的字母越变越小。

加斯东·帕兰站起身，一颗子弹带着尖锐的声音紧贴着他的耳朵飞过，门嘎嘎响，他缩成一团，右手血肉模糊，左手奋力挡开一个朝他扑过来的黑乎乎的大胡了蒙面男子。加斯东·帕兰摔倒在地，呻吟着去摸自己的警笛，但是没有找到，与此同时，他听见盗窃犯叮叮当当地往一个袋子里装银器。加斯东·帕兰用最后一丝力气把手伸进枪套，食指已经没有知觉。他迅速朝对手的大致方向开了一枪。

枪声的余响还在耳中回荡，他突然觉得肩膀一阵火辣辣的疼，听见从某个看不见的下水道盖子里汩汩地涌出水来，背心口袋里的怀表嘀嗒嘀嗒响。

他找到了被风吹走的那份小报，掏出怀表，看了一眼时间，吓了一跳。他站起身，努力拍干净外套上的土。他家离这里隔三条街，一向让他很畏惧的妻子今天说要去看电影。他手里握着帽子，钻进疾驰的车流，不知道他最后能够从下面的哪个危险中全身而退：

　　夺命的马路
　　还是
　　等着他的妻子

《法兰克福报》1925 年 7 月 30 日

巴黎上空的美国

在巴黎的屋顶上方，一个代表健康的可怕巨婴在微笑，他是个广告，肥皂广告，而他本人就是对肥皂惊人功效极尽夸张的展示。这个高高飘扬的巨婴没有下半身，他的嘴巴有十五米宽，眼睛圆滚滚的像动物的眼睛，直径足有三米。他在围墙的上边缘和木栅栏上落下户，这是个健壮的怪物或许今天还在微笑，但明天，微笑就会变成不怀好意的笑。这是一个运动型的婴儿，脸像彩色的足球，兆示着他将会成为什么样的人。这个婴儿将会成为一个理想的美国男人，因为脚上的童鞋从一开始无比巨大，所以永远也不用脱下来，他是天真野蛮、敏感坚硬、如假包换、推婴儿车的赛跑纪录保持者。——飘在巴黎上空的这个巨婴虽然是一家法国肥皂公司，但这不仅仅是一个广告，而是一种象征，象征着美国：巴黎上空的美国。我能感觉到摩天大楼黑色的影子，看到跳动的彩色灯光变出鞋子、电影院、钢笔和女人，我想到的是黑暗。这里的人来自世界各地，却又并不国际化，他们只是被认为来自世界各地而已，因为他们用不同的货币付款。这些人付钱来看最新的歌舞表演，表演里得有明亮的电灯光和蒸气浴，最现代化舒适环境中的宫廷仕女，真正巴黎范儿的阿帕奇部落舞蹈，只是暂时刺激神经的地方性轰动事件。各种小报和娱乐项目主动迎合游客的需求，无论多么廉价的东西，在他们看来对游客都不算廉价，所有的一切都可以为了游客变得昂贵。有时，这座美丽的城市整个被降格为给游客的旅游旺季，城市依然不失美丽，霓虹广告乏味的五颜六色在这里也显得生机盎然，但就算巴黎的氛围千变万化，时间久了，也敌不住不停闯进来的那些粗糙的内容。

　　巴黎已经消化不动那些来这里挣外地人钱的外地人：一群缺少内涵、动作敏捷的经济繁荣的产物匆匆忙忙；出生在泥沼之中的人始终怀着玩心，并且一直处在"创业的冲动"中。这里有背井离乡的巴拉莱卡俄罗斯人，他们怀念美好的沙皇时代，试图在剧院里用丝绸和亮片装饰重现那个时代。革命的闪电晃花了这些可怜人的眼，被命运诅咒他们只能用思乡的情绪寻求自我安慰。他们跟滋养自己天赋的土地已经断了联系，剩下的只有撕扯着他们的回忆，还有已经成为历史的概念，而这些概念勉强也就够用来表现轻歌剧里的真实。来这里的有不会唱歌的英国歌唱家，不会跳舞的美国舞蹈家，还有来自世界各个角落的美丽裸女，只是她们既不美丽，也非赤裸。跳踢踏舞的舞者用鞋跟发出噼噼啪啪的声音，就像穿着木屐四处走动的骷髅，吹萨克斯的人发出的声音听上去就像没有上油的地狱之门在门轴中转动。来这里的还有创作歌舞剧的裁缝，给女人缝制裙子的诗人，装饰着灯光效果的灯光艺术家，拿着响板的半拉子西班牙人。在这许多的五光十色和微笑着显示自己是半瓶子醋的人中间，只偶尔会出现拉克尔·梅耶这样美丽的西班牙女人，舞娘密斯丹盖的热情，大傻瓜小蒂奇的阴损，西班牙舞娘美丽的身体，或者莎士比亚世界中几个小丑悲伤的幽默。这一切并不会被淹没，但却要挤在一片愚蠢中讨生活，所以才更悲哀。观众也同样是为了去看他们，跟去看那些穿着时髦的鸵鸟毛装、打着大大的侧手翻的女人一样（看上去就像跟鸵鸟借了羽毛的孔雀）。他们要听穿燕尾服的人用沙哑的嗓音唱香颂，要看三十六条让人兴奋，但依然保持了好名声的姑娘的腿，这些姑娘的腿把干巴巴的体操做成了性感的生意。在忙碌的休息时间，一个肥胖的半拉子东方人邀请大家一起跳东方的肚皮舞，让那些来自士麦那和切尔诺夫策[①]普通平凡的女人在工艺地毯上做可笑的绕圈运动。

蒙马特高地狭窄的巷子里，汽车喇叭的回声重重叠叠，这是对庄严围墙的尖声谩骂。被谩骂的还有隐藏在这里的真实，它们躲在这儿，就等着夜晚降临，让付钱的人把它们勾引出来。真实的妆容上又被麻利地敷上一层假的妆容，卖花女人的窘迫变得似乎没有那么窘迫，乞丐的残缺也变成了一种夸张的

---

① 乌克兰西南部城市。——译者注

残缺。因为听真正的歌手唱歌的是这样的听众，结果歌手的歌也变成了假的。从汽车里溢出的是一个故作风雅的世界，尖锐的车灯剥掉了美丽房屋上那层美丽的黑暗。汽车停在狭窄的角落里，等着泡酒吧的人灌够了用门票换来的声与色，再风驰电掣地驶向干巴巴的大众化酒店里的现代车库。街巷则要在夜里用很长的时间才能够恢复它们的美丽。

这美丽总是能够恢复的，众多来高地看全景的人，要么生在富贵中，要么腰缠万贯，没有谁能够使这个世界的美丽变得庸俗，这座有着许许多多会移动的塔的城市笼罩在充满光辉、风、天和夜晚的气氛中。成百上千万的房顶上有成百上千万根不安、焦虑的烟囱，这是房屋的海洋，人几乎意识不到还有岸的存在，喧闹静下来变得像竖琴的声音，移动的庄严像水，直要把人引向深渊……

沿着埃菲尔铁塔从上到下燃起了一个著名公司的名字，这个公司有实力把这个世界性的标志建筑整个买下——美国又盖在了巴黎的上方……

文章的结尾附上今天从巴黎寄来的一封信，这封信对这篇文章是再好不过的佐证。信的内容如下：

今年夏天巴黎不热，不冷，雨也不多，这里……很美国。到处都能听到美式英语，到处都能看到穿着平跟鞋、戴着大宽边眼镜的瘦子，女人也戴这种眼镜，宽大的男士西装，拿在手里的红色旅行手册，许许多多文明棍，许许多多伞。大玻璃展示柜前的大道上到处有人高声谈论展示柜里的展品是贵是贱，所有的大路上都有"团体车"开过，上面满满当当塞着50到60个美国人，所有人都像学校里的学生一样，规规矩矩地坐在长椅上。一个"导游"会让车时不时地停下来，然后教育一下落在他手里的这些人，而这些人也会齐声用"哇哦！"来回应。所有餐馆里的服务生都受过接待美国客人的专门训练，哪怕是捷克斯洛伐克人、俄罗斯人或者德国人，只要他们是用磕磕绊绊的法语点餐，就会至少有五个人过来服务。账单也是专门为美国人设计的。法国人就可怜了，根本没有人理会他们。他们饥肠辘辘地坐在那儿好几个小时，徒劳地申请那些机灵的服务生从他们眼前熟练地端给"美国"客人的饭菜。只有在夏天，橱窗里才会摆出镶金带银的衣裙，巴黎的裁缝和时装师平素那种高雅、精巧的设计在夏天就会变得富丽堂皇：美国范儿。鞋店里会摆出一种没有鞋跟的、造型奇怪的鞋，一种介于拖鞋和运动鞋之间的东西，用五颜六色的锦缎做成，有金有银有贝母，这种东西是巴黎女人绝对不敢穿出去的……在工艺美术展览的意大利厅里有大量佩鲁贾夫人用金银勾画过的料子，华丽的外套和裙子上面装饰着文艺复兴风格的图案。来自美国的女士们在这里久久流连，对这种料子爱不释手，把所有的衣服都试上一遍。那些比较年轻的、长着翘鼻子和修长美腿的女人兴致勃勃地裹上这种"博吉亚"式外套，看上去就像舞女。那些年龄比较大的、戴着宽边眼镜的丰满女士同样抵制不住诱惑，也给自己裹上红的紫的文艺复兴风格丝绸晚礼服——"哇哦"！在卢浮宫里，米罗的《断臂维纳斯》《蒙娜丽莎》或者米开朗琪罗的《被缚的奴隶像》前，他们也会齐声唱着"哇哦"。晚饭后，他们会去大音乐厅，所有便宜的座位都是空的，包厢和正厅前排反倒是满满当当。台上是舞蹈表演，说英语的小丑和杂技演员，必不可少的舞娘们在真是没法再露的地方遮盖着巧妙的服装……虽然热，但观众席上并看不见袒胸露乳，因为所有的美国女人都穿着她们的……裘皮大衣。银鼬皮大衣，灰鼠皮大衣，狐狸和银鼬们……

《法兰克福报》1925 年 8 月 26 日

正午的法国

里　昂

坐车从巴黎到里昂需要 8 个小时，路上的景色变化很突兀。经过一条隧道之后，四周就变成了南国景象，山坡陡峭，皱裂的岩石里露出地质结构，绿色更深，天空的蓝色更鲜明果决，衬托着前方柔软的、淡蓝色的烟。天边挂着几朵懒洋洋的巨大的云朵，就仿佛它们并非水汽，而是深色的岩石。所有的轮廓都更加鲜明，空气静止不动，不再有波动的气流拂过那些固定的物体，所有物体的界限都坚定不可移，不再有任何东西在此与彼之间游移，所有的一切中都包含着绝对的肯定，事物仿佛更加了解自己和自己在这个世界上的地位。在这里，人不再有怀疑，在这里，我们不是感觉到，而是知道。

在里昂，温度计指向 35 度，天很热。尽管如此，街道和人都并不显得怠惰与疲倦，反倒是很愉快、灵动的样子。每个人都在说"真热啊！"，并且证明自己依然能够愉快地承受这热。搬行李的人如此，司机和大堂服务生也是如此。只有房间服务生觉得谈论气温显得过于亲密而不得体，非常纠结的样子，于是我说："真热啊！"他释然，就好像我给他带来了清凉一般。

这个服务生跟他的那些里昂同行一样，有礼貌，但并不卑躬屈膝，这是一种自信的服务态度。对他们来说，我并非仅仅从专业技术角度讲是"客人"，他们就算忙得顾不上听我说话，至少也会保持微笑，我知道他们没有忘记我，知道他们会过来。他们会告诉我推荐给我的那道菜是什么样的，并不夸大其词，但是却说得很让人信服。他们跟那些巴黎的同行比起来要强很多，巴黎的服务生总是急匆匆的，像熟练的商人。

里昂人比巴黎人有礼貌，这不仅仅是因为他们更安静，时间更多，也因为他们更优雅。里昂是一座古老的城市，建城时间早在公元前43年。导游介绍说，屋大维命人在这里建起了一座宫殿，若干座纪念碑，还有一条84公里长的高架渠。里昂老城位于索恩河陡斜的右岸，一条条石阶串联起高低错落的街巷，房屋之间落差很大，房顶宛若阶梯，一条齿轨铁路通向山上的大教堂。教堂的外立面傲然挺立，就像一张君临天下的、警觉的大脸，看着面前的城市——老城。后来在罗讷河与索恩河之间建起的那个部分是新城，其中最新的部分在索恩河左岸，这一部分的规模还在不断扩大。

这是被罗讷河与索恩河隔开的三座城，因为这两条河，三座城拥有了不同的气质。从这个例子上就能看出水域的强大隔离功能。在老城里，非基督教的氛围与早期中世纪以及现代风格生动而亲密地融合在一起，随处可见石头、瓦罐、水池、碎片、动物的像。一座盛开着玫瑰的花园里有一座狗的石头雕像，上面刻着拉丁语"当心猛犬！"。看到学校里学的语法是正确的，我放心了。

在城市最古老的这个部分里，没有任何一个历史遗迹是死的，旧的物什就躺在路边，并不是新的生命从废墟中绽放，而是废墟在新的生命之中绽放。如果放在博物馆里，它们不过就是用作教育而已，但在这里，每个从旁边走过的人都会在石头上有不同的发现，每一个人都会感到发现新大陆的喜悦。

这座城市出产的法国丝绸行销世界各国。生活在这里的有中国人、黎凡特人、西班牙人、突尼斯人、阿拉伯人。这里人的工作劲头只有在德国的城市才能见得到，但他们的兴致，他们吃饭和生活的方式，又是法国城市特有的。异乡人在这里并不像在巴黎显得那样陌生，没有人觉得他们奇怪，很多个世界在这里碰撞在一起。在这里做生意的有希腊犹太人、波兰犹太人、西班牙塞法迪犹太人①。丝绸是很高贵的商品，我觉得从事跟丝绸相关的工作应该是非常让人愉悦的。当然，靠丝绸挣钱更让人愉悦。

工厂主的别墅在罗讷河的另一边，工人也住在那里，不过不是别墅，而是简易出租屋。晚上，我散步到那一边去，只有在穷人那里，才能感觉到黑夜的存在，对其他人来说，黑夜不过就是白天的延续，而对穷人来说，夜晚则代表着休息。他们坐在门前，站在窗边，他们慢慢地走到河边，看着河水，从他们坚硬的手里流淌出的是白天的辛劳。

《法兰克福报》1925 年 9 月 8 日

圆形竞技场里的电影院

尼姆市的圆形竞技场有时会在下午举办名声不那么好的斗牛活动，晚上那里会放电影，电影至少是比斗牛文明些。现在放的是《摩西十诫》，这部美国大片在德国已经放映过。晚上，我去了圆形竞技场。

---

① 指采用西班牙系犹太教礼拜仪式的犹太人。——译者注

大家认为不会下雨,在尼姆市要得出这样的结论并不困难,因为这里很少下雨,就算有雨时间也不长。晚上的石头凉凉的,几盏弧光灯照亮了半边竞技场,另外半边仍笼罩在阴影中。布满裂纹的巨大石块从阴影中突出来,白色的轮廓宛如鬼魅。这些石块经历过许多沧桑,中世纪,竞技场的围墙内曾经住了二百户人家,他们还(在其中一个巨大的拱顶下)设了一个教堂。战争时期,竞技场曾被用作堡垒。它经历了时代的变迁,却在各个时代都是标志性建筑。1925 年,它已不再是教堂,而是成了电影院,不过放的影片却是《摩西十诫》。在这样一个已经没人遵从十诫的时代,有这么个电影就已经很不错了。

挂在竞技场中央的银幕看上去就像学校里的黑板,不过是白色的,放映机在它对面的拱顶里嗡嗡响,乐队坐在银幕前面。观众(掏五角钱)坐在最高处或者稍低一些的石头座位上。想要凉快些、自在些的人则站在围墙上面,成为蓝色天空下黑色的人影。这个电影院很好,干净、凉快,没有任何着火的危险,也显出高于电影院规格的庄严。如果有个美国人偶然想到了这个主意的话,那么下一年美利坚就会建起世界上最大的水泥竞技场来放映电影,配着长毛绒座套、自来水、抽水马桶,还有玻璃房顶。

放映开始之前,孩子们在银幕后面玩捉人,抢树桩或者捉迷藏。尼姆所有的小孩都来看电影了(这里的人很能生),连奶娃儿都被母亲们带来了。这些年纪最小的观影者不用付钱，不过他们也看不到什么。他们躺在那儿，冲夜空张着嘴，就像要把星星吞下肚。

星星几乎是可以吞的。这个地区的天空经常会有规模惊人的流星雨，流星不像是在北方那样划出弧线落下，而是朝两边滑动，看上去就像是在互换位置。这里有各种类型的流星雨。在银幕上放着忧郁的、被海洋稀释了的《圣经》故事时，最适合观察流星雨。有些流星是红色的，又大又笨的样子。这些星星缓慢地滑过天空，就像在散步，身后留下一条窄窄的血痕。另外一些是银色的，小而轻灵，就像出膛的子弹一样飞过天空，还有一些则像是跑动的小太阳一样耀眼，能久久地点亮天际。

有时，天空就像是敞开自己，露出了一部分金红色的内芯。这条裂缝随即合上，那里面的奇妙景象又被永久地隐藏。

时不时地会来一阵离得很近的大流星雨，如一阵银色的雨，所有流星都朝同一个方向落下，随后，深蓝色的天空似乎又恢复了平静，星星一动不动，但是能够感觉到它们在移动，虽然学校里并没有讲到过这个知识。

古老的、熟悉的星座又出现了，它们勾起每个人对童年的回忆，因为只有在童年，人们才会那么热切地去观察这些星座。到处都能看到这些星座，不管离开自己童年成长的地方有多远，都总是能再找到这些星座。地球真是小。

假如有人把地球上的某个地方当成了异国他乡，那是他想错了，故乡无处不在，无非是大熊星座离得更近一些，如此而已。

在古罗马竞技场里放电影是个好主意。在这个电影院里，如果看的不是银幕，而是天空，就能得出一些让人安心的结论。

《法兰克福报》1925 年 9 月 12 日

天下无事——维埃纳

这个城市没什么好讲的。城里没什么事发生，所有的事都已经发生过，这真是一个什么事都没有的城市。街道上是永远的寂静，寂静中也不再会生出什么来。这不是夏日教堂墓地那种明快的寂静，而是被打开的地下墓穴里沉重的缄默，石头的寂静，比石头还要死气沉沉，死去的石头。

我在维埃纳住了三天。这是法国最古老的城市之一，也没准就是最古老的一座。我已经不再期望会有什么事情发生，我觉得仿佛大千世界都不会再有什么事情发生。早已被人们接受的死亡就是这样不容置疑：这是一种历史性的死亡，豪华的棺木早已经盖牢，这是早已被人遗忘的灭亡。

维埃纳人口共有 24887，其中估计只有千把年轻人。工作的男男女女两千人，但这些人是看不到的，余下的就是老人和孩子了。等这些孩子长到能离开这座城市的年纪，老人们也行将就木。到那时，维埃纳就没人了。维埃纳竟然到现在还没有空城，真是个奇迹。也许是那些在维埃纳出生的人感到死亡将近时，就会回到城里来，因为死亡会召唤死亡，已死者会引诱将死者——这是对永恒极乐的憧憬。

三天了，我没有听到过笑声，没有看到哪张脸上露出对今天和明天的担忧，或者对今天和明天的喜悦。我没有看到饥饿者的痛苦，没有看到忙碌者的行动。我没有听到歌声，没有听到音乐声，只有钟楼还在传出钟声，但并不是为了报时，只是因为古老的习惯如此。钟表的指针盲目地转动，这座城市的时间是按照世纪，而不是小时来计算的，这里一定有另一个世界才有的那种表。

我一直没有听到狗叫声。这里有狗，但它们躺在小巷子的中间睡觉，不管发生什么都照睡不误。猫蹲在门槛上、窗户里，一副无比智慧的样子。所有房子都开着门，所有的窗户都敞着，没有会危及门窗玻璃或者人类的风，即便是刮风，不管是东西还是人都感觉不到。傍晚，几只鸟怯生生地叫着，它们不断尝试，但就是没有人听到它们的声音！它们闭上嘴，飞走了。

被猫供养着的老太太们耳聋眼花，她们能直直地盯着太阳看，就像那只是个小灯泡。这里的阳光其实很强烈，是个亮度十倍的太阳。细绳子上晾着衣服，没有风吹动它们。不知道是什么人洗的这些衣服，我不认为这些女人会有力气洗衬衫。我觉得那些衬衫仿佛从亘古以来就挂在那里。

嵌在厚厚的堡垒墙壁里的那些住宅，就像是大银行地下室里敞开的保险箱。躺在房子里面的人就像是一些毫无价值的东西，所以不用再锁起来。我从窗户看向狭小的房间里，一个木呆呆的男人一动不动地坐在桌旁，面前放着一个碗，但他碰也不碰那个碗。他的眼睛像是绿色的玻璃，眼神空洞，脸像蜡人的脸，黄色的胡子像亚麻。也许他跟蜡像馆里的那些蜡像一样只有头和手，如果脱掉他的衣服，就会发现里面装的全是锯末。

这里有个警察，他是我的对手，只有我们两个是有生命的。我们彼此认识，能够听到彼此的脚步声，这是唯一有回声的响动。但是一到晚上，那个警察就会跨上自行车，柔软的橡胶轮子滑过周围的世界，并不打扰周围的寂静。到这个时候，我就会因为只有自己制造了亵渎神灵的噪声而感到害臊，我就像是鞋跟蹬蹬穿过坐满了祈祷者的教堂一样。

但是并没有人听到我的声音，如果我对某一个老太太说

晚上好，她会像看一个做了最愚蠢、最多余的事的人一样看着
我。她的夜晚怎么会有所谓好与坏？围绕她的永远都是夜晚。
夜里，所有的房间都亮起灯，每个房间里都只有一盏黄色的
灯。这光并不是为了播洒光亮，而是为了将黑暗从家具中引诱
出来。

　　老太太们有时会在教堂里祈祷。这座教堂建于十一世纪。
老太太们一动不动地坐在铺了草编坐垫的椅子上，嘴唇不停地
颤抖，那颤抖并不是因为说话，而是因为一股不知从何处而来
的、静悄悄的风。教堂是细长形的，天顶是嵌着银色星星的深
蓝色天空。祭坛上有十排石头圆冠，里面住着银灰色的鸽子，
安静的基督教飞鸟。

　　隔两条巷子的地方有一座罗马时期的屋大维神庙，神庙
扁平开阔，有科林斯圆柱，直吹进神庙里去的除了风，还有
阳光、雨水和时间：这是一座非基督教的庙堂。在过去，它曾
经被用作法庭、博物馆、图书馆，如今，这座建筑物四周围上
了一圈栏杆，已经不能像勃艮第时期那样让人自由出入。勃艮
第国王的城堡就在神庙对面，那个王朝的子嗣们曾经还在神庙
里嬉戏。城堡里地方很小，塔楼矮小，凸肚窗也窄。我不理
解，眼前就是罗马式自由的范例，看到这座三面开敞的神庙的
科林斯圆柱，怎么还能有人满足于一座狭窄、歪斜的堡垒。如
今，这座堡垒一如既往保持着它的功能：监狱。但是维埃纳没

有罪犯，连酒鬼都没有，监狱里只有一个狱卒，狱卒就是他自己的囚犯。他的存在毫无意义，就像一把开不了任何锁的钥匙，或者一扇没有房子的门。狱卒穿行在走廊间，提防自己不要逃走。

在一个曾经是罗马式广场的院子里住着两个老太太。她们从来不出院子，也不关心是不是有人进去。她们坐在门前，互相点头致意，有时会不经意地轻声说句什么，那句话就像是落进深井中的一颗小小的卵石：听不见声音。

石头缝隙里钻出丰腴的绿色，这些石头跟当年尤利乌斯·恺撒下令修建堡垒围墙时用的石头一样。石头跟恺撒一样，已经死去。说石头会说话是不对的，石头不说话。

《法兰克福报》1925 年 9 月 15 日

图尔农

图尔农在十六世纪曾经是个著名的城市，很多学者、作家造访这里，或者在这里居住。1542 年，图尔农地区的红衣主教在这里建立了一所高中，在很长一段时间里，这所中学都由耶稣会管理，直到今天，这里还有学生上课。那位红衣主教在当年也是一位风云人物，他的塑像就在中学的入口处。主教的面部特征融合了教会外交家和持俗世怀疑论的男子的特征。他的嘴唇很薄，鼻子小巧，眼神中看似是思想者应有的那种沉思，但远度不够，并没有对俗世的聪明永远关闭，或者只对不属于这个世界的大智慧开放。

　　这位红衣主教尽管很有名，但他要不是修建了这所学校，恐怕也不会有人给他塑像。从这所学校毕业了许多很有天赋的法国人，其中不乏几位名人。学校里的人对这位主教的记忆是鲜活的，想让自己名垂青史的人，最好的办法莫过于办学校了：修建会有年轻人住的房屋。上了这位主教创办的学校的一代代人，即便不是把他的名字记在心里，至少也是记在脑子里了。

　　现在是七月，正值假期，学校关着，门口由一个女人看守。这个已经上了年纪的女看门人话很多，她讲述这所比她年纪要大的中学里她自己的故事。她已经六十二岁，已婚，无子，她丈夫是个话很少的花匠，因为跟这个女人过日子而变得很沉默。在过去四十年里，女人从他口中截去了所有的话，替他省了说话这桩累人的事。能接待这样一位稀客她是多么开心。她丈夫之前看这个人的时候一副很担心的样子！她说自己三十年前去过巴黎，当时就觉得马路上的嘈杂声非常烦人。她问我是否能够忍受那嘈杂。我应该很年轻，也很幸福吧？我坐着车周游世界，啥事也不用干？我顶多二十五岁，父母对我很满意吧？这所中学可是很古老的！她说"古老"的时候把腔拖得长长的，让人不禁对这些墙产生了崇敬之感，感到了什么叫作"历史"。

暑假时，太阳斜斜地照进学校的窗户，在寂静的走廊里画下银色的四方形，教室门敞开，露出里面已经无事可做，或是尚无事可做的空长凳，长凳上有曾经的主人在百无聊赖中刻下的名字——在这种时候，所有的学校都是美丽的，让人禁不住想踏进标着"教务处"的那扇门，马上成为学生。夏天，所有的学校都是美丽的，一所建于十六世纪的中学尤其美丽。

花园里，树叶在游泳池上方沙沙响，游泳池里没有水，池底是纸屑、包扎绳，还有铁皮盒子，古老的白色走廊里充斥着让人尴尬的洁净，像等待客人来临的房间。每一步都有回声，两重，三重。每个响动都会从墙里引出一个严肃、深刻的回答，行走仿佛变成了脚与墙之间的对话。

在耶稣会教士建的小教堂里，我看到学生们留在墙上的字迹。他们在忏悔椅旁边刻下自己和心仪女孩的名字，他们看不见忏悔神父，忏悔神父也什么都看不见。神父听到的都是一些无关痛痒的坦白，知道的还没有墙多。

走廊里古老的织花壁毯都是无价之宝，其中最新的也是十七世纪的。壁毯上绘制的都是《圣经》故事，呈现方式虔诚谦卑，有一种直白天真的简单。这种简单源自内心的简单，但一样能够感动封闭的心。

"纯手工制作。"看门的老妇人说。

天黑了，鸟儿叽叽喳喳，学校里一片寂静，老妇人也不说话了。我们并肩走着，就像是一对沉默的老朋友。她从来没有去过我的家乡，也想象不出我的家乡在什么方位，她对我一无所知，但是我们两个人现在都了解了这所古老的中学，而且我也了解了身边这个人的一生。我在一个小时之内就成了这个老妇人的朋友，但这并没有什么奇怪的。在这里，什么都不奇怪。

奇怪的只有这座城市而已。城市的所在是那种极为不舒服的位置。图尔农并不是安然坐落在岩石山丘之间，而像是被夹在里面，让人不禁觉得所有那些小房子原本都是要逃亡的。只是被困在了一片沟壑纵横之中，永远也走不出去。岩石挤压房屋，房屋紧紧地靠在一起，又去挤压街巷，街巷则不断扭曲，好寻找一条出路。它们虬结一处，惊恐地四处乱走，颤抖着向上爬，又蓦地向下坠去。行路人的呼吸变得急促，这里没有豁然开朗的广场，没有市场，除非是将城堡前的那个庭院视作市场，那个院子也就有一个小鱼塘那么大。

城堡缩在城墙之内，似乎害怕成为城堡的样子，哪怕是所有门和窗都敞开着（更何况门窗前还装着栏杆），看上去依然很封闭。这座城堡里有监狱、警察局、市长办公厅，但是要把这三个机构区分开比较困难。市长和警察局局长跟囚犯一样，都被圈在铁栅栏后面。图尔农所有的居民都是被关起来的，他们居住在歪斜的墙壁里，仓皇扭曲的街巷上，弯曲的房顶下，度过的每一天都像是荒凉的梦，尖锐的山墙直刺进他们的生活中。不是在这里土生土长的人，很难能在这里觉得舒服。尽管这里只有五千居民，但人还是会迷路，就算不迷路，走出的每一步也都让人迷惑，看似站在原地的房屋实际在不停地移动，它们惊恐万状，吓得缩成一团，每一个圆形拱门都像是枷锁一样压在走过的人的脊背上。

　　幸运的是两分钟之内就能逃到罗讷河畔，登上大吊桥（法国最古老的吊桥）。这座吊桥轻飘飘地摇来晃去，就好像那些锁链是固定在天空中的。在桥上，人感觉不到是在走路，仿佛自己也是悬在一条绳索上，荡到对岸去，人既是步行者，同时也是技术的奇迹。

　　对岸是泰恩小镇，平坦，面积小，历史也短，没有惊慌失措的上上下下。泰恩有一个非常小的环形广场，广场上有一家木偶剧院。今天上演的是古老的戏剧《皮匠和矮人》。三等票已经卖完。

　　一等票 1 法郎 50 分。

《法兰克福报》1925 年 9 月 23 日

星期天的斗牛表演

星期天，我去了尼姆。那里的圆形大竞技场建于公元二世纪，但保存得非常好。星期天下午这里有斗牛表演。这种小地方的斗牛士自然不能跟著名的西班牙斗牛士相提并论，没有那么鲜亮的色彩，服装没有那么隆重，场面也没有那么刺激，流血就更谈不上了。这里的斗牛表演就像是受到了国际法的规约，乡下的年轻人只是想逗逗公牛而已，用花镖挠几下，再用长矛搔几下，牛不会死，人也没危险。当然，只凭这点并不能让人安心或者谅解。只是，一个保存这么好的竞技场还能用来做什么呢？毕竟对于国家安定来说，让被统治者把不满发泄在动物身上也有好处，耗巨资建起的竞技场本来也就是为了这个目的。古罗马人知道建竞技场比解决革命省钱，古罗马人之后的人也知道这个道理。

坐车的时候，包括后来在饭馆里的时候，我都在想这件事。坐在我旁边的农夫们是今天那些公牛的主人，他们的儿子是今天的斗牛士。农夫们用锋利的大折叠刀剔下骨头上的肉，再切成很秀气的小块吃。他们喝的是上等的教皇红酒，这种酒半瓶就抵得上一顿饭的价格。农夫的长脖子上满是皱纹，从脖子上能够看到他们吃的每一口饭如何滑进肚子里。他们的大手骨节凸出，从容不迫。这些人话不多，但有一个人例外，那人一身城里人打扮，戴着假领子和领带，但长得还是有些乡下人样子。这个人被称作"经理"，他是斗牛协会的主席。今天下午，他将坐在包厢中并负责颁奖。他现在心情很好，这个谈笑风生的矮胖子既风趣，同时又高高在上。尼姆的狗们嗅到了美味的骨头，悄悄围着桌子打转。好心肠的农夫们把那些对于狗来说还剩很多肉的骨头放在盘子边上，还不让女招待把这些残羹端走。这是些高尚的灵魂，看到狗们吃得香，他们感到很高兴，友好地拍打着狗的身体。他们坐了很久，酒喝了一瓶又一瓶，用自己的方式娱乐。

　　竞技场里的人渐渐多起来。成年人、儿童和士兵坐满了从最低处的第一排到最高处的座位，就连围墙最上面的一圈都有观众或蹲或站。竞技场大约有三层楼高，石头环廊里塞满了人。跟白色的圆形庞然大物相比，人显得非常小。人的脑袋层层叠叠、挤挤挨挨地从石头里伸出来，就像田野里的萝卜。看上去这些人就好像不是坐在那里，而是被人播撒在那里，随后长出来的。太阳白晃晃地烧灼着竞技场中间那片光秃秃的圆形空地，空地四周有一圈栅栏，栅栏上有许多个门，还有多个隐蔽的出入口。一阵隆重的喇叭声后，其中一扇门里冲进来第一头公牛。观众们的狂吼声迎面而来，刺眼的阳光晃花了牛眼。

这头公牛生活在黑暗阴凉的舒适牛圈里，对它而言，这个竞技场尤异于一个黄白色火焰和叫喊声组成的、地狱般的荒漠。它低下牛角，前腿一弯，已经打算向前跃出逃命去，但是一秒钟之后，它就看出这是个没有出路的环。它沿着圆形的栅栏向前跑，将观众从栅栏前清除开。男人们灵活地跳过栅栏板，一边大喊大叫地咒骂这头畜生，一边将帽子扔在公牛面前的路上。公牛去顶栅栏，这时，年轻人已经都到了竞技场的正中间。他们挑逗公牛，喊叫，吓唬它。其中一个朝公牛跑去，伸出手，公牛去顶那个人，他躲开了。人更灵活，他是用两条腿走路，而且还有伙伴，能帮他引开愤怒的公牛。他的处境优越，不是公牛可比。这个勇敢的人可以使用任何武器：诡计、怯懦、两腿走路、栅栏、多个出口、花镖。公牛什么都没有，角上还罩着麻布袋子，以减少冲撞力。

这头公牛是黑色的，强壮有力，后脖颈上的毛乱糟糟的，漂亮宽阔的脑袋在阳光下闪着淡蓝色的光，大大的眼睛是深绿色的，满眼迷茫，虽然野性十足，却依然显得十分虔诚。

那些激怒它的人年轻，棕色皮肤，愚蠢。其中有两个我这辈子也忘不了。一个肥胖笨重，长着四方形的脑袋，左边的小臂包着绷带，粗大的双手，手指很粗糙，短短的朝天鼻，额头由两道横纹和两个疙瘩组成，非常短的眼皮下面是非常大的眼睛。虽然身体笨重，但他是其中最灵活的一个斗牛士。他高高跃起，跨过栅栏，瞅准时机落下。他一秒钟完成了五次旋转，锋利的铁矛在公牛额头上割一道后，人随即跑掉。观众给他鼓了二十次掌，主席包厢里也数次传来对他的赞扬，乐队响亮地吹奏出对他的敬意，但这些都不能够满足他的虚荣心。这已经不是表演，他全心全意地痛恨眼前这头公牛，这头牲口是他的敌人，男人要看到公牛流血。

他的同伴是个又高又瘦的黑人，长长的四肢很碍事。窄窄的鼻子像一把刀一样凸出在脸上。这个男人也痛恨那头牲口，但他的手段更是不同寻常地阴险，他要在这头牛身上发泄对自身笨拙的不满。他撑开一把紫色的女伞，举在公牛的脸跟前，牛追，他则在伞的掩护下逃跑，爬过栅栏，躲在胆小鬼的安全地带，并用伞尖去戳公牛的生殖器。竞技场内笑成一片，观众们捧着肚子。人类大脑创造出来的最丑陋的道具被用作对付最强壮动物的武器。这个男人为人类尊严找到的这个代表物堪称无敌。

公牛不知所措，它筋疲力尽，嘴角流出泡沫，眼睛盯着大门。那扇门后面是舒适温暖的、臭烘烘的牛棚，它心心念念想着的家园。唉！大门已经关闭，也许再也不会打开！人们在喊，在笑，公牛现在似乎能够区分兴奋的呼喊与鄙夷的嘲讽，一种无比强烈的蔑视充斥了公牛的灵魂，甚至超过了这座竞技场。现在它知道了，大家是在嘲笑自己，它已经虚弱到无法愤怒，它意识到了自己的无能为力。现在，它不再是一头牲口，而是世界历史上所有殉道者的化身。现在的它看上去就像是一个从东方来的、遭人嘲弄殴打的犹太人，像神圣宗教裁判所的牺牲品，像被撕碎的罗马斗士，像中世纪议会里被酷刑折磨的少女。它的眼神中闪动的是伤痛，那束光曾经也在被钉上十字架之人的眼中燃烧。公牛停下来，放弃了希望。

这时，刚才跟我坐在同一张桌上的那个农夫出现在栅栏后，那个友善地喂狗的高尚灵魂手持一把长长的粪叉，将两个锋利的叉尖刺进公牛的背，好让它再动起来。公牛跳起，回过神来，将沙地刨出一片灰云，朝离自己最近的那个大喊大叫的人冲去。伴着一声闷响，它撞在栅栏上。它跳过栏杆，在栅栏和观众之间的狭窄地带狂奔。骇人的欢呼声震耳欲聋，估计周边一里内的人都能听得到。

最精彩的部分还在后面呢！人们还在等待着骄傲的、金红色的骑士，闪闪发亮的跳跃的人，拿着红布的人，扔长矛的人。到目前为止的一切都不过是铺垫而已。善良、有教养、彬彬有礼的市民们躲在安全距离外，用勇敢的呐喊和英雄气概十足的手帕参与表演。这些穿着礼拜日盛装的裁缝和理发师们情绪激昂，已经不满足于只看到嘴角的泡沫，他们要见血，这些老实人！

我是不打算看那些穿着金红相间衣服的英雄了。假如我是长着一副动物的模样挤在这些人中间，也许我会留下，但公牛会把我这个不幸的家伙当成人。我唯一的同伴是一个女人带来的一条白色小狗。每次一有人躲开了公牛，这条狗就会情绪激动地叫。狗想教那头公牛，我也是。

只是，唉，两条可怜的狗怎么能对付得了五千个人？！

《法兰克福报》1925 年 10 月 1 日

马　赛

密密麻麻的桅杆挡住了我的视线，让我看不到海。港口里没有盐的味，也没有风的味，到处是松节油的味道。海面上浮着一层油膜。小船、驳船、筏子还有地板紧紧地挤在一起，让人几乎可以脚不沾水在海港里穿行，假如不是有淹死在醋、油和肥皂水里的危险的话。这就是通向无限海洋世界的那个有限的大门吗？这里更像是用来存放欧洲大陆必需品的一个无限大的仓库。这里有圆桶、木箱、横梁、轮子、操纵杆、大圆木桶、梯子、扳手、锤子、口袋、布、帐篷、车辆、马匹、马达、小轿车、橡皮管。这是世界主义令人心醉神迷的臭味，源自并肩存放在一起的上万公斤鲱鱼和几十万升松节油，还有煤

油、胡椒、西红柿、醋、沙丁鱼、桦木焦油香料、牙胶、洋
葱、硝石、酒精、口袋、靴子跟、亚麻布、孟加拉虎、鬣狗、
山羊、安哥拉猫、公牛和士麦那地毯喷吐出热烘烘的刺鼻味
道。硬煤冒出又黏又油腻、让人窒息的煤烟，包裹住所有死了
的和活着的。各种气味混在一起，浸满所有的毛孔，撑饱了空
气，蒙住石头。最后竟强烈到减弱了嘈杂的声音，就像早就已
经被它减弱的阳光一样。我本以为能在这里看到无边的天际，
看到大海中最蓝的蓝，看到盐和阳光。但是港口的海里却是洗
碗水，上面还漂着灰绿色的油花。我登上一艘大客轮，希望至
少能够在这里捕捉到一丝这艘船曾经去过的那个远方的香味，
但这艘船上有股家里过复活节前的味道：灰尘和晒过的床垫的
味道，门上的油漆味，洗过上了浆的湿衣服味，糊饭的味，杀
猪的味，打扫过的鸡舍的味，砂纸的味，用在黄铜里的一种黄
色糊糊的味，杀虫剂的味，樟脑球味，地板蜡味，罐头味。

　　在这一个小时中，港口里有七百多艘船。这是一座由船组
成的城市，小船就是人行道，筏子是马路。城里的居民穿着蓝
色的大褂，有着棕色的脸庞和坚硬、巨大的灰黑色的手。他们
站在梯子上，给船身刷上新鲜的棕色油漆。提着沉重的桶，滚
着圆桶，整理口袋，扔出铁钩子钩住木箱，转动手柄，用铁滚
轴把货物吊到高处。抛光，刨削，清理，制造出新的垃圾。我
想回到旧港去，那里有浪漫的帆船，突突响的机动船，有人卖

新鲜的，还滴着水的牡蛎，一个 30 法分。

我之前租了一艘船，但是船动不了，我们的桨被卡住了，就像拥挤不堪的电车上乘客被夹住的胳膊。不管往哪个方向，我们总是会撞上木头、横梁、圆桶、链条，撞在生长在现代海洋里的巨大的、叮咣作响的、锈迹斑斑的大铁链上。危险是不存在的，我们不会淹死，在这层厚厚的油膜上，就算没有船我们都敢走。但是我们会被木头的人行道挤死。这些人行道虽然移动得很缓慢，但相互之间却越靠越近，它们要连接成一个木头高地。所以我们挥手，虽然没有人看到我们，我们喊叫，虽然没有人听到我们，我们逃出了存在于一片井井有条中的混乱，逃到危险的开阔海洋和滔天巨浪中。

我身后是海水单调的歌声，前面已经能看到城市的五光十色，头顶是一大片云雾般的嘈杂声。

我爱马赛的嘈杂，钟楼上沉重的钟声奔腾，轮船嘶哑的汽笛汹涌，从蓝色的高空滴落下鸟儿婉转的歌喉，然后还有浩浩荡荡的各种日常生活中的声音，人喊，车鸣，碗盘叮当，脚步蹬蹬，马蹄嘚嘚，狗儿汪汪。这是各种声音的大游行。

白色的城市图景中渐渐露出灰带子般的街巷。弯曲、忙碌的阶梯来回急转，人的身影，晾在街道正上方万国旗一般的衣服，门前棕色的大圆木桶，污物流淌出来的一条条污渍，街头商贩的灰色帐篷，黑压压堆成山一般的海贝，店铺五颜六色的牌子，游弋在金色窗户里的太阳，还有树木天鹅绒般的绿色。我爱这些街上美丽、生动、惬意和漫无目的的忙碌。大多数人都并不是在履行自己的义务，而是在这些义务旁游荡。穿着异域风情服装的外乡人从遥远的海岸漂到这里，他们穿着自己家乡的衣服，加入街上的人流中去，就像是在自己家里一样。外乡人既没有改变服饰，也没有改变步伐或者动作，他就像是走在自己的土地上，家乡就在他的鞋跟里。没有什么能够奇异到会引起大家的注意，人行道是属于全世界的，属于来自世界各国的七百余艘船上的乘客。

　　这里有来自突厥斯坦的骑士，他们弯曲的腿上穿着裤腿肥大，并在脚腕处束紧的裤子；还有身材矮小的中国水手，他们穿着雪白的制服，看上去就像穿着礼拜服的小孩；来自士麦那和君士坦丁堡的大商人气派极大，就好像他们买卖的不是地毯，而是整个王国；希腊商人没法在封闭的空间里做生意，必须在户外，仿佛是要更明确地挑战上帝；在船上做厨师的小个子印度支那人脚步轻盈地穿行在夜色中，迅速，无声无息，就像夜行动物；希腊神父留着亚麻色的大胡子；本地修士捧着丰腴的肚子，好像那只是挂在身上的一个物件；穿着黑衣的修女夹杂在五光十色的熙攘人群中，每个都是一个被冲散了的小小的送葬队伍；穿着白衣的糕点师傅卖的是裹了糖的坚果，他们是出现在正午的友好的幽灵；乞丐拎着面包袋子，拿着拐杖，他们不是贫穷的道具，而是尊严的象征；智慧的阿尔及利亚犹太人又高又瘦又骄傲，像摇摇晃晃的高塔；街头的擦鞋匠中有小孩，也有大人，他们是繁荣产业和艺术的代言人。

　　我认为得学习很久，才能带着如此慈母般的温柔，用绿色的长毛绒擦鞋布去擦靴子尖靴子跟的角角落落，将乌蒙蒙的暗沉潮湿擦成最亮最黑的干燥。鞋刷轻轻地"啪"一声，从右手飞到左手，装着鞋油的铁罐子像个球一样盘旋着从空中飞过，盖子自动打开，温柔地叮叮当当落进工具箱里。

　　客人则高高地坐在宽阔的木头宝座上，虽然现在看上去还没有什么帝王气，但不久之后，他的靴子就会变成那样……

《法兰克福报》1925 年 10 月 15 日

一个船工

　　这个船工年纪很大，两条胳膊像鳍一样软塌塌地垂在佝偻歪斜的肩膀下面。他的眼睛很小，蒙着年岁的白翳，这双眼睛已经看够了。坚硬的耳廓里仿佛长着花白的苔藓，两只手就像两张异常沧桑的脸，手背是棕黄色的，薄薄的皮肤绷得紧紧的。但是，老人的声音还很年轻，很有阳刚气。他说的话短小精炼，就像儿童读木里的句子。句子总是带着些许疑问的腔调，最后一个词会突然下坠，从非常高的地方——但却能够安全着陆——

"我是科西嘉人，先生，科西嘉是法国的后花园。我跟拿破仑是老乡，这是他的像，这个硬币是我从战场上带回来的，1870年。我当过海军。我知道所有这些船，我在很多船上待过。我去过很多国家，俄罗斯都去过。英国、德国、西班牙、叙利亚、君士坦丁堡。我从来没去过巴黎，坐船到不了巴黎。我只坐过一次火车，二等座，挺舒服的。

"我七十五了。如果年轻十岁的话，我都不会待在这儿。我每天有五法郎的养老金。六天里，您是我的第一位客人。这艘船花了三百法郎。帆是我自己缝的，绳索是我自己搓的。这桨每个花了六十法郎。然后我给船起了名字，用的是我父亲的名字。他叫雅克。那儿写着'雅克'。刷的白漆。

"我父亲是船长，'斯芬克斯'号的。这艘船在那边。我家是弟兄俩，我弟弟也是船长，他现在退休了。他的退休金很多。我住在他那儿。

"我不想上海军学校。我就想出去闯世界。所以我现在很穷。我弟媳妇是个好人。我们晚上八点吃饭。然后我看小说。我看的是《基督山伯爵》。我不相信这个故事，都是编的。

"您看，那是我们的大教堂，修得很漂亮。我去过那儿两次。我不经常进教堂。所有宗教说的都一样。我是天主教徒，但我也进过犹太教堂。我还进过清真寺。伊斯兰说安拉，犹太人说耶和华，我们还是喜欢说上帝。都是一样的。我朋友是犹太人，他蹲过大狱。他老婆有人了。他差点把他老婆的情人打死。现在两个人都还活着，那个女的死了。

"那些是渔民。他们明天中午才回来。他们带了很多渔网。这天适合打鱼。我们那儿钓鱼的人比鱼都多。您也试试钓鱼吧，也许您运气好，因为您是外地人。

"花一千法郎，我就能给'雅克'装个马达，那样的话我就能开到科西嘉去了。下面那儿东西比马赛便宜一半。这个城市很贵。但是我不用付房租。

"这是我的名片。我叫布西亚·帕斯卡。这是个科西嘉名字。我们跟意大利人说话很像，西班牙人说话我们也能听得懂。所有的语言都来自拉丁语，不过英语是从德语来的。拉丁语是最古老的语言，不过我朋友说：中文更古老。

"我把您放在老港区，晚上您可以在那儿散步。把钱放在家里，如果您有钱的话……

"我现在要回家了。我们今天晚上吃腌鲱鱼和嫩豆角。然后我就看书。十点钟我上床睡觉。我不跟我弟弟说话。我在他那儿住了五年了，上一次说话还是在两年前。当时他刚得了第四个孙子。十二月他就要有第五个孙子了。

"礼拜日我妹妹从阿雅克肖过来。她给我带烟草过来。不过，我需要的是烟斗。

"祝您健康，先生，您下船小心，别跳！把钱放在家里！"

《法兰克福报》1925 年 10 月 17 日

《爱之巷》,《法兰克福报》1925 年 10 月 21 日，与《白城·马赛》中的以下章节相同：第 501 页第 2 段至第 502 页倒数第 2 段。

尼　斯

尼斯就像是一座由社会小说作家建起的城市，里面住的都是小说里的人物。疗养地林荫道上和沙滩上的那些人都像是来自图书馆或者乡村少女的梦里。这些人不可能是上帝创造的，他们不是来自粗糙的泥土，而是充满浮华的纸屑。作家们不断地写这些人，直到写得他们活了过来。他们的动作、走路的样子、衣服、语言、思想、目标、欲望、伤痛，还有他们的经历都像是经过了文学的过滤，既不同寻常又精挑细选。这个地方首次完成了一个反向的发展过程：作家们根据原始的构思创造人物，上帝的造物们又反过来模仿这些人物。作者将世界口授记录在了打字机上——瞧啊！——这个世界从书中的存在变成了真实，有散步，有轮盘赌，有爪哇舞，还有在海里游泳。

在这样一个小说世界里待上一整个旅游季恐怕会无聊，只有三天的话倒是能让人放松，能让人们从俗世的日常辛劳中，从纠缠的生活烦恼中，还有为一日三餐拼搏的硝烟中解脱出来。在一个由亚当的子孙组成的真人社会里，包围我们的是司空见惯的悲伤散发出的司空见惯的味道。但是在这里，在尼斯，四处弥散的却是小说悲剧的神圣烟雾。这里只有奢侈的人生，眼之所见全是高尚的人群。站在他们金色摇篮边的都是拿高工资的仆人，他们的整个青少年时期就是一个非常好的儿童房，由家庭医生亲自负责通风换气。他们的婚姻是非常好的投资，他们的死亡留下的不是空白，而是遗产。

因为这些人存在的必要性不是普通意义上的，而是更高一层，他们只需要为写小说的人提供证明，这件事他们在尼斯完成。为了见识什么叫刺激，他们在蒙特卡罗一掷千金。而蒙特卡罗我们其他人是天天可以见到，因为我们的一生就是一局轮盘赌。

但是在这里，如果不是为了押黑或是押红，是不会使人情绪激动的。所有人身上都散发着神圣的稳定感，就连那些不稳定也被它包容。人们一整天都躺在蓝色的水里，太阳觉得能够不间断地、没遮没拦地照在这么一群优秀的人身上，也是一种荣耀。夜也尽量保持温暖，小心翼翼地不让来疗养的人着凉。那些从英美来的老先生迈着均匀的步伐，做他们的睡前散步，步数精确得就像服用药水的滴数。他们的儿子和女儿们这时在跳舞，按照作者的规定恋爱、痛苦或结婚。老太太们因为脸部按摩和节食，看上去年轻十岁。她们迈着十八岁的腿，穿着短裙，戴着巨大的宝石，有时还装点着小哈巴狗，嘴里谈论的是未来，并不像其他老年人那样说的是过去。每隔几分钟，宽阔美丽的大街上就会有一位戴礼帽的先生轻巧地驶向蒙特卡罗，街上尘土不扬，这条街本就是高尚人群的一条高尚通道。

　　不会有什么糟糕的事发生：虚弱的人变得强壮，生病的人恢复健康，健康的人幸福快乐，幸福的人会在这里找到他们热烈企盼的悲哀，变得比幸福的时候更加幸福——如果有人自杀，那么他的死会被罩上一层浪漫的面纱，从而远离惯常的哀伤，进入被更广阔世界赞叹的境界。跟这样一群优秀的人待在一起真是美妙，这些人白天光着，晚上穿着礼服，又旧又干净，又干净又有教养，虽然来自纸上，却有血有肉，没有工作带来的沉重后果，品德高尚到可以由主亲自喂养，虽然他们并不是主按照自己的模样创造出来的……

《法兰克福报》1925 年 10 月 26 日

港口电影院

电影院正对着那些船，长期远离陆地欢乐的人用双筒望远镜就能从海上看到花花绿绿的大海报。电影院的名字很朴素，"宇宙剧院"，放的电影是《红狼》。

"红狼"是阿布鲁佐大区的一伙强盗，他们抢了一个名叫玛格特的美丽少女，并把这个少女关在一个人上不去的高塔顶上。但是，什么叫上不去，什么叫高？一个勇敢的年轻人加入了"红狼"，他的名字叫塞萨尔，不过他只是假意入伙，他救出了玛格特。

您大概以为加入强盗团伙是小事一桩？您错了！这事非常困难，之前得先通过考验，内容包括摔跤，持刀对抗，掰手腕。

这个考验是电影里的重头戏。塞萨尔通过了考验，不但得到了"红狼"的掌声，也赢得了观众的掌声，这些观众最大的梦想就是能够成为阿布鲁佐的强盗。

从早上十点到夜里十二点，这家电影院循环放映八遍《红狼》，塞萨尔每天通过八次考验，观众们表示八次赞叹，其中三分之一的观众是一整天都待在电影院里的。

这三分之一是女人和孩子，白天，在黑乎乎的电影院里比
待在狭小的房间里或者更加狭小的巷子里凉快。这些女人来电
影院是为了乘凉。小孩不用买票，每个来看电影的女人至少都
带着四个孩子，付一个人的钱，进去五个人。

晚上，男人们来了，他们是港口的工人，吃了饭，洗了
澡，就来电影院了。他们昨天、前天已经看过了塞萨尔的壮
举，也欢呼过了，但既然他们本人只是港口的工人，那这样的
英雄是看不够的：他们心中充满渴望，也希望变成阿布鲁佐的
强盗。

比港口更浪漫的是阿布鲁佐的强盗窝。这些打短工的人今
天是渔民，明天当船员，后天又去另一个遥远的港口看《红狼》
电影，这样的生活，他们觉得不够浪漫。

我不知道阿布鲁佐的那些强盗会不会去电影院看关于马赛
海狮的电影。山里的强盗很羡慕港口的男人，强盗做那些浪漫
的活计时就像是做普普通通的手工活，他们心里梦想的是别人
的浪漫。电影业正是以此为生。

而港口的男人跟山上的那些大致有着同样的习俗。港口的
人也是用科西嘉刀，也热爱跟同伴掰手腕，跟好朋友摔跤。他
们因为在阿布鲁佐也流行这些乐子而感到高兴。他们坐在电影
院里，掏出刀，眼睛紧紧盯着银幕，手则向旁边的人伸去，玩
闹似的给旁边的人小小地、轻轻地扎上一下。旁边的人可不好

说话，他要求自己的朋友走到银幕前面去，模仿英雄塞萨尔做同样的事。

所以，在电影院里不仅能够看到阿布鲁佐的男人做了什么，还能看到马赛的男人做了什么。

在这期间，钢琴师不断大力弹奏着《权力的女儿》。观众自然觉得无聊，他们要求换一个曲子。钢琴师站起身走出去，电影继续放映，没有了音乐伴奏。

过了一会儿，人们看到了一个愤怒的大高个，他不能容忍钢琴师的这种挑衅。如果一个非常高、非常壮的男人，腰间系着一根红色的宽腰带，额头只有短短的两厘米，两只手像铁铲似的，如果说是这样一个人不能容忍一个拿雨伞、穿常礼服的小个子钢琴师的挑衅，那大家都明白这意味着什么。

五分钟后，钢琴师就已经在这个愤怒的观众拳头里挣扎了。灯亮起，观众们大笑，那个巨人朝大家挥挥左手，把钢琴师放在乐器前，命令他演奏多数人想听的曲子。

然后，电影继续。

我坐在两个孩子中间，他们俩在我膝盖上玩玻璃弹球。这是两个漂亮的、脏兮兮的小孩。我很想抚摸他们。两个孩子互相偷对方的弹球，然后把弹球藏在我的礼服兜里。他们的父亲擦燃一根火柴，照亮我的脸。他想知道跟自己小孩一起的是不是好人。

"孩子很漂亮！"我说。

"您要注意！"他说，"小心他们打架。"

我想，他觉得我是好人。他发现我很会看孩子，于是放心地转头去看那个一半发生在银幕上，一半发生在影院里的故事。

《法兰克福报》1925 年 11 月 4 日

白　城

我当记者是因为有一天绝望地发现，任何职业都没有办法让我感到充实。我没赶上用诗歌开启并结束自己青春期的那一代，又错过了在足球、滑雪和拳击中达到性成熟的全新一代。我只能骑着一辆没有自由轮的简陋自行车，而我的写作天赋也仅限于在日记中进行精确的描写。

我这个人从来就缺乏感情，从我能够思考开始，我的思考就不带怜悯。小时候，我用苍蝇喂蜘蛛。蜘蛛一直是我最喜欢的动物，它们是除臭虫之外最聪明的昆虫。它们待在自己织就的一圈圈圆的中心，把一切交给朝它们靠近的偶然。所有动物都是去追逐猎物，但我们却可以认为蜘蛛是明智的，它的智慧体现在认识到所有生物的绝望追踪都是没有用的，只有等待最有效。

我爱读蜘蛛的故事，那些在牢房阴暗的孤独中以蜘蛛为乐的囚犯的故事能够唤起我的想象，我是绝不缺乏想象的，我的梦总是充满激情，但做梦的时候感官总是清醒的。我绝对不会把自己的梦当成现实，尽管如此，我还是愿意深深陷入自己的梦之中，好让自己能够体会另外一个真实。

三十岁的时候，我终于看到了小时候梦到过的白城。我在灰色的城市里度过了灰色的童年，在灰色和红色的兵役中度过了青少年时代，兵营、战壕、战地医院。我去了陌生的国家，但那是敌人的国家。以前我从来没有想到自己能够如此迅速、如此无情、如此暴力地走过世界的某一个地区，目的是开枪，不是四处看看。在我还没有进入生活之前，整个世界对我来说都是开放的，但是我开始进入生活的时候，这个开放的世界已经化为焦土，我自己跟同龄人一起毁掉了它。别人的孩子，之前和之后那些代的孩子还能够不断地在儿童、青壮年和老年之间找到关联。他们虽然也会碰到意想不到的事，但不会跟期望找不到任何关系，没有什么是无法预言的。只有我们，我们这一代人，从一出生就以为地球会绝对安全，但却经历了地震。我们所有人都以为自己是拿着列车时刻表坐上火车环游世界，没想到狂风却将我们的车刮向远方，本来想着用悠闲又色彩缤纷、撼人心魄又无比迷人的十年时间到达的地方，瞬间就到了。我们还没能够体验，就已经有了经验。我们本来打好的是一生的行囊，但死神却已经在向我们招手。这一瞬，我们还在惊讶地看着送葬的队伍，下一刻就已经躺在万人坑里。我们比白发苍苍的老人知道的还多，我们是不开心的孙儿，被祖父抱起放在怀里讲故事。

从那时起，我就不相信能有机会手拿列车时刻表登上火车，不相信我们能够像带齐了所有东西的游客那样自信地游逛。列车时刻表是错的，导游讲的是假的，口授旅行手册的都是愚蠢的脑袋，这个脑袋不相信这个世界会改变。但每一样东西都能在一秒钟内被千万张面孔改变，扭曲，弄得面目全非。他们带着自信的历史感说现在，说起异乡某个活着的民族，就好像这个民族已经在石器时代死亡。我读过几个国家的旅行手册，这几个地方我都生活过（对这些地方，我就像对自己的家乡一样熟悉，也许它们都是我的家乡）。这些所谓的优秀观察员写的报道多么失真啊！"优秀观察员"是最差劲的报道人。看所有能够变化的东西时，他虽然眼睛睁着，但却是呆滞的。他不会倾听自己内心的声音，而这恰是他必须要做的。至少他可以把自己的声音报道出来。他记录的是周边环境中一秒钟的声音。但我们都知道，人只要离开自己倾听的位置，马上就会出现其他的声音。还没来得及写下来，自己所了解的世界就已经不是曾经的那一个了。

我们还没有把一个词写下来，它就已经不是之前的那个意思了。我们知道的那些概念已经与事物不符，这些事物已经穿不上我们为它们量体而裁的窄小衣服。自从我到过了敌人的国家，不论走到哪儿，我就都不再感到陌生。我再也不是到"异乡"去。这是个马拉邮车时代的概念！我顶多能算得上是去"新地方"，并且证实自己其实已经都预感到了，而且我也没法"报道"，只能讲述我心中所想，以及我的体验而已。

　　我很好奇，想知道我们周围这圈栅栏的外面是什么样的。我们四周有一圈栅栏，围着我们这些被归入德语世界的人。在德国，"概念"是神圣不可更改的，我们信奉标准统一。德国出版的是最"可靠"的导引手册，最"深入"的观察和研究。所有一切只要写下来就会变成法律，大家甚至会相信 1880 年出版的书，但就算是 1925 年出版的书其实都是不应该相信的。今天的人跟战前一样，还是相信那些古老概念的含义。

　　在栅栏的外面，标准从来就没有那么神圣，名称总是远远地绕着事物转，衣服总是松的，大家并不追求将所有的一切一动不动地固定下来。人也是随时在变化的，那是在那边，栅栏的外面。我们总是把这个称为"不忠实"，适应就是半个"背叛"。在栅栏的外面，我又找到了我自己，我可以随心所欲地把手插在裤兜里，帽子上留着寄存衣物的号码牌，拿一把破伞，在男人和女人之间，街头艺人和乞丐之间走来走去。我在街上和人群中间时跟在家是一样的，外面就是我的家。我清楚那种可以只是表现自己的甜蜜自由，不用代表，不用夸张，不用否认。尽管如此，我还是不会引起大家的注意。在德国，如果我不表演，如果我什么也不否认，不夸张，那么想不引起别人的注意几乎是不可能的。很不幸的是，我在这两种之间选择了不好的那一种，因为我就算不代表任何类型、品类、性别、民族、出身、种族，也还是得代表个什么，我们是被迫的。"选一种颜色"，而且还不是随便哪种，必须从正式的色彩表里去选，否则我们就是"没有信念"的。这就是这个怀疑所有不能定义之物的逼仄世界的标志，广阔世界的标志在于它能容我自便，但就算是这个广阔的世界，也没能给我一个称呼。只是，不管它把我叫成什么，称呼和所指称事物之间总还是有一个自由空间的。因为这个世界不会按照字面去理解一切，但我们却是按照字面去理解它，而不是"按照所指"，因为我们把名字和事物混为一谈了。

　　所以我们不能理解这个世界，这个世界也不能理解我们。栅栏外面在放假，甜蜜而悠长的暑假。我所说的，大家并不按照字面去理解，我隐瞒没说的却被听到。我说的话还根本不算是自白，我撒的谎也根本不算是没有个性。我的沉默不神秘，每个人都能理解，这就像是每个人都不怀疑我会准时，然而我的表不准。人们不会从定义我的某个定语就推断出我的个性。

没有人来控制我的一天，如果失去这一天，那它就曾经是我的一天。（"偷日子"，用这个词来表达游手好闲真是很德国！如果偷的是自己的日子，这些日子又属于谁呢？）

　　我看到这些白色城市的时候，它们跟我在梦中见过的一样。只要找到了童年的梦，那人也会返老还童。

　　我从来没敢有过这样的奢望，因为童年已经远得无法再找回，跟我隔着一场世界大火，隔着一个燃烧的世界。它自己也不过就是个梦而已了，已经从生活中脱离开来，那是已经死亡、入土、消失的岁月。接下来的就像一个没有经过春天的夏天。我揣着怀疑穿行在这个国家中，这是一个没有童年的人生造成的后果，在这种意义上，我这一代的所有人都是怀着"疑心"的。那些比我们年纪大的人天天往我们耳朵里灌输"建设"和"态度积极"这样的提醒，而我们却带着知情者的微笑，因为我们是制造了一场巨大破坏的原因、工具和牺牲品。唉，假如不是这场破坏将我们变得如此沉默，我们本可以告诉他们什么是"建设"！我们实在是不信这个，甚至于都不能解释它的不可能。失去了儿子的父亲对于这场破坏的了解没有那个死去的儿子多。生活在后方的人都是从历史的角度去体验世界毁灭的，我们经历的那场世界大战跟卡塔戈尔和古罗马的战争是一样的。他对自己所处时代的战争的认识来自报道，就像是从教科书里认识过去一样。是亲身经历，还是在自己儿子身上经历还是有区别的。

我们就是那些儿子。我们经历了标准统一的相对性，甚至包括事物本身的相对性。只消隔开我们和死亡的那一分钟，我们就能跟所有的传统，跟语言、科学、文学和艺术决裂，跟整个的文化意识决裂。只消一分钟，我们就能比世界上任何一个寻找真理的人都更了解真理。我们是复活的死人，承载着另外那个世界的所有智慧而来，重新回到一无所知的俗人中间。我们的怀疑是形而上的智慧。

所有的一切，不管是在我们身边，在北方，还是东方，从我们复活之后发生的这些都只能更增强我们的怀疑。我们不断远离自己的童年，回来就好像是为了再参与一次所有的破坏。我们这些人是直接从正在研读的三十年战争被送到了世界大战的战场上，于是我们觉得德国的三十年战争似乎一直就没有停止过。我们不能相信还会有什么地方存在持续的和平，古代和中世纪欧洲强大的文化传统还会在什么地方是鲜活的。自从回转人间，我们经历了一种全新文化的发展，经历了近东地区的革命，远方静悄悄的地震，同时还有美国的技术魔法。我们被困囚在一个国家，这里对同一个人身体里那个已经死去的最后的过往有种孩子气的热爱，这些人希望把有血有肉的人变成钢铁组成的东西。我们被困囚在一个奇怪的国家，这里有一半的民族能够同时赞赏两个非常不同，甚至互相对立的存在，比如阅兵和气球。我们被困囚在一个国家，这里的细腻感情与技术意识同样强烈，在这里，我们每个小时都在体验过去和未来之间的大小战斗，既受西方古典的、天主教的、欧洲的影响，也受东方的革命和美国资本主义的影响，比三十年战争还丰富。

因为我们知道这是一场战争，我们这些宣过誓的、了解战场的内行马上就看出自己是从一个小战场回到了一个大战场。离开这个国家的话，我们会感觉像是去度假。南边那里是多么祥和与无知啊！这个世界对于慢慢滑下来的这种雪崩所知太少！雪难道不会滑到这里来吗？它的威力到这里就戛然而止了吗？尾随破坏而来的新文化会像以前那样，出于尊重在老家伙活的纪念碑前停下脚步，以求得妥协吗？

我童年生活的那个国家运气好，它躲过了暴风雨，有时间思考，有时间搞和平大会。而我们在北边的却被牺牲给了肆虐的元素，它们原始，缺乏理解力，并且不打算谈判。在这个好运气的国家里，人们又可以做梦，并学习去相信过去的那种强权，而我们曾经以为这些强权跟许多其他东西一样全是谎言，以为是书里搞错了！

太阳年轻有力，高高的天空是深蓝色的，树是深绿色的，在沉思的它们非常古老。宽阔的白色街道几百年来一直饱饮并反射着阳光。这些街道是通往白城的，那里有平坦的屋顶，平

得就像要告诉世人，这里就连高处都不危险。我们永远，永远
不会跌入黑暗的深渊。

里　昂

一个周日的下午，我来到了里昂。

这座城市位于北欧和南欧的交界线上，是一座位于中心
的城市。这里既有北方的严肃和目标明确，也有南方的随心所
欲，它是边微笑边工作的。这里的工作日很勤奋，周日则一派
喜庆的样子，所有人都努力忙着什么都不做，他们用不知疲倦
来庆祝。

这座城市出产丝绸，商业区里处处都有这个产品的痕迹，
所有的牌子上都在说丝绸，所有的橱窗里都能看到丝绸，所有
的女人都穿着丝绸，不管是工作的，还是没钱的。

那些每天织十个小时，甚至更长时间丝绸的穷人是否比他
们那些织普通麻袋的同行幸福感更强？他们挣得都一样少，丝
绸也不能吃，而且社会科学的计算方式中，也不会把产品是否
昂贵当作计算工人幸福值或者痛苦值的指数。

尽管如此，我还是认为制造丝绸衣服和制造麻袋是有区别
的，华丽的产品上总会有些许微光落在忙着生产它的人身上。

我觉得在地沟里干活的工人是这个世界上最不开心的人，而织丝绸的工人则是最开心的，仅次于甜点师傅。如果二十年里一直在把闪着光发着亮、五彩缤纷的丝线结在一起，那这个人的灵魂就是喜悦的，他的手是温柔的，他的头脑中都是些让人愉快的想法。

虽然他也住在罗讷河的对岸，住在简陋的出租房里，宽阔的马路长到让人绝望。那种街道，昨天还是崭新的、廉价的、卫生的，到今天就只剩下廉价而已。真是不可思议，无产阶级的这些现代化街道怎么老化得这么快，所有城市都一样。新材料不断发明出来，人行道边种上了健康的绿树，挖水渠，铺水管，下水道，陶瓷盆，还有不生锈的栏杆。两年之后，陶瓷破了，上面沾着黄色的污垢。树变成了灰色的，在厚厚的灰尘下无法呼吸。水渠堵了，水管裂了，房顶在渗水。铁栏杆因为一个很简单的原因没有生锈，因为它们早就不见了。墙是黑的，砂浆脱落。房子看上去就像得了难看的病，这病使表皮一层层剥落。这不是有尊严地老去，而是迅速地变旧。

丝绸工厂也跟所有工厂一样是赤裸的，又笨重又破败，但工人的情绪是愉快的。他们晚上看着窗外，就好像还有几天时间可以休息的人，所以有时间去了解一些不一样的事。年轻女工们是身材苗条、皮肤棕色的公主，她们不是因为穷困，而是因为任性才住在这些黑乎乎的房子里，昏暗的大门里随时会走出一位矮小的王后。男人们喜欢喝酒，但很少喝醉，酒馆里也听不见争吵声。女人们一群群地坐在罗讷河边。有人钓鱼，有人在逐渐微弱的日光下看报纸。眼前这条美丽的大河曾经是罗马人最重要的河道之一，在将近两千年前，罗马的男人女人就曾经坐在这里，有斗士，有斗士的妻子，还有年轻的新娘。

我喜欢在傍晚时到这一区来。这里的小店铺橱窗积满灰尘，里面放着感人又朴素的物件，只有穷人才会买的东西：烟袋，粗大的表链，大象牙，绿色陶瓷做的小狗小猫，只有一道裂纹的咖啡杯，木制的餐巾环，五颜六色的玻璃珠，镍制的牙签盒。小食品店里摆着有些被挤压了的水果，上面落满灰尘，还有洋葱、土豆，用来做袋子的旧报纸，卧在食物上的猫，在店前面玩耍的孩子。一切都缓慢，波澜不惊，时间静静地、从容地流淌，意外会提前预告自己的到来，快乐更加真切和安静，人们对待死亡的态度就好像那是个礼物，生活没有特别高的价值，生活的价值就是每周一点微薄的薪水，一瓶廉价的葡萄酒，或者周日去看场电影。

里昂的这个地区虽然没有历史建筑，所有房子都是新盖的，但我却最真切地感受到了城市的历史。穷人似乎与发展和过去有着最温暖的联系，他们会最后一个跟现下那些匆匆忙忙的新事物建立关系。这些人对传统最为虔诚——他们是"人民"，在他们脸上的线条里，我辨认出了一千八百年前第一次出现在这座城市里的罗马人的模样，这些罗马人来了就再没有打算离开。穷人没法旅行，他们就待在一个地方，所以地理视野非常狭窄，娶的都是隔壁街上的姑娘。虽然他们不写家谱，但就算没有记录，每个会看脸的人也都能看出他们的出身是"古代"，看出他们的血管里流着历史。普普通通的男人坐在河边聊天，夜晚的黑和落日的红色光芒共同凸出他们的剪影轮廓，使这剪影从司空见惯的日常中脱离，几乎被赋予了象征意义——我在这些剪影中看到了古罗马的首领，我给那个可怜的男人戴上一顶闪闪发亮的头盔，前面的突起部分是闪亮的黄铜，又给他套上一件红色的上衣，上面覆一件铁片鳞甲串成的盔甲，然后，我往他一无所知、老实巴交、和平友好的拳头里塞了一把双刃短剑，中间开了血槽，两边是带弧度的利刃，光滑，尖锐，像在舔东西的舌头：看啊——一个罗马人。

我喜欢罗讷河边洗衣的女人们。她们也贫穷，已经过了少年和青年时期，但却跟少女一样快乐。从早上六点钟开始，她们就一直站在那儿直到傍晚。最后一丝微弱的阳光她们也要充分利用，她们就像是要省着用珍贵的阳光一样，能将一天分成三天用。河水从她们身边流过，不断有新的银色的河水流过来。她们每天能看到百万朵浪花，每一朵浪花中都有她们伸进去的衣服。洗脏衣服的时候，她们的表情就像是女祭司，平凡也因而变得神圣。她们是五颜六色的，像河水一样活泼，不知疲倦地唱着歌，互相大声打着招呼，河的此岸与彼岸都有。声音跟河水的哗哗声混在一起，被陡峭的斜坡放大净化。这些银色的桥看不见，只能够用耳朵去听，这是问候的桥。整座城市的衣服都在罗讷河中变得干净，仿佛人类的所有龌龊都被冲走，而这些女人站在这儿的目的就是要让里昂市民的灵魂保持洁净。我想，一座有两条河的城市，里面的居民应该是正直的，水是一种神圣的物质。

明天早上，我要过威尔逊大桥到城中心去，去人们卖丝绸的地方。那个地方每天早上十一点是最好看的。届时，古罗马高贵的办公楼将打开大门，年轻姑娘们就像是要去迎接巨大的幸福一样，跑出来午休。整整半个小时，这个城市里的所有居民都在向幸福奔跑，马路上人流熙攘，汽车喇叭滴滴响，车里坐着丝绸商人和丝绸厂老板，整座城市就像是年集。饭馆坐满了，乐手在角落或者古老的小巷子里排开，演奏小提琴、手风琴和钹，小姑娘们买下乐谱，带着白纸黑字固定下来的、不会消失的永恒音乐去吃午饭。汽车的滴滴声，餐具的叮当声，店铺前百叶的沙沙声，大家准备了一个小时，就为了这个在法国南部的白色城市里被称为"吃饭"的盛大的庆典。

然后，庆典开始了：午休。站在街上都能听见房子里面的钟表嘀嗒嘀嗒响，人们压低声音在聊天，寂静是白色的，强大的，充满阳光，没有阴影，这是充满高贵的午休。我看见办公室里，打字机安安静静地盖在黑色防水布下面，墨水瓶盖上了盖子。我知道抽屉里放着窄长条的绿色账本，那是财富的收集者，还有丝线，巨大机器里的成百上千万条丝线，期盼着能够被完成，成为闪光的织物。

晚上我要去看大慈大悲的"富维耶"。我对它早已仰视良久，像恭敬、天真的先民仰视超自然权力的象征物。这座大教堂在高高的山上，宽阔的正面对着城市的方向，四根立柱，三个拱门，上面是三角墙，三角墙顶的十字架像一朵盛开的花，左右各有一个圆形的塔，像两个负责守卫的士兵。下面是很多级台阶，平坦宽阔，不像是让人走的，倒像是要让人跪的。这里曾经有一个古罗马的广场，几乎就在同一个位置。那曾经是另外一个政权的象征，现在已经把位置让了出来，甚至还让出了几块石头用来修建小教堂。这些石头是古罗马广场的血与肉，一个象征物转变成了新的象征物。还是那些石头，虽然委身于新主，却用同样的忠诚继续服务于已经消失的那个政权，而新旧两个又都可以相信它的坚定不移。虔诚的信徒每年都会从西欧的各个地方来参拜一次这些石头。

最初的小教堂建于公元九世纪，后来教堂的声望越来越高，曾得到过路易十六、十七、十八的大量馈赠。但是直到一六四二年瘟疫在城中肆虐的时候，小教堂所在的这座山丘才真正显示出它的神奇力量，当时的人逃到山上躲避瘟疫。从那时起，每年九月八日的天主教游行队伍都会去富维耶教堂，由大主教为全城祈福。这座新的大教堂一八九六年才建成，耗资一千五百万法郎，都是虔诚的老百姓捐的钱。

当初建这个大教堂，目的是要让它成为具有代表性的标志物。我还从来没有见过当代的哪座历史建筑能将宏大与细腻如此紧密地联系在一起，雄伟能够这样谦虚地让位给细节的柔和效果。圣徒们顶着三角墙，用头支撑着它，他们环绕着拱门的圆弧，这些承担了技术功能的人物形象栩栩如生，就因为石头与有生命之物的关系密切，于是每块石头似乎都有了呼吸。整座巨大的建筑虽然已经完工，但仍在不断变化。这些石像虽然会一直支撑这些石头，但它们的动作看上去却好像只是连续动作中的一个瞬间。下一秒钟它们就会移动，教堂也会挪位，走到山下的人群中去。它已经站在边缘了，要去欢迎那些在九月八日那个神圣的日子来朝圣的人。

山丘上到处是石头台阶，每条巷子都是阶梯。老房子用坚固的大方石修成，彩色房顶上盖的是看上去像贝母的闪亮石板瓦。这些房子一栋比一栋高一头，两边都是台阶。房子永远关着门，永远一片寂静，就像是对上帝立誓要沉默一整年，直到朝圣者到来。然后，这些门才会打开，人们将装在罐子里的水和葡萄酒递给虔诚的朝圣者，每一级台阶上都有一个送吃送喝的人，每个小门都会有一个客人站在门口。但是今天，只有彩色的金翅雀和黄色的金丝雀在屋门前美丽的绿色鸟笼里叽叽喳喳地叫，旁边是干干净净的邮箱。每栋房子前面都有四五个邮箱，这是为了省去邮差爬房子里面那些陡斜楼梯的辛劳。

教堂后面就是罗马，一个活生生的罗马。所有挖出来的回忆都放在原地，并没有送进博物馆。每一个走到这里的人都能感受到发现者所经历的狂喜。罗马花瓶跟一千八百年前一样，依然立在种着鲜花的花圃里，一个活的园丁用的是古代的一把石头洒水壶，通向花园入口处站着一只古罗马的狗，上面用拉丁语写着：小心恶犬！这是一只用砂岩雕的造型简单的狗，有点像狮子，有点像狼，有点像熊。因为身上混合了这么多可怕的动物形象而尤其显得吓人，它就像我对拉丁语法课的回忆一样快乐而无害。里昂的中学生们可是舒服，连语法都不是抽象的，每条规则他们都可以用手触摸到。所有的例外情况都在供散步的小道边缘，每一块石头都在发表历史讲演。这里有一条马路，直接通向罗马，通向古代。他们就是沿着这条路来的，在这里跨过了索恩河，爬上山丘，好俯瞰山下。他们开始在河的另一边把石块摞在一起，别人升起的是旗帜，他们升起的是堡垒。

从这里，我看到了自己的第一座白色城市的全貌。没错，我梦中的它就是这个样子的，它们都还在：闪闪发光的房子，白墙上粉刷着阳光，平坦的、五光十色的房顶由彩虹造就。跳动的烟囱口吐出小小的蓝色云朵，给蓝色的天空提供了柔软的建筑材料。街道上铺着白色的石灰石，这些宽阔的带子一路逃进田野的绿色中去，急匆匆地逃向深绿色的森林和天边蓝色的岩石。天那边就是罗马，希腊的继承人，我们的第一位老师。它还活着，它还活着。中世纪塔楼上沉重的钟又敲响，圣让大教堂的钟声奔进灿烂的古代石块里，还有圣尼济耶大教堂尖锐的塔楼，用尖利的凸起和尖刺保护着的小房顶，上面装饰着代表宽容的十字架。

傍晚的黑暗盖住天地，街上安静下来，罗讷河的流水声更响了。我还能依稀看见市政厅、市立图书馆、圣马丁教堂，还有教堂堡垒一般的外墙。月亮从岩石后升起，白色的城市更加洁白，石头与月亮竞辉，罗讷河和索恩河庄严地流淌着，一条灵巧，一条悠闲，朝着同一个目的地，那是希冀了很久的交汇，它们抱定了白色的城市不撒手，仿佛那城是个无价之宝。

维埃纳

我在里昂的一个博物馆里看到了古罗马时期维埃纳的复原图：维埃纳坐落在山丘之间，一边是缓坡，另一边平坦。城市横跨罗讷河两岸，不失妩媚，却也还留有几分古罗马的雄伟，那是罗马赋予它的所有建筑、纪念碑和殖民地的永恒性。山丘包围着城市，城市却并不压抑，总是还有足够的空间发展和扩张，石头间也不缺绿色。城市一直延伸进乡村，乡村依偎着城市，自然与艺术地位平齐，人的手用地上的材料创造，但材料从不会被强迫，而是喜悦地听从人的意志。城中的生活集中在十二栋主要建筑里，尽管如此，这还是一座大城市。这里没有马路，只有广场，几乎没有普通楼房，到处都是宫殿。不过，这张画还是散发出了一股大城市的气息，没有哪个现代国际化大都市的整体图能够有这样的气质。我觉得，当人面对的是一个巨大的竞技场时，他还依然是人。但是站在摩天大楼前时，却会瞬间缩小为蚂蚁。为什么在宽阔的古罗马广场上人不会迷失方向，到了现代的林荫大道上则不然呢？古罗马的大并不超自然，还是人性的。罗马用的是人间的尺度，它的宏大雄伟都有"人"的特征。

我心里揣着这幅图动身去了维埃纳。这座城市的变化真大啊！从建城那天起，它几乎就一直都是都城，是公侯与国王的政权所在地。它曾经属于不同的国家，不同时代也在变化，但从没有哪位统治者敢将它降格为低一级的城市。它始终年轻、骄傲、美丽、宽阔。它可以没有任何担忧地展望未来，就像一个游离在时间之外的女神。

维埃纳城是在这种美丽中突然死亡，它就像是个被废黜的女神，并不旧，也没有降级。它就是突然不再雄伟、美丽、骄傲、迷人，并且也不勉强自己去寻找新的功能。它甘于被遗忘，保持着人们转开注意力那一刻的状态，任何的时代进步都无法钻进它充耳不闻的墙。它封闭了自己，什么也不听，什么也不看，什么也不接收。我在维埃纳住了三天之后，觉得自己竟然能坐火车来这个地方是很奇怪的。奇怪，奇怪，这样一个地方竟然会有火车站，有的时候还能听见火车的汽笛声。这里要火车干什么？声音在这里能说什么？这里生活的都是死人啊！这些巷子里的人跟世界没有什么关系！生活在这里的人自己就像是纪念碑，女人们整天坐在窗户前一动不动，猫也一动不动地卧在她们旁边，狗睡在路中间，任何车都惊扰不了它们的清梦。我则是那个行人。这里的房子上安的不是门，而是彩色的玻璃珠帘，除了这帘子，什么都一动不动。我在维埃纳一共住了十三天，到达的时候，女人们从窗口盯着我，就像盯着一个幽灵，离开的时候，她们依然奇怪地看着我。狗还是睡在路中间，跟我到达的那天一样。它们真是在睡觉吗？难道不是死了？那些老太太真是坐在窗前吗？她们是在看我吗？难道她们有死人的能力，能够看穿活人的身体，就像看穿空气和玻璃？维埃纳的居民们真的注意到了我的存在吗？或者我是像一阵微风一样穿过城市，老人们几乎觉察不到，死人则完全没有察觉？

　　他们给我打开酒店房间的门，让我进去，在一个小店里卖给我面包、香肠和奶酪，微微点头算是回答我的问候。不管到哪儿，我都会被自己的声音吓一跳，自己的脚步声听起来仿佛很遥远。走到游览手册上特别提醒游客要参观的古建筑时，我并没有觉得自己看的是已经逝去的某个时代的鉴证，反倒觉得自己看的就是现在的东西。虽然这些历史建筑建成于不同时期，但它们仿佛都带有来自彼岸的特征，就像在另一世，父亲、儿子和孙子的年龄差距消失不见一样，所有死去的人都一样大，哥特式教堂是罗马神庙的姐妹。

在其他那些有生气的城市里，鲜活的今天孕育出明天和后天，让我们感受到昨天和前天是多么不一样。但是在维埃纳，现在就是过去，我从新的东西上看不出哪个早，哪个更早。突然间，我发现名字、建筑方式和风格是多么没有意义。我看一切过去，用的都是同样喜爱的眼神。这些不同的形式还能够体现民族和种族之间的纷争吗？从根本上来说，所有的历史建筑都一样，都是服务于一个最高目标的彻底的无目的性：向上，靠近上帝。古罗马式的平坦屋顶是向上的，就像一个向上摊开的手掌，哥特式的拱顶也是向上的，像一根弯曲的手指。组成它们的是神庙不朽的石块，是教堂不朽的石块。

"风格"不过就是一些游戏方式，就像孩子会不断想出各种游戏，各个种族也会不断想出各种新的建筑风格。我就像一个拿着玩具去找其他人的孩子，从一栋建筑走到另一栋建筑：先是来到屋大维神庙前，面前是十级平坦的台阶，我的眼睛顺着台阶向上看，看到了石柱。没有墙，这些柱子就像支撑着空气和阳光组成的墙。我看见日光不紧不慢地将石柱的影子投射在石砖地面上，很谨慎，仿佛石柱的影子是易碎品。我看见神庙正面三角墙的那个三角形，像额头，又像是一只紧闭的大眼睛。六根石柱投下六条阴影，于是便成了十二根柱子。为数不多的几根柱子每一根都变成了两根，很快就呈现出一片均匀的小树林，再往后才是关住圣地的大门。我应该找人打开门吗？这里没有警卫。谁知道是不是有钥匙，也许根本就没有。神圣的屋大维离开这座神庙的时候，锁上大门，带走了钥匙。换了其他城市的人就破门而入了，但维埃纳人不做这样的事。

我绝对不会进这座神庙。假如我进去了，会看见里面空空如也，那扇关着的门后什么也没有，没有雕像，没有神，没有祈祷的人，这扇门关住的是一片空荡荡，是过去。它关住的是我在外面能感觉到，但在里面找不到的东西，那是等待。我能感觉到被关在门里的等待，只有在这里还有东西在等待。这座神庙是整个维埃纳唯一保存完整的古罗马建筑，剧院已经只剩下一堵墙，再有就是一些曾经连接广场与宫殿的台阶遗迹。广场的遗迹现在是一个中世纪庭院的一部分，里面生活着几个年纪非常大的老人。石头从旧的样式过渡到新的样式，就像一个时代过渡到另一个时代。在这里，我感受到的是不分阶段、没有界线的发展。石头像时间一样是流动的。

公元前 58 年，尤利乌斯·恺撒命人修建了宏伟的高架渠，大约五百年后，勃艮第国王贡都巴德利用高架渠攻入城中，占领了维埃纳。古建筑推动了历史的进程，以前是水流进城里，现在进城的则是一个新的时代。

只有神的建筑保存完整。跟屋大维神庙一样没有被时代更迭改变的还有教堂，通向高处教堂的依然是平坦的台阶，塔楼深藏在三个圆拱后面，就像藏在浓密、突出的眉毛下面的眼睛。每一个圆拱上都贴着十六个银白色石头制成的空心圆环，每个圆环里都住着一对鸽子。这些鸟来来走走，飞起，又返回，仿佛生出了翅膀的祝祷。大门上方的拱顶下还有一层六根石柱，支撑着一个高到无法企及的大门，那不是给俗世祈祷者准备的，那是供天使出入的门。

教堂里长眠着红衣主教德·蒙特莫兰和维埃纳的大主教、红衣主教德·拉图尔·奥弗涅。祈祷的老太太们深陷在椅子里，深蓝色的房顶绘制着布满星辰的天空。这天空非常生动，非常逼真，让人不禁以为这幅图是天空的原型，而不是反过来的。在这里祈祷的虔诚教徒真幸福！他们能看见自己的祈祷直接升到星星上去。在这座教堂里发生什么都不奇怪，天空那么近，一定连最轻的恳求声都能听到。只是，这里生活的没有活人，这些人的祈祷也没有任何尘世的痛苦，他们的愿望已经在彼岸，他们头上的天空低垂，他们离这个天空是那么近。

彻底死去的那些人躺在高高山丘上的石头十字架下面。有时，会有一个非常苍老的小个子女人走去那里，手里拿着根蜡烛、一朵花或者一根拐杖。她并不像是去祭拜死者，倒像是自己要去躺进坟墓里。山丘上她的第二套住房已经准备好，留在下面城里的只剩下一只老猫、一个摆钟、几根毛衣针、一个耶稣的石膏像。

我在维埃纳住了十三天。我去邮局，就为了能看看活人。晚上，我迎着工人走，想听听大声的喧哗，但那些工人不说话。他们大多数住在外面。邮局的柜台空荡荡。几个孩子晚上在窄巷子里玩，但他们也不像其他城市的孩子那样。狗也不叫。钟楼上传来钟声，但并不像铜钟的声音，倒像是天上飘来的信号。一个警察骑着自行车幽灵般穿行在巷子里，监狱看守待在没有犯人的监狱里。所有门都是彩色的玻璃珠帘，所有窗户都敞着。外地游客开着汽车过来，飞一般穿过城市，闯进教堂的寂静中，眼光抽打在奥古斯都神庙上，然后扬长而去。

夜里，火车的汽笛响过两次，就像人的号叫。

图尔农

我不是坐火车去的图尔农，而是步行。我走了三天，一路沿着罗讷河，没有计划，没有路线，赶路的时间也从来不超过一天。我看见宽大的筏了上皮肤黝黑的船夫，堆着高高货物的驳船，跟那些难钓的鱼一样沉默的垂钓者。我耳中一直回响着河水的哗哗声，越往前流，离目的地越近，它就越是逼近过来，声音越大，也越是危险。它已经无法忍受驳船，也不喜欢船工，尽管如此，走在它身旁时候，它还是在发出可爱的曲调，它的语言要比它个性柔和。河水滋润的不仅是大地，在这条河的两岸诞生过许多法国的诗人。山丘上种着葡萄，诗人也灿烂绽放。中世纪时，游吟诗人曾经在这里吟唱。再往前几里地，距离阿维尼翁不远的地方就是奇幻的城堡小镇莱博，那座诗一般的白色城堡。假如不是因为图尔农，我会不分昼夜地继续走，一直走到阿维尼翁去，那所有城市中最洁白的一座。但是，这里却出现了一座中世纪的、浪漫的，几乎是德国风格的城市的城墙。这就是图尔农。

　　我难道不是刚去过维埃纳，那座虽然被勃艮第人占领，曾经隶属德国皇帝的统治范围，却始终没有脱离罗马风格的城市？不过才三天而已，我却像是走过了漫长、喧腾、充满动荡历史的几个世纪，这是横亘在统治世界的罗马帝国以及统治世界的拉丁语之间的几个世纪。语言的胜利推进比起人的推进来说要更加光辉灿烂，更加持久，也更加重要。世界早已经不一样，但人们又重新开始并且不断在使用拉丁语。

　　到图尔农的时候，开始下雨了。我面前高耸着城堡遗迹上突兀的城墙，要进城里去似乎没有其他路可走，只能小心地从城墙上爬过去。哪儿都看不到门，哪儿都没有路。我看见高高的城墙上模糊的窗玻璃外湿漉漉的栏杆，几级台阶通向一条窄巷子，远远地就能看到巷子的尽头。巷子漫无目的地向前延伸，并不知道要去哪儿，于是直直地撞上了一堵墙。这堵墙看上去比城堡的墙更光，更陡。没有人住在这里，怎么会有人想住在一条根本不知道为什么会存在的巷子里？巷子就应该相互连接，它们应该将有生命的东西带向其他有生命的东西。但是这一条，却是在把石头引向石头。

　　在雨声中，我听见远处传来模糊的人声、马嘶，一个铁匠铺子里传出清脆悠扬的打铁声，让人心下一宽。能够这样将孤独离群的人马上跟生活和人群联系起来没有几种声音。锤子打在铁上的声音是唤人行动的，跟钟声一样，它也是要召集人群。打铁声就像是来给我指路，我突然看到了另外一条小路，一条巷子，很窄，瓶颈一样。那条巷子通向城里。

　　在城市里找到开阔的中心点时，我总是很高兴。街巷从广场向四面八方散开去，广场不仅仅是中心，它们还是起点。从这些中心上，我们不但能看到一座城市的设施，还能看出它的个性：它们要么安静，比其他部分安静；或者喧闹，比所有的街巷都喧闹。它们或神圣内敛，似君临天下般骄傲；或充满生活气息，各种声音交织在一起，实用，目的明确。

但是图尔农没有中心，只有错综交织的街道。我被一种强烈的恐惧攫住了：我来到的不是一座陌生的城市，而是一个陌生的世纪，我想回到自己的那个时代去。有的时候，从众的庸俗想法会否定清醒头脑的批判意识，并将它远远地丢开。这些庸俗的想法在充满赤裸裸可怕现实的压抑的梦里大行其道，压迫我们，"黑暗的中世纪"这个词也突然借尸还魂，让我真真切切感受到恐惧。我想回到自己的时代去！我原谅构成那个时代的死气沉沉的知识，还有让那个时代动起来的愚蠢的机械化！我是那个时代的孩子，是它的一部分，我自己就是现在。我还从来没觉得跟自己那个时代如此亲密过，从来还没有因为想到宽阔的马路、汽车、自来水管和飞机而如此动容。人可以在一瞬间产生无比清晰的时代感，可以在清醒状态下，在大白天从自己的时间中掉落出来，在历史上的若干个世纪之间四处乱撞，就好像时间是空间，一个时代是一个国家。在图尔农就是这样的。

一边是山丘，一边是河，这里没有喘气的空间，房屋被困在这里出不去，整座城市都被困住了。这座城市不用害怕敌人，但它之所以不用再害怕，是因为它就像一个被终身囚禁的人。一条巷子费力地挣扎，唉，它撞上了一堵墙，它缩得更窄，蜷成一团挤过去，碰上了自己的一个姐妹，但那一个也是一样的境况。这些巷子仿佛弯弯曲曲的虫子躺在房子之间，假如不是被生硬的城墙拦住，它们会挤到河里去，然后淹死。

我往右，往左，往前，往后。我听见有人在说话，看见他们在动，但所有的一切都离我很远，就像隔着一道道玻璃墙。一个孩子在笑，但并不是那种笑，不是我那个时代的孩子。我可以在陌生的国家找到回家的感觉，但是在陌生的时代却不行。我们真实的故乡是当下，现在这个世纪是我们的祖国，我们的同胞和同乡是跟我们同时代的人。

假如不是因为这里有那所图尔农大主教建立的著名中学，我肯定逃走了，跑到河边，走过通向泰恩的吊桥。那儿有个火车站，火车会从那里将我带回现代。

大主教的纪念雕像是一个很小的胸像，很不起眼地立在中学前面，在左边的角落里，不在院子里，也不在大门口。这地方就像是这位聪明的大主教自己挑选的一样！多么明智的谦逊！多么高尚的耶稣会传统！什么样的一张脸啊！你是什么人？大主教，廷臣，修道士，学者，女人的宠儿，信徒，怀疑论者，知人者，藐视一切的人？看见你的小眼睛，薄而宽并且有些瘪的嘴，虽然短但突兀伸出的下巴，虽然窄但刻在石头上依然在颤动的鼻子，看到这些，我就觉得你当初是决意让一切都成为表象，只做一个让人不了解的人。你不是学者，因为你仕途顺利；你没有理想，因为你有野心；你不满足于天上的不朽，你想要的是在人间不朽。你是否到达了不朽的彼岸我不清楚，但在这里，你做到了。你建立的中学直到今天依然是一所学校，来这里上学的年轻人有上百人，每个人的人生中都有你的名字，并且还会把它留给子孙。人就应该抓住年轻人，建立教育机构，而不是建养老院或者医院！……

　　学校放假了，晚霞照在走廊里，窗户开着。看门的女人擦掉讲台上的灰尘，只有教务秘书先生还在办公室里做入学登记。我真想进去报名。唉！我已经三十岁了啊！这座小城虽然弯弯曲曲，并且充满中世纪的氛围，但它非常非常白。在这里，我希望自己还是个年轻人，是个孩子，能在堡垒的城墙上玩耍，在罗讷河上逃主教中学的课。从这个中世纪再直接回到现代——那将是踏入现实生活的一步。如果那样，我的感觉会多么不一样！我会在多少个世纪里有回到家的感觉！在我的血液里，对于人的发展必须具有的连续性意识会多么活跃，我的灵魂中，一个世纪将与下一个世纪多么紧密地联系在一起，我将会因为自己生而为人那么地自豪！这个国家的孩子们认为想要不掉队，就得成为前人的继承者，所以他们将自己的青少年时代整个投入历史中。他们吸满了旧时代的文化意识，全副武装地用批评的态度面对新的发展。没有什么能让他们像我们一样感到害怕，而我们是会被随便一个报纸报道就弄乱了方寸的。世界大战也从这个国家路过，但除了悲伤和眼泪什么也没有留下。它带给我们的，却是混乱。

　　这所中学像一个长条形的独立的小城市。小教堂像一间狭长的教室一样亲切，到处都留着年轻人的声音，忏悔椅前面的墙上有上百根铅笔刻下的愚蠢的年轻印记，还有女孩的名字。每一笔都是一次秘密的情绪起伏，虽然不能告诉忏悔神父，但却可以讲给墙壁听。这些符号我很能懂得，这些偷偷写下的字我看得很是清楚！

　　雨早就停了，天空如洗，晚霞染红了窗户、小教堂的墙壁还有看门老妇人的脸。这是老年妇女虔诚、神圣的妆容。

　　晚上，城市睡去了，扭曲而胆小的巷子也停下了不停逃窜的脚步。我现在到河边去，现在，我看见了堡垒半圆形的白色塔楼，上面有黑色狭长的射击孔。安着栏杆的窗户只有一点点大，毫无计划地随意分布在整面墙上，那里面坐着图尔农的囚徒。生活在这些墙后面的还有市长、行政人员和看守囚犯的人。紧挨着塔楼有一些比较小、比较新的房子，远处能看见一堆房顶。那是一束刚刚摘下，还没有整理的房屋。

　　阿维尼翁的所有塔楼都跟这个塔楼一样白。这天夜里，我去了阿维尼翁。进阿维尼翁一定要在白天。明天我就到那儿了。

阿维尼翁

　　景色的改变虽然频繁，也很突然，但有三种底色始终都在：白色的石头，蓝色的天空，花园里深深的绿色。地面的形态千变万化，山丘时而陡峭尖耸，时而柔和圆润，这里一块龟裂的岩石瞪着眼睛，那边却有一片轻缓起伏的平地在温柔的突起之间微笑。普罗旺斯的伟大小说家都德曾经准确地观察到强烈的太阳光如何扩大空间维度。强烈的光线能够使影子加深，在明与暗之间形成更为强烈的反差。阳光使细节增长，翻倍。在阳光不那么强，或者多雾气的国家，细节部分就不见了，低垂沉重的天空似乎能将一切的突出都压制下去。我走过的总是多雾气的国家，一路上就是在挑战周边环境中那些没人关注的隐秘部分。我在自然的各种美好中依然感觉到了它的不可靠，用拟人化的表达就是"元素的狡黠"。在这里，我第一次走得这么愉快，体会到那些能够放心大胆把自己交给道路的人的幸福。他们在路上不会碰到任何可怕的事，他们只是缺一样东西：森林。

　　是的，这里缺少森林，这里缺少森林那种甜蜜的潮湿和神秘的歌声。森林是一个地方的秘密，而这里毫无秘密可言。我明白，有些地方成长起来的是理性主义者，另外一些地方盛开的则是神秘主义者。风，法国南部那著名的，被人反复吟唱的，令人恐惧的寒冷狂风无比强劲，所向无敌。森林在别的地方能够阻止风，将它包裹住，使它变得柔和，就像母亲对付高大、强壮、顽皮的孩子那样。但这里没有森林，只有花园，大自然的一半都变成了私产。多么富有的国家啊！二分之一的居民都在自己的财产外修起了巨大光滑的坚固墙壁，墙壁上边缘还装了丑陋的碎玻璃。在这里，行路的人不可以感到疲倦，否则他就得躺进乡间公路上厚而沉重的白色石灰岩灰尘里。所有岔路都是通向大门紧闭的房子，围着栅栏的农田。唉，我明白了：在大自然善良可亲的地方，花园就会是封闭，显得邦邦硬。太阳点燃稀疏的树木，树木一根根燃烧殆尽。森林死去，但太阳依然觉得这片土地不够一目了然，不够清晰。被人赞颂的阳光也能如此肆无忌惮，遭人唾弃的雾却能那样善良！……

阿维尼翁不能夹在树中间，阿维尼翁需要阳光。

阿维尼翁是所有城市中最白的一座。它不需要森林，它是一座满是石头花朵的石头花园。这里的房屋、教堂和城堡不是人建起来的，它们是从地里长出来的。它清晰的外形依然充满神秘，城中的墙之间会发出沙沙声，像在森林中一样。城里的石头是白色的，跟所有无比宏大之物一样无限悲壮。内容浮浅的神话书中有时会有这一类城市的图片，在头脑简单而虔诚的人的想象中，住着那些受佑护者的美好城市就是这样子的。小男孩儿的梦中也会出现这样的城市：宽阔的白墙，上百个钟，平坦的屋顶，王后们就在屋顶上散步。

说到堡垒，我们总是会想到那种圈在长满青苔的灰色高墙内，有棱有角，看上去就吓人的建筑。但是看啊，这里有一座友好的，几乎是好客的城堡，占领这样的城堡将会是一种享受。人们会因为赞叹而忘记战斗，想要攻陷它，需要做的只是讨好它而已。这里不会流血，也没有残忍的死亡，在洪亮的钟声之下，什么样的骚乱都能平息。

我站在堡垒白色城墙的一扇大门前，这些嵌在墙上的门就像嵌在银环中的灰色石头。看见那些钝头的塔楼，看到石头高贵的强大、贵族般的坚固和无所畏惧的美丽，我意识到，神的力量是能够在人世间找到表达方式的。只要它满足了人世的要求，就不需要妥协。我明白了，精神力量完全可以在不降低身份的前提下用军事力量保护自己，神圣的军国主义是存在的，并且它就连武装的方式都跟俗世不一样。这些堡垒是教皇修建的，这些是宗教的堡垒，是神圣的力量。我明白了，这些堡垒是能够维护和平的，和平主义的堡垒与武器是为和平服务的，它们能够阻止战争。

这是一座中世纪的城市吗？是一座古罗马的城市吗？它是东方的还是欧洲的？所有的这些在这座城市里都没有，又都共同存在。这是一座天主教的城市，这个宗教面向所有民族，是世界主义的。阿维尼翁也一样，它是基督教会的堡垒，是世界主义之下所有传统与风格有机的融合。它既是耶路撒冷也是罗马，既是古代也是中世纪。

在长达五百年的时间里，这里占据统治地位的是高雅的品味。五百年间，这里聚集起了所有的艺术、政治和文学传统，欧洲的精神贵族与社会贵族们在这里生活了五百年。这座城市最早的居民是聪明、灵活、坚强的凯尔特人，但修建阿维尼翁的是马赛的腓尼基人，这是些接受了希腊文化洗礼的东方人。很多腓尼基人后来留在了这里，他们是商人。在那个时代，经商还是一件了不起的事，每一桩生意除了有物质方面的目的，还能够联系不同民族，开阔眼界，是具有历史意义的！在那个时代，商人在真才实学、对世界的了解和开阔的视野方面都远远超过贵族阶层，签订合同需要的勇气多于战争。

就是在那样一个时代，一些英雄般的商人建起了阿维尼翁。腓尼基人的血与凯尔特人、罗马人、高卢人和日耳曼人的血交融在一起，但腓尼基人并没有因此消失。直到中世纪，这里的人还保留着活泼开朗的性格，这是从接受了希腊文化的那些东方水手那里继承下来的。在这座教都里，占统治地位的是欢快的天主教，这里能够在容忍酒神狄奥尼索斯的同时，又不妨碍信仰与统治。今天的阿维尼翁居民还是半个腓尼基人：高喉咙大嗓门，好动，思维敏捷，长于计算，世界主义者。

　　阿维尼翁真正的历史开始于十二世纪，我们如今在阿维尼翁能够看到的最古老的建筑都是那个时期修建的：大教堂，比教堂历史还长的阿维尼翁桥。这座桥始建于1177年，是供行人和骑马者通行的，虽然桥长有九百米，但宽却只有四米。十三世纪的时候，桥被冲断了。如今，我们只能看到半座桥，最前面的桥墩终止在河中央的小岛上。我曾经看过一幅古老的彩色版画，画的是人们在这座断桥上跳传统舞蹈的场面。尽管桥很窄，窄到如果旋转的时候不够小心都会有危险，但它却成了阿维尼翁百姓跳舞的场所。人们会到这个最狭窄、最危险的地方来跳舞，让我很感动。他们肯定不是有意为之，恐怕也没有意识到自己是真正地在深渊上方起舞。他们在戏弄死神，他们在河水上方蹦跳，欢乐倒映在河流欢乐的波浪中，人从水中借来了快乐。在那幅古老的版画上能够看到手牵着手的儿童、市民、女人、乞丐、修道士。教会保护地上竟也会有这样的乱哄哄！教皇的眼皮底下也能有这样的庆祝活动！我们知道都德写的那个有趣的故事《教皇的骡子》，知道教会的这位首领在阿维尼翁是多么为人熟知。就在这条河边，基督教的圣父边散步边微笑着。没什么问题，就是他也会跟着跳的。

　　因为教皇们在度假。历史将他们在阿维尼翁的逗留说得非常隆重：教皇的"巴比伦之囚"，但这是各国人民见过的最快乐的困囵。勒南这样写道:"实际上,罗马是意大利最为动荡的共和国。——它的四周一片荒漠,对每一个步行者来说都是危险的。——留在罗马,对于教皇而言是最难以忍受的困囵。"克雷芒五世迁居至阿维尼翁,他的继任者约翰二十二世开始建城堡,他修建了一系列的堡垒,后来本笃十二世统治期间,这些堡垒进一步完善并基本完成。此外,这几位教皇还在阿维尼翁修建了三座大教堂:圣阿格里科拉教堂、圣彼埃尔教堂和圣迪耶教堂。

最雄伟也最重要的历史遗迹还是教皇宫。大革命时期,宫殿内部几乎完全被摧毁,之后的很长一段时间内,直到战争爆发前,这里都是被当作兵营的。军事机构拒绝让出宫殿,教皇宫内部是一片破败,墙上的石灰是灰色的,布满裂纹。宫殿的整修从几年前开始,进展非常缓慢。这里每天两次供好奇的游人参观,收了美国人小费的导游会胡编乱造一番讲解。

但是这样一座用虔诚建起,并在追求人世间没有的另外一种不朽中产生的建筑是不会完全消失的。别听导游的! 稍稍离开游客的队伍,你们就能看到一扇窗户,"赎罪窗"。它就像是通向太阳王国的大门,由四根立柱支撑,中间形成了五个窄窄的门,上面是半圆形的拱顶。顶端出人意料做成了尖的,里面一个大的环形装饰下面有两个小的环形,看上去就像仙界的花朵,也像一个轮子,但辐条是有生命的。这是光与玻璃组成的

弧形十字架，阳光栖息在这圆形里，被关进了一张充满艺术感
的网。我在大长廊的顶端待了一会儿，这条走廊又细又长，上
方的天花板有上百个圆拱，每走几秒钟就是一个。就像是左右
挂起的窗帘，仿佛用柔软的布料做成。鲜活而富于变化，像用
折射原理巧妙营造出的那种无穷尽的假象。在长廊的底端，有
细细的一条钻进屋内的阳光，这个光与金、银以及闪闪发亮的
灰尘组成的正方形小岛后面有个台阶。不知道通向哪里，也许
是通向天上的。无数窄小陡斜的台阶不停不歇，这是一个不知
疲倦向前赶路的梯子。

　　然后，我来到了院子里。院子四面都是封闭的，就像它是
个什么宝贝似的。墙上有很多黑洞洞的门，但我并不觉得那些
门通向外面。在这个院子里，囚犯恐怕会比关在阴暗的小牢房
中更有无能为力的感觉。从这里的窗户可以往里看，但绝对不
可能从窗户出去。这边有个井，那边堆着几米高的沙子，这边
放着柴火，那边是木板和旧门柱。尽管如此，这依然是宫殿的
庭院，从非常美丽的窗户能看到院子里面。士兵曾在这里进行
射击训练，曾经在这里操演。这些拱门下曾经摆放着枪。但这
里跟我曾经练习过"瞄准"的那个兵营的院子还是完全不一样
的。难道是这里的石头、玻璃、穹顶能够散发出护佑的力量，
保护庭院不被彻底摧毁？

　　军队的管理机构下令用石灰盖住墙上细腻的壁画时，并不

知道自己做了什么。石灰的保护虽然微弱，但是耐久，在这层保护下，壁画坚持了许多年。管理机构做得是对的，这些东西不应该让在进行操演的人看，这些画会麻痹纪律性。用白灰盖上，盖上，盖上！盖住马特奥·乔瓦内蒂·德·维特博的湿壁画，十字架上的耶稣。他的胳膊那么可怜瘦弱，身体瘦得像根棍，被钉穿的双手微微弯曲，张开，正对着看他的人，仿佛在已经死去之后还在馈赠，那双眼睛闭着，像个睡着的人。这是刚刚死去的时刻，脸上不再痛苦，而是静静的满足。尖尖的、可怜的膝盖凸出，几乎是耸立在外面的，脚趾又细又骄傲，像手指一样长。不但这幅画不适合给士兵看，圣约翰那个美丽的头颅也不适合，须发飘飘，长着幼稚皱纹的额头，聪明、忧郁、善良的眼睛。他不仅仅是个圣人，更是一位通晓世事的老者，是虔诚孩子们的福音传教士。不久前才发现并从石灰下清理出来的《狩猎图》也不适合那些战士，尽管狩猎是个很阳刚的活动，但这些画上的狩猎不是一个军事管理机构能够认可的那种，因为上面的森林、猎人和动物都不属于这个世界。这些动物就算被放倒了，也依然会让人觉得它们是活的。它们是平的，贴在墙上，只是些二维的存在，也没有影子。它们是从梦境里来的，并且会永远是个梦，我们不可能知道它们是不是真由人手用人间的颜色画上去的。树叶又扁又窄，永远不动，像用金子浇铸的一样。高贵、瘦长的狗身上盘着装饰，细尾巴，扁而窄的脑袋，正在奔跑的细腿上是又瘦又长的身体。这是不真实的，是只有梦中才会出现的最深层的真实。

堡垒的墙是不规则的，完全依着岩壁的脾气来，这是对自然几乎卑躬屈膝的退让。这些建筑师真是虔诚，他们想要做的只是加固这座城市而已，所以根本没有考虑美观的问题。但美却从实用中绽放出来，在建筑师的虔诚中发芽。建筑师是为了对付敌人，并对上帝表示崇敬。从没有哪个堡垒能够变成这样的宗教颂歌，是上帝让这些白色的石头生长。它永远也不会改变颜色，随着岁月的流逝，它会越来越白，越来越隆重，越来越年轻，就像一个经年累月不断祈祷的人能够变得越来越迷人，越来越明亮，越来越神圣一样。教堂和宫殿都挨着堡垒的城墙修建，这些墙既是起点，也是终点。就这样，城墙也成了宫殿和教堂的一部分，成为统治与神圣的延续。

罗讷河那一边的绿地中央是教皇的夏宫，同样的城墙，但规模比较小。那里有夏天的气息，是度假的城堡。维尔纳夫（阿维尼翁新城）是个小地方，阿维尼翁的分支，里面同样有很多古老的宝物。我在那儿看到了有两张面孔的大理石圣母像，与罗马传统相似的圣像被塞进基督教的神话中。象牙的圣母像左臂托着圣婴耶稣，她长着一张罗马人的面孔，那孩子看上去也像是个小罗马人，圆圆的脑袋，拳曲的头发。圣母的眼睛低垂着，她被人看得害羞。奥斯比斯祈祷堂自成一个小教堂，里面有英诺森六世的坟墓，棺木放置在有棱有角的柱子中间，柱子顶端伸入尖尖的塔楼。整座坟墓看上去就像用石头做成的王冠，棺木因此也获加冕，它就嵌在王冠中，构成整个的下半部分。

阿维尼翁的任何一座教堂，包括美丽的圣彼得教堂在内，无论是豪华程度，还是庄严雄伟，都无法与大教堂相比。大教堂圆形广阔的穹顶有种无极的大，照进教堂内的光线虽然充足，但却是柔和的乳白色。这里有很多扇窗，祭坛完全是亮的，白日与穹顶的组合营造出一种无与伦比的氛围，光充满暗影，暗影反过来减弱了南部地区强烈的阳光：这是一种均匀的亮，同时又是一种均匀的暗。一扇简朴的大门通向教堂内部，这个门相对较矮，两边各有一根柱子，它们像是充满恐惧似的缩在角落里。光秃秃的大门上方挂着一张陈旧的、已经褪色的画。通向神圣殿堂的就是这样一些不起眼的门，整座城堡里的所有房间都一样，各处的门都是藏起来的，它们不想打扰墙，房间和房间里的和谐最重要。

阿维尼翁的书店里出售彼特拉克的画像，他选择普罗旺斯作为自己的家乡，二十岁时便来到阿维尼翁定居，这里是劳拉的出生地。他生活在沃克吕兹省，并在这里作诗，情人死后，他迁居威尼斯，在那里建立了市立图书馆。出于感激，人们将一座城堡提供给他作为住处。

　　我不相信偶然，一看到这座城市，我就明白为什么古往今来最著名的那个女人会在阿维尼翁住过了。就算是今天，生活在这座城里的女人也是完全可以要求被大诗人吟唱，并且被他们爱的。我发现在那些人种混杂最为普遍，并且混杂得也最理想的地区，女性后代往往能够胜人一筹。阿维尼翁的女人没有阿尔勒的出名，这是不合理的。我在阿尔勒见过最多的一种女人是混合着罗马和乡村气质的，又窄又长的鼻子显得人有些冷冰冰的，很严肃。薄嘴唇，大眼睛，尖下巴。心形的女人脸庞适合被人激情洋溢地吟诵，但要亲吻她们却会让人有顾虑，并且会认为这样的亲吻就代表承诺。阿维尼翁的女人不一样，这里没有统一的类型，但是所有的姑娘都有双长腿，走起路来轻柔灵活。所有姑娘都有柔软的橄榄色皮肤，包括长着金发的那些。她们的皮肤绝对不会变成红棕色，也不会变成红色。不管是太阳、风、雨，还是岁月，对她们的皮肤都无能为力。是的，包括岁月！虽然男人之间流传着这样的话，说南方的女人比北方的老得快，但在阿维尼翁，五十岁的女人也能有足以让男人保持忠诚的魅力，在老去的时候也依然活泼热情，我认为这强过不温不火地慢慢死去。而且这也不是什么奇迹。爱情能够使人保持年轻，热爱生活的人，幸福不过是一种令人愉快的附加效果。最关键的是精神上的享受，还有日后腿脚灵便。在阿维尼翁，所有的姑娘都兴高采烈，家家户户一到晚上就都坐在小巷子里，孩子、狗、猫、鹦鹉、女婿和祖母们，从他们那里我听到的永远都是笑声。像我这种在城里游逛的异乡人，肯定一眼就能看出不是本地的，他们会友好地跟我打招呼，如果有谁恰好比平常多喝了些酒，那就会提出要在家里接待我。不过他的家，就是那条小巷子。

　　我在《历史与风流书信》一书中曾经读到过关于阿维尼翁的一段话。这本书的作者是聪明的杜诺瓦耶夫人，她在文学史上出名主要还不是因为自己的作品，而是年轻的伏尔泰跟她女儿之间的那段恋情。她的女儿皮内特是伏尔泰的初恋情人。杜诺瓦耶夫人是一位社会交往广泛的记者，她用诡计和强力拆散了伏尔泰和自己的女儿。伏尔泰的研究者们对她恶评诸多，其中以勃兰兑斯言辞最为尖刻，但她毕竟是个作家。看她的书时我再次意识到，对于那些写作的人来说，甚至是写作的女性，我们应该评判的是他们的天赋和风格，而不是个性和行为。单看杜诺瓦耶夫人为人所知的那些事，我绝对不会想到她也能写出这样好的文章。她将十七世纪阿维尼翁的生活描述得栩栩如生，让我油然而生身临其境的感觉。如果作者所言非虚，那么阿维尼翁比当时的巴黎更富风情，世界上最富有的风流人物都聚集在这里，到处挤满了豪华的马车。这是天南海北的种族、国家、阶层和制服的大聚会，能看到穿着各种颜色服装的外交官、枢机主教、贵族。给杜诺瓦耶夫人留下最深刻印象的是衣服上绣着金线的瑞士人，那是教皇的瑞士卫兵。杜诺瓦耶夫人归根结底还是个女人，她肯定不是唯一一个喜欢这些瑞士卫兵的女人。每次在一群羸弱瘦小的男人中间看到一个宽肩膀，像威廉·退尔一样强壮的男人时，我都会想到教皇那些瑞士卫兵带来的良好社会效应。

　　他们并不是无缘无故在教皇返回罗马后仍在阿维尼翁停留了那么长时间。假如我是教皇，我到今天都还会留在那里。我会坐在卡尔维博物馆里德洛姆的那张《穿盛装的阿维尼翁女人》前（这肯定不是什么罪过），我会久久地、久久地欣赏那张脸。那张脸上带着孩子气的嘲讽表情，下嘴唇前突，眼睛朝上，就好像在看某处的阳台，或是看着阿维尼翁的蓝天。黑色的眉毛虽然细，但弧线清晰。眉毛自信地朝上挑起，光滑、裸露、圆润的额头上却并没有一丝皱纹。她傲慢地翻着眼睛，带一点怀疑，带一点讥讽，却仍带有一种天真的期望。我喜欢那个虽然短，但很有型的鼻子，也喜欢中间有条精致小沟的长长的上唇。这个女人风情万种，虽来自最优渥的阶层，但依然保持了乡土气息。一个农村的孩子，只要换一身装束，她就可能会是个农妇。这片"土地"并不会让它的女儿们变得粗糙，我在这里见过长着这世界上最最细致双手的姑娘。这是一片充满文化气息的土地，没有玉米、土豆和黑面包的农村。这里生出的是健康，但会紧张的人。我见过年迈的农妇们穿着乡下的衣服，在城里的高档饭馆照样优雅自信。在普罗旺斯，根本不存在所谓城里女士和乡下女人的区别。莱博镇的一个上了年纪的女导游把她的两张照片摆出来让我选（每一个莱博镇的老年人都卖这种用自己的照片做成的明信片），我对她说自己决定不了，因为她这两张照片各有各的美。她马上回答说："哦，我的先生，真希望是三十年前您对我说这样的话！"

　　如果我是教皇，我会留在阿维尼翁，我会希望看看欧洲的天主教能够产生什么影响，看看不同种族在这里多么完美地融合，不同的生活风格如何多姿多彩地混合在一起。这样交汇并没有制造枯燥单调，每一个人的血液里都有五个种族，有旧的有新的，每一个人都是地球的五个部分结合起来的世界，人人都能互相理解，大家是自愿融合在一起，并不会强迫人做出什么样的姿态。这是最高级别的同化：人可以将自己身上的异乡特征刚好保持在能够成为本地人的程度。

　　这个世界是否会有一天变成阿维尼翁这个样子？不同国家，甚至有欧洲意识的那些国家都总是带着恐惧说到某些"特别之处"会消失，丰富多彩的人类社会将变成一锅灰暗的粥，他们的恐惧是多么可笑啊！人并不是颜色，世界也不是调色盘，越是混合，才越是会有特别之处！我是看不到这样一个人人都能够代表整体的美丽世界了，但是坐在阿维尼翁的"钟楼广场"上，看到警察、乞丐、服务生的脸上闪动着地球上不同种族的光芒，我就已经能够预感到那样的未来。这是最高级别的"人性"，而"人性"就是普罗旺斯的文化，当普罗旺斯伟大的游吟诗人被一个学者问到这个地区生活的有什么种族的人时，他惊讶地说："种族？难道不是只有一个太阳吗！"

莱　博

兼具罗马及东方风格的那个短暂的中世纪时期营造了一个迷人的世界，这个世界已经荒芜，但并未完全消失。它的故乡是"普罗旺斯的心脏"，迈朗和莱博地区。我还记得那些骑士的探险故事。他们在旅行途中被一只彩色小鸟引导着穿过一片茂密的森林，不过几里地，突然就来到了另外一片土地上。里面丛立着八十座城堡，中间的那座最高，所有的城堡都用白色石块建成。他们骑过玻璃桥，经过一堆堆岩石。这些是化成石头的国王，化成石头的树木，化成石头的湖泊。城堡里住着一个美丽的王后，这个年轻的寡妇在等待一个勇敢者的到来，有时住的是某个暴躁的国王温柔美丽的女儿。我记得玻璃这个意象是反复出现的，不是玻璃般的湖泊突然裂开，骑士掉进了一个中了魔法的王国，就是他睡着了，梦见自己穿过了一堵玻璃墙，墙后是一个白得惊人的陌生世界。

　　到达莱博之后，我就明白为什么中世纪的骑士传说里这么频繁地出现玻璃了。这里的空气非常纯净透明，跟半个小时之前还包裹着我的那种舒适的温暖完全不一样。在这样的高处，有些日子会刮起寒冷的狂风，风被困在石灰岩上的洞穴内，塔楼空洞洞的废墟中，没有窗户的大房间里，它驱赶走了稠密的空气，将大气擦得无比光亮，让人竟会以为这些岩石是在玻璃后面的，能够用手摸到这些岩石都会让人觉得惊奇。所有的近都退向远方，惊奇也许是因为人觉得远方也能够离得这么近。看到从绿色的中央突然有白色的石灰岩荒漠朝行路人跳出来，让人不敢相信自己的眼睛。我们不必非得是中世纪早期那些天真的骑士，也一样会觉得自己是在梦中被推着穿过了一堵玻璃墙。山丘一副好斗的样子，让人无法接近，但它们会袭击毫无察觉的行路人。宽阔的乡间公路坡度越来越陡，岩石已经靠得很近，已经围在了路两边，突然，一座山从自己沟壑纵横的石灰石身体上撕下了绿色的外衣，紧接着有第二座、第三座山也如此。现在，它们已经完全赤裸，远近四方都不再有树，也没有灌木丛，只剩下一片结了冰的石灰石海洋，大大小小的波浪凝固不动，船化成了石头，动物冻成各种奇怪形状的样子。没有海岸，没有边界，没有陆地！深蓝色的天空镶在这片不留余地的白色四周，沉重的阳光烧灼着石灰岩。但这不是冰，它不会融化，这是玻璃，玻璃，玻璃。

莱博的废墟就在这样一个地方。

这不是普通意义上的废墟，而是石头向石头的回归。这些石灰岩曾经是一座城堡，现在又变回了石灰岩。整座城堡就建在岩石里，岩石孕育了它，又将它在怀里抱了几百年。现在，岩石又重新变成了岩石，它又开始生长，不断变化，淹没了城堡的形状。在它的内脏之中还有人生活，莱博镇大约有三百个人，其中一百人生活在废墟中。儿童在乱世与历史建筑之间出生，成长。恋爱中的年轻人傍晚穿行在洞穴之中散步，在石灰石上拥抱，在空荡荡的坟墓中繁衍后代。所有的老年人都是"导游"，二分之一的门口都站着想挣些小费的男人。看到没有生产力的沙漠如何将人也变得没有生产力让人伤心。所有的人都靠带人看石头挣钱，但这些石头其实不用人带也能看得到。死去的历史营造了美妙的静默，这些人并不知道六十个导游的噪杂声能在这静默上敲出六十个多么可怕的洞。

唉，到这里的人本应该像石头一样沉默，心里想着这座城堡曾经是人类某个时期的象征。这座城堡的主人（据说是于格家族的人）曾经是这片土地上最有权势的王侯。他们拥有八十座城堡，白天的时候忙于打仗，占领，对商人发动小规模的袭击，他们美丽的妻子就待在家里。那是一个伟大的时代，在那时，"妩媚"还没有什么庸俗的含义，是女性高尚的品质。游吟诗人从四面八方汇集到莱博城堡来，他们跟我们的宫廷诗人算是同行，或许要多一些风情，但也可能会少一些真挚。不过，所有关于爱情的好词，所有那些为表达爱情服务的概念当时都还是崭新的，刚刚从民间而来，还没有被唱烂。十五世纪时，统治这里的是一个女人，胡安娜女王。后来的游吟诗人虽换上了新的传统，唱的却是老歌。他们不断去那个受到诅咒的玻璃城堡朝圣，那个未必真实、异常白、异常顽固的地方住着的是温柔。

如今只有那个以胡安娜女王命名的文艺复兴风格的小凉亭还能让人想起这位女王，诗人米斯特拉尔曾为这个凉亭写过优美的诗篇。作为认可，人们将他埋葬在一个依样复制的凉亭里。这是夹在两面墙之间的一个可爱的小宫殿，用方石砌出的穹顶上长满了青苔，样子看上去就像一个乌龟壳。四根小柱子，小门装饰着花纹。由于的岁月啃噬，加上游客来得多，已经有些斑驳。这凉亭有种让人感动的简朴，几乎是温暖和人性的。让人印象更加深刻的是那个著名的"地狱山谷"，这是一条三百米长的沟，这里据说居住着地狱幽灵，当地人看它的时候都战战兢兢。这里的石头更加尖锐，石灰岩更加荒凉，就像是一个三百米长的恐怖鳄鱼的咽喉。在一些书里明明白白地写着，说但丁吟诵的地狱，灵感就来自这个山谷，说得言之凿凿，是研究历史的人不太应该有的那种态度。能够确定的只有一点，但丁最初是打算用普罗旺斯方言写那部伟大作品的。我还被领去看了"仙女洞"，米斯特拉尔曾在他的《米雷耶》中唱诵过这个地方。但是在离城堡废墟这么近的地方，在一个外形如此不同寻常的世界里，一个仙女洞根本不起眼。

不过，建于十二、十三、十四、十五、十六和十七世纪的圣文森特教堂则不然。这座教堂看上去就像生活在石头荒漠里的人想要在上帝家里缓一缓的样子，类似于我们去草地上休息。四周目光所及之处全都严格精确、一丝不苟，但教堂里却一片欢快喜悦。这是一座美丽、明亮的教堂，里面的圣像青春，健康，充满生活气息。教堂里的众多木头装饰似乎都还在散发着森林的味道，很多低矮的长凳，就像是给孩子准备的，这里还有一个非常人性化的，离人很近的祭坛。我走进教堂里时，人们正在为当地的一个节日装点教堂。神父将长袍扎起，袖子高高挽起，孩子们搬干树枝，女人们清理地毯，婴儿躺在捐献箱旁边的摇篮里。整个村子的人都来了，大门敞开，教堂本身的明亮与明亮的日光交融在一起，就像是两个关系密切的、已经改变了的世界在用光进行交流。我想，假如没有这座教堂，那么生活在石头下面的这些人是绝对不会快乐的。那些出生在洞窟里的孩子要到受洗的时候才能看见这个世界上的光亮。

　　然后，我去圣雷米参观了那座著名的陵墓还有凯旋门，这是罗马统治时期留下的两座巨大的建筑。很有名，经常被人描述，是对伟大的伟大鉴证。与精神一样不朽的石头，历经千百年而不被撼动。这些历史建筑比城里的那些建筑日子好过，因为这里很少下雨，晴朗的天空就像一个有保护作用的帐篷，天空本身并不放射出毁灭性的力量，而是保护性的。这里的石头命不错，都很长寿。

　　我参观古老的凯旋门、陵墓还有保存完好的橙色罗马剧场时，依然不断想起中世纪和莱博。勾起我联想的却不是参观本身。那么究竟是什么呢？能够体会罗马的不朽，再次看到欧洲光辉灿烂的青年时代，看到早已被遗忘的那种生活，并且发觉麻木者不愿意相信的已经在某些地方的石头那里得到了证实，这难道还不足以让人振奋吗？这些难道不是石化的灵魂？我难道不是在这里觉察到了一条通向罗马的路？这条路穿阿尔卑斯山而来，它必定是因为承载着坚定不移的、永恒的目标，才会这样笔直。田野和城市虽掩盖了它，却不能使它从这个世界上消失。虽然被盖住了，它依然是通向罗马的。其他一些国家也还有几个这样的凯旋门，就算是凯旋门已经倒塌，它巨大冰冷的石头阴影依然吹拂着每一个能够感觉到历史的人。

　　尽管如此，我还是无法忘记莱博。我觉得在这里，废墟首次战胜了纪念碑。纪念碑是雄伟的，但废墟却是具有悲剧意义的。凯旋门的巨大之中，蕴含着歌唱胜利的世界的欢愉。所有的雄伟之中都是和谐而非纷争，它们面对问题闭上了异教徒的眼睛，用美丽的弧形勇敢地、浅浅地盖住了丑陋和哀伤！

但莱博是布满裂纹的，中世纪是悲剧性的。并不是因为它被摧毁，假如完整保留下来的话，它会更加悲剧。就连游吟诗人也是悲剧的，虽然他的到来会带来快乐。悲剧的是住在尖耸围墙里的美丽王后，悲剧的是死亡、出生、节日、婚礼、饮食。世界虽然幼稚，但已经问题重重。那些被钉上十字架的，安静的和悲伤的用阴影覆盖住了千百年的岁月。潘神的笛声还没停止，管风琴就已经奏响。

凯旋门和白色废墟之间有几公里的距离，各个时期之间的分隔线是狭窄的。隔开两个时代的不过就是一步之遥。它们被隔开了吗？那是分隔吗？那难道不是过渡？它们如今难道不是和平地共处一地，在已经打完了仗的今天？它们两个难道不是天真地依偎在我童年的故乡里？在我的梦中，难道不是一个融进了另一个里面？如今，世界难道不是又合为一体，被记忆的力量浇铸在了一起？罗马的拱形里难道没有生存着东方，东方难道没有生存在中世纪的史诗中？真的存在不同的世界吗？难道不是只有一个世界？在我们看来是分隔的，难道不是联合？

没有哪个导游能回答这些问题。我们是来提问的。我们是来相信的。

尼姆和阿尔勒

　　尼姆小小的城市公园里，有一尊阿尔丰思·都德的大理石纪念雕像。雕像立在一个小水池中央，总有两只天鹅围着它绕圈圈，一前一后，像钟表的指针一样沉默而准确。都德坐着，身上的衣服宽大，这是当时的诗人装束，如今看来就有些过分强调艺术性，那张脸也被定格在一种过分写实的生动中。这是诗人的传统姿态，世纪之交的雕塑家喜欢表现这种全神贯注的出神。按照雕刻家法拉尼埃尔的说法，都德这是在"沉思"。但不管怎样，这位沉静、细腻、敏感的诗人的雕像依然能带给人感动。即便是嘲讽这个阶层的时候，都德也始终没有脱离开市民阶层。他非常擅于为自己，同时也为我们嘲弄这个世界，但因为他自己就是这个世界的样子，所以这个世界也从没因为他的嘲弄而恼怒他，尽管这个世界是最不能够接受嘲弄的。在此类人中，都德也许是唯一一个能在西欧范围内实现有限不朽的人。在普罗旺斯美丽的文化花园中，他是一朵被精心呵护的花朵，枝叶虽已伸出了自己扎根的花圃，但却从来没有离开过这个地方。莫泊桑这个北方法国人的讽刺入骨三分，让法国的公民们直到今天还觉得被讽刺的对象是自己。直到 1925 年，人们才在莫泊桑的家乡给他设了一座纪念碑。要是他知道，恐怕都不会要。都德 1900 年就已经有了大理石像，就在尼姆，而他自己恐怕对这座塑像也会有限度地感到自豪。

南方民风保守。在南方，人们或许还能够既是真正的诗人，同时又"反动"，并把社会上的传统谎言奉为神圣的传统。南方人保存石头、残片和世界观。北方不一样，北方人如果不睁开眼睛，那他也许能成为狭义上的"诗人"，但如果是要做一半代表着有知识，一半代表着有智慧的作家，那就不行了，这样的人或许有诗要吟唱给我们听，但他没什么能告诉我们的。

一个出生在尼姆，并且在世界大战爆发前十四年就已经有了塑像的人，是很容易对这个世界满意的。尼姆的平静生活不受任何影响，这里的人甚至能够消化城市里那些与市民生活完全无关的古罗马时期的巨大建筑物，包括其中的新建部分，比如那个巨大的罗马竞技场就被他们改成了露天电影院。尼姆的居民根本就没有想过隔在电影放映机和竞技场之间并不止有千百年的岁月。他们的生活无忧无虑，带着一种欢愉、惬意的一无所知，就像盲人编筐子一样，将若干个世纪编织在一起，自己却永远也看不到这个筐子。他们不知道自己在做什么，但也许他们正在完成的是一个伟大的使命。这是生活在历史阴暗处的人的天真无邪，他们就像身在火山脚下的儿童。这些人把留存在石头里的那些历史纪念日当作普通日子来过，屋大维对他们来说，就像是家里一个去世了的熟人，一个跟祖父一起玩过多米诺的人。我可以怀揣着会让这些老实巴交的好人觉得异常危险的信念，跟他们生活在一起，我觉得自己比他们年轻二十岁。我也可以跟他们一起保护竞技场不受风暴的侵袭，虽然我自己坚信这样的风暴具有历史必要性。

因为我惋惜所有过去留下的珍宝，我希望后来人，再后来的人以及再往后的人能改变我们，或者必须被我们改变的各种各样的人能够保持与欧洲童年的关联，与自己童年的关联，希望他们能像我一样重新发现这个童年。我觉得肯定会有这么一些受到保护的地区，新事物在进入这种地区的时候，并不一定得先搞破坏。武器垂下，和平的白色旗帜飘扬。这些地区并不一定都是地理上的存在，但有些在地图上是能够准确划出的，欧洲南部就是这样一个地方。

我在这里了解到，始终存在的事物实际都是某样事物的延续，或许我们想不到是从何处延续而来，但这并不会改变它的性质。链条不会断，人也不应该去扯断它。智慧与文化不会毁灭，种族也不会毁灭。一些看似已经从地球表面消失的民族实际就在我们中间，或许我们每一个人身体里都有这样的民族存在，它们只是从地球表面消失了而已。我们这些生活在北边的人要直面风暴。有时，我们会以为某个地方的某个民族、某个种族或者某个时代已经呼出了最后一丝生命，而在另外一个地方则出现了一个新的生命，一个新的种族，一场新的战斗，一次新的胜利。这是多么短视啊！在早就化于无形的某个种族或者地球上已被海洋吞噬的某个部分最初的文化阵痛中，已经包含了我们最后的、终极的文化形式。没有毫无限制而独立的"未来"，也没有彻彻底底的"消失"，未来之中就蕴含着过去。我们或许用眼睛看不到古代，但它却并不会从我们的血液中消失。要是有人看过了罗马竞技场、希腊神庙、埃及金字塔，还有石器时代的简陋工具，肯定会明白这一点。

正如我所说的，所有古罗马的建筑在尼姆都被归并，为市民所用。狄安娜神庙已经快被人变成市政府的办公场所了，曾经供奉丘比特的"卡利神殿"并没有成为博物馆，而是被用作了户籍登记处，雄伟的圆形剧场现在是仲裁法庭。文化传统虽然毫无疑问是存在的，但与普通市民阶层的这种接近降低了一切的高大。

虽然圆形剧场是为了一些残忍的功能而建的，尽管罗马时期的血腥娱乐是一种（古典的）野蛮的行为，但是当圆形剧场成为乡村斗牛表演场地的时候，人还是坐满了。特别是当这种表演成为小市民阶层可以赶的热闹时，现场的气氛就像是市民的赌场。这是斗牛表演最可怕的地方：理发师的帮手、裁缝、普通士兵在看到那头牛的时候，都变成了英雄。他们连职业斗牛士都不是，平常生活中的他们就是些小人物。但是今天，在这个星期天的下午，他至少穿上了盛装。一块可以刺激公牛的彩色的布，就能够让一个怕老婆的小气鬼农夫充满真正的勇气，毕竟他还是要面对危险的。穿礼拜日礼服的小男人站在周围一圈栅栏的保护下，一脸忧愁的软蛋们腆着肚子，他们只有非常小家子气的日常生活和一点点的野心。这些人朝公牛抛去帽子和咒骂，刺激它，公牛撞向栅栏的时候，他们一哄而散。所有人都是行家，所有人都装得好像敢动手抓公牛的角一样。我仿佛看到了他们微不足道的可怜日子，跟他们的脸一样酸楚。他们在一切可能的"富有"和"高层"面前卑躬屈膝，看到无力就高傲，看到强大就谦卑。一个农民往公牛的背上插了一根矛，一个农民，明天他就是在卖猪时讨价还价的那个人：一个英雄！被本地的英雄赞歌赞颂，他们是鲁莽风俗的产物，旧传统的承载者，出生在历史的土地上，并且首先是一个小市民，一个胆小懦弱、果敢英勇的小市民。我忘不了竞技场如神话般白色的、无边无际的椭圆形。那些古老的石头上如果是没有人，我会对它们油生敬重。但现在，石头上满是南方礼拜日家庭生活的代表们。公牛的崇高与石头的伟大一脉相承，我知道：当初那些罗马斗士对一个戴王冠的杀人犯喊"恺撒万岁！"时就是这样的。就是那个嗜血成性的人种将这些石块垒起来的，他们生活在两千年前！而以留声机和报纸、赌场和百家乐为标志的一代人，是没有权力嗜血的。

　　这个国家没有任何诗人对斗牛表示过反对，很多人还颂扬它，我不理解这样的爱国情绪，也不理解那些看不到其中残忍的天才。

　　关于斗牛有很多科学的、历史的、文学的记录。每年五月，巴黎都会举办普罗旺斯斗牛活动，既如此，为什么还有人会不理解国际联盟和仲裁法庭的无所作为？

　　幸好我参观阿尔勒的竞技场时，并没有人在刺激公牛。那是一个静悄悄的工作日。在阿尔勒，历史建筑都远在市民的生活圈之外，它们是在中世纪以及后来的阿尔勒中扎根的。在古罗马陵园"阿利斯康"里隐身着最早的那批基督教徒，中世纪的阿尔勒人也埋葬在那里。这些人曾经在竞技场里抵抗过一段时间异族侵略，但是不管活下来的，还是死去了的，都没有从古罗马的建筑上获得它们的那种遥不可及。这些建筑原本是在城外的：圆形竞技场比尼姆的规模还大，维护得没有尼姆的好，但却更白，更高傲，阳光更充足。旧剧场残留下一个半圆和半圆前面两根细细的石柱，看上去就像是因为一个神奇的偶然保留下来的，周围的一切已悉数坍塌，归于尘土。小小的、圆形的，带有一点东方痕迹的君士坦丁宫已经变成了平地，紧贴在路边，就像一座私宅，三扇窗户上装着密密的栏杆，铁杆就像细致的织物。还有"阿利斯康"，这座陵园只剩下很小一部分，宽阔的大门，侧面的墙上有房间一样大的宽阔壁龛，石头，胸像，头像，再有就是棺材，棺材，棺材。

阿尔勒的巷子很窄，不管是马车、轿车还是载重车都没法会车，面对面的时候，其中一辆就得让到侧巷里去。但这并不是图尔农那种毫无计划的狭窄，都是预先计算过的。这里还有一个安静的四边形的小广场。广场被绿树间透过的阳光，还有随处生长的青苔染成碧绿色。广场上有米斯特拉尔的像，这位普罗旺斯的伟大诗人戴着宽边软呢帽，拿着拐杖，穿着礼服，蓄着山羊胡，窄窄的鼻子鼻翼小巧。这是一个好人，爱国的人。他在阿尔勒建立了著名的普罗旺斯博物馆：不是很学术，但非常有文学的生动性。有的时候还按照一览无余的原则，对某种天真的效果或者孩子气的灯光效果表现出天真的喜爱。在一扇窗户里，隔着闪着蓝色微光的玻璃，能够看到一间古老的普罗旺斯风格的房间。人是蜡像，按照忠实历史和外貌的原则制作，没有生命的材料协助完成了复活。参观者能看到武器和摇篮，画作有好有坏，还有书信、工具，以及大块头的普罗旺斯男人所需的物品。这是精心为普罗旺斯而建的房屋和家庭相册。阿尔勒的博物馆里还有很多古典时期的文物：那尊著名维纳斯像的著名仿制品，早期罗马时代的雕塑头像，基督教罗马时代的雕塑头像。艺术史家曾经长篇累牍地介绍过这些文物。

我觉得很奇怪的是，阿尔勒人伴着这些宏大的古典时期建筑长大，却没有受到丝毫影响。他们安静、细腻、简朴，虽然跟阿维尼翁的人一样也坐在巷子里，但是说话声音却很小，而且一周只去电影院看两次电影。我在其他任何普罗旺斯小城都没有经历过这样矜持安静的晨昏。傍晚，没有嘈杂打扰钟声，悠扬的钟声自由飘荡，兴致勃勃地在空中转悠一阵，才渐渐沉寂下去。

这钟声是从富有的圣托非姆教堂传出来的。教堂建于十二世纪，有一个华丽的大门。我在那扇门前流连了很久。大门永远紧闭，这个不真实的大门仿佛不是给凡人准备的一样。七级白色的台阶通向上方，三角墙被头像顶起，下面那个低矮的拱门就像是把石头叠了很多层。两边是粗壮的石柱，之间是空的，间隔着又小又细的圆柱，后面各有四尊圣像，圣像们低头站在石头华盖下，半被掩在暗影之中，用圣人的谦卑态度邀人移步教堂内。但是，没有人从这个被中间那根圆石柱分开而不是连接在一起的双扇大门进去。门是关着的，也许只在有大型节日时才会打开。

穿过庭院，就来到世界上最著名的一条教堂长廊之中。这条长廊建于十三世纪，环绕四方形的庭院一圈，绿色的庭院里杂草蔓生，到处都是青苔，石头、太阳、树叶和潮湿共同创造出偶尔会出现在梦境中的那种奇特光线。房顶由许多宽阔的长形圆拱组成，一对对圆柱将院子同走廊分隔开，柱子上面倚着圣人的塑像。每个圣人都留出一个角落给一对燕子，每一尊神像都有一些鸟儿要照顾。这里碧绿、潮湿，但不失欢愉。这是给年迈之人的庭院，他们已不惧怕死亡，心里渴望着天堂。在环绕院子的游廊里，他们已经能够看到天上那个虽然有暗影，有绿色，但依然浸满了阳光的游廊。

整座城市都带有修道院走廊的那种冰冷、古老的欢愉气氛，这里有很多有植物的石头，有生命的大理石。内墙、外墙、历史建筑和残存物是经过若干个世纪之后才获得了生命，并随着一个个世纪的流逝越来越有生命力。旧的围墙就像旧小提琴，一年比一年响亮。阿尔勒就有这种有生命的石头。如今，我们已经看不出这个曾被称为"高卢罗马"的地方本来的大小。我得一遍遍提醒自己这是罗马老兵曾经驻扎的地方，尤利乌斯·恺撒曾经住在这里。今天的阿尔勒也许还有老兵。国内的诸侯，还有后来的德国皇帝都曾经选择在这里加冕。作为加冕城市的豪华如今已经没有留下多少，阿尔勒跟维埃纳不一样，它并没有在盛开的时候突然枯萎，而是慢慢死去。这里保留下来很多记忆，但这些记忆在这座城市里却是陌生的，历史仿佛只是给它在这里保留一个竞技场，那里一座宫殿，这里一座教堂，那里一个博物馆，但并没有把这些作为财产留给它。

阿尔勒也是一座白色的城市，但它的白是岁月的银白，并不是永恒欢乐的喜庆白色。日光下的它就像夜晚，长满了回忆的绿色青苔。

塔拉斯贡和博凯尔

　　弗雷德里克·米斯特拉尔绘声绘色地描述过"塔拉斯克"这个盛大的节日。庆祝这个节日的是"塔拉斯克骑士"。这个骑士团 1474 年 4 月 14 日由善良的国王勒内成立，章程包括：

　　1. 每一百年至少进行七次"塔拉斯克"表演，这个传统要得到最为谦恭的保持；

　　2. 狂欢、庆祝和法兰多尔舞应持续五十天，不可吝惜钱财，庆祝活动要尽量色彩斑斓；

　　3. 善待外地人，并在整个节日期间给予他们礼遇，要让他们感到快乐，情绪和自由都不受到任何损害。

　　塔拉斯克的骑士们踩着《普罗旺斯进行曲》的鼓点在城中游行，喝酒，并吃一种玉米饼。在耶稣升天节前的那个周日，骑士团的骑士们会从城堡小教堂里请出古老的圣母雕像，抬着它走在长长的盛装宗教游行队伍最前面。塔拉斯贡、博凯尔、圣雷米、迈朗还有其他一些城镇的居民全都来了，罗讷河的船只鸣响汽笛迎接圣母，城外还有鼓手。在耶稣升天节当天太阳还没升起的时候，"塔拉斯克"出来了，它长着狮子头、乌龟壳和鱼肚子。这个怪物的肚子里坐着六个男人。圣灵降临节那天会举行盛大的宴会，所有骑士都坐在同一张长条桌上用餐。远近的居民们聚集在圣玛尔达教堂。在那里会给旗帜和长矛举行净化仪式。圣灵降临节后的周一，真正的节日才开始。隆重的弥撒之后是百姓游行，骑士在游行队伍的最前面。队伍穿过城中的大街小巷，罗讷河上的渔夫们跟在圣彼得的旗帜后面前进。然后是"塔拉斯克"，骑士们在它对面摆好战阵，"塔拉斯克"的鼻孔喷着火。战斗开始了，怪物被打败，骑士们退场，要去再痛饮一场。

　　这个传说中的怪物"塔拉斯克"家就在塔拉斯贡。它的形象在普罗旺斯地区极为常见，经常能够看到，很多博物馆中都有，它还是明信片产业的宠儿。塔拉斯贡的居民把它称为"祖母"，由此可知它是多么无害。它在南方的阳光下变得温柔，南方人的幽默将日耳曼、斯拉夫和斯堪的纳维亚世界的龙变成了漫画形象。跟它的打斗只是出于好玩，人们实际是热爱它，尊重它的。这个神话故事中的怪物其实更适合北方，因为雾气会将它隔绝开，从而增加它的可怕。一旦到了南方，人们就失去了距离感和敬畏感，血腥残忍的动物不但变得温顺，甚至还会显得滑稽。人的英雄行为也不再恐怖，不再具有悲剧色彩，而成了一场醉醺醺的、荒唐的梦，刀光剑影变成了觥筹交错。

自从我来到塔拉斯贡，知道了塔拉斯克的故事，就不再奇怪塔塔兰的存在。在这个每一百年至少跟一头被称为祖母的龙打七次仗的城市，至少每一百年也会有一个塔塔兰[①]出现。塔塔兰出征去对付温顺的狮子，并将整个非洲都变成一个大的塔拉斯贡。这里有所有可怕英雄行为中唯一能够让人忍受的英雄行为，但是在过去一段时间里，因为出现过于频繁而损害了自己的声誉。塔塔兰就是对英雄行为的否定，远在所有概念还没有改变内容之前，塔塔兰就改变了英雄这个概念的含义。每一个英雄都能往非洲跑一跑，去捕猎温顺的狮子。这本书的伟大不在于它创造了一种带有永恒意义的人物类型，一种"滑稽的英雄"，而是在于它让"英雄"这个人物类型变得滑稽。

塔塔兰是塔拉斯克表演的延续，塔拉斯克表演是这里灿烂阳光的结果，阳光融化了空洞的语言外壳，让真实的内核暴露出来。

这本书的伟大在于它给了这座城市自己的样貌，我看到的永远是塔拉斯贡的都德、塔拉斯贡的塔塔兰。这是一座明亮、紧凑、友好、和气，有一点惨淡，有一点奇怪的城市，城中

---

①　法国作家都德作品《塔拉斯贡人氏塔塔兰之惊险奇遇记》中的人物。——译者注

有声望的居民直到今天还在梦想着去捕猎狮子。城里的火车站很不同寻常，就像专为塔拉斯贡设计的。通向大厅的入口在二楼，站在楼下的大门口时，让人不知道是不是已经到了车站。通向城里的大街宽阔舒适，阳光灿烂，但也不是没有阴影。整座城市实际也就是由这条街组成的。简朴的白色平房和平共处，它们藏起了谦逊的市民们。这里还有都德写在塔塔兰里的那个街拐角的房子。街上有很多身体健硕、神态自信的男子，这是大英雄们的优秀后代。在所有文具店和书店前的几百张明信片上都能看到塔塔兰的照片，唯一一家大书店的橱窗里摆着各种版本的都德作品。这座城市对因此人而为人熟知充满感激！无足轻重的若干个世纪像阴影一样笼罩在一些曾经有伟大历史的城市上，这阴影也几乎要威胁到它。唉，塔拉斯贡在塔塔兰之前也是有历史的。中世纪时，它曾是罗讷河某专区的首府，罗讷河畔的城堡中也曾经住过高贵勇敢的统治者，如今那里是一座监狱。圣玛尔达教堂一如既往地美丽。这座教堂建于十二世纪末，十四世纪有一半时间里，人们还在不断完善它。教堂中有美丽、柔和的画作，其中包括描绘圣玛尔达生活的画，出自维恩、皮埃尔·帕罗塞尔、C. 凡卢和其他一些画家之手。在这座教堂里长眠着善良的国王勒内的宫廷总管，他美丽的棺木是意大利文艺复兴风格的作品，据说出自弗兰茨·罗拉那之手。据传说这座城市的守护女神圣玛尔达的尸体也是在塔

拉斯贡发现的，同样也安葬在这座教堂中。除此之外，低调的
塔拉斯贡人就没有什么景点了。整个塔拉斯贡就是一个景点，
它夹在世界历史的伟大篇章之间，就像一个制作成功的、友好
愉快的珍宝，是充满激情的各种概念之间一个落寞的微笑。这
里没有历史建筑，没有竞技场，这里只有塔塔兰。

　　塔塔兰不敢走的那座桥还在，桥通向博凯尔，那里曾经有
东西方最大的年集市场。在每一年的六月二十一日至二十八日
之间，博凯尔是欧洲最热闹的展销会所在地。来这里的有希腊
人、腓尼基人、西班牙人、土耳其人、法国人、意大利人和德
国人。这里生活着犹太富商。在这里，天南海北的血液汇聚一
处，使这里产生了欧洲南部特有的，奇妙的世界种族混合体。
　　博凯尔是一个重要的大城市，如今的它阴郁、不快、气
愤，充满对外来者小气的猜度，这种情绪在生意衰败的商人身
上很常见。这里生活着大商人的普通子孙们，这些著名的祖先
便是压在这些不肖子孙身上最大的负担。假如这座城市是公侯
的，或者诗人的，或者历史建筑的，或者科学的，那么今天笼
罩在这里就会是没落贵族的悲哀气氛了。但这只是一座钱的城
市，充斥这里的是家财散去后的可怜可悲。

　　回塔拉斯贡去，虽然那里没什么可看的！在北方的、瑞士

的、德国和斯拉夫的希尔达城市（有许多斯拉夫犹太希尔达），除文学生活之外，还有一个普通的商业生活。但是在这个法国南部的城市，希尔达可以允许自己只做塔拉斯贡。这里的人不是每一百年，而是每周跟祖母般的龙愉快地打七次仗。

塔拉斯贡是升级的希尔达，因为所有的塔拉斯贡人都有足够的自嘲精神，知道他们自己是塔拉斯贡人。每一个塔塔兰都是他自己的都德，每一个商人都在卖塔塔兰的漫画，而他自己跟塔塔兰长得就像兄弟俩。还有什么地方能有这么蓬勃的愉快精神，并同嘲讽相安无事？人还能在什么地方找到足够的心理平衡，使自己既是嘲笑的对象，同时也是说笑话的人？在这里，市民阶层的灵魂就像是跷跷板，一端坐着可笑，另一端坐着嘲讽。这是古代弄臣嬉笑间的起起落落，如今只有此处可见。

这中间蕴含了多么深刻的社会稳定感！欧洲的动荡离这里的人是多么地远！这个世界认为自己很成功，因此由衷地感到愉快，安全感造就了他们的幽默，所以他们并没有像我们常见到的那样萎靡。

塔拉斯贡没有大型的古代罗马建筑，但我认为，那些罗马晚期人文主义者凭借异教徒的眼光所拥有的敏锐狡黠的气息依然活在这里。只是它的讽刺短诗增加了叙事性，变得更加宽广、从容。这种特点来自西班牙和法国。

塔塔兰是这个严肃的、充满历史性的世界中最有趣的另一面，他是一本正经的人私下里的另一面，是穿拖鞋的英雄。他让我非常欣慰地确认了一点：人即便是穿上铠甲也不会死。上帝保佑塔塔兰！

马　赛

在马赛，塔塔兰比后来在非洲更手足无措。塔拉斯贡和他去探险的那些国家之间的差别还不至于大到吓人，但马赛却会让任何探险都变成日常，让所有日常都变成探险，这是个会让人感到手足无措的地方。马赛是世界的门户，马赛是不同民族间的门槛，马赛是东方也是西方。十字军骑士是从这里渡海去往圣地，《一千零一夜》中的很多童话又是从这个港口来到欧洲。东方的题材在这里登陆，它们抛下锚，踏上了欧洲文学和艺术的陆地。早在公元前几个世纪之前，探险家皮西亚斯和优昔美尼就是从这里到达了波罗的海。他们从这里出发后，发现了冰岛。这座城市是迦太基的继承人和宿敌，是罗马美丽的朋友，是希腊的城市，"高卢人的雅典"。哥特人、伦巴底人、撒拉逊人和诺曼人都曾在这里沉没，那都是拉丁－希腊－腓尼基文化中被战胜的入侵者。这里曾大声欢呼着迎接革命，让革命找到了第二故乡，找到了它本来的故乡，它的歌词和它的曲调。

马赛是皮埃尔·普吉特和蒂尔，还有埃德蒙·罗斯坦的家乡。

马赛是纽约、新加坡，是汉堡、加尔各答，是亚历山大港、亚瑟港，是旧金山、敖德萨。马赛生产糖、硬脂精、肥皂、化学品、醋、烈酒、陶瓷、水泥、颜料。裁缝用八个小时就能做出一套西服，有二十四个小时，道路就能改头换面。街角和木板屋里住着律师，只消半个小时，他们就能写完遗嘱和结婚证书，也能解决官司。从富有到贫穷不过一步距离，无家可归的人就睡在宫殿门口。这家店里卖的是食品，那家店里卖的则是爱情。穷船工的小船费力地跟在大轮船旁边，宝石商人的橱窗旁摆着海贝，修鞋匠卖科西嘉的刀，卖明信片的人也卖蛇毒。老港的电影院整天都在放映电影，每个小时都有一艘船进港。每十朵浪花中，就有一朵会把外乡人像鱼一样冲上岸。阿尔及利亚的犹太人在咖啡馆里跟中国人谈生意，"美元王"在下等酒吧里寻欢作乐。隔一天就会发生一桩命案，谋杀，抢劫，家庭惨剧，生命在剃刀的刀刃上起舞，这是港区最受人欢迎的武器。贫困像海洋一样深，恶习像云朵一样自由。

所有的声音都是同一个节奏，所有的声音里都有船上机器的声音。擦靴子的人用鞋刷把敲着工具箱的盖子，宣布自己的存在，伴随他工作结束的也是这样一阵敲击。有轨电车还有所有车辆都像汽车一样鸣着笛。每个人都在制造声音，每个人都在敲击着城市的节奏，每个人都在将浪花中的音乐翻译成自己的语言。兜售报纸的小贩语气中带着警告，就像教堂的钟声，钟楼上的钟声则随和地与下面世俗世界的声音融为一体。

每个小时，各个民族和种族大规模、无休止的血液融合都在发生，能够摸到，能够看到，实实在在，近在咫尺。棕榈树已经长起来，栗子树还在沙沙作响。罗讷河运河通向北方和西方，往南往北是海洋。那边传来火车的汽笛声，这边是警笛的刺耳尖叫。水冲刷着陆地，陆地则向水中延伸。极细极黑的巷子汇进宽阔明亮的林荫大道。我们能看到历史时钟巨大的指针在转动，"发展"与"变化"不再是抽象的概念。我们能看到历史的脚，能够数它的脚步。

这不再是法国，这是欧洲，是亚洲，是非洲，是美洲，这里是白色、黑色、红色、黄色的。每个人的鞋跟上都沾着自己的家乡，都会用脚把家乡带到马赛来。但是护佑着所有土地的是同一个离得很近的、非常热、非常亮的太阳，罩在所有民族头顶上的是同一片蓝色陶瓷般的天空。海洋用宽阔、摇摆的脊背将所有人驮到这里来，每个人的祖国都不一样，但是现在，所有人都拥有同一个故乡海洋。

历史没有在这里留下石头鉴证者，而是将它们很快地冲走了，只有过去的气息还留在风中。一个星期前在这里的是腓尼基人，前天是罗马人，昨天是日耳曼人，今天是法国人。就好像地球上所有巨大的距离都挤在几平方公里的地方上一样，不同时代在这里挤成一团，永恒那宽敞的空间仿佛也变得十分拥挤。不相信上帝的人能够在这里找到某种驱动世纪更迭的巨大力量，能够在变化的无规则中体会到深刻的意义。另外一种同样强烈、同样难以解释的更迭是潮涨潮落，不同民族就伴着这潮涨潮落呼啸而来，又呼啸而去。

　　缆绳悬在停泊的帆船上，像伸在蓝色天空的黑线。新港是帆船组成的城市。海面上漂着油膜，密密麻麻的桅杆挡住了我的视线，让我看不到海。港口里没有盐的味，也没有风的味，到处是松节油的味道。海面上浮着一层油膜，小船、驳船、筏子还有地板紧紧地挤在一起，让人几乎可以脚不沾水在海港里穿行，假如不是有淹死在醋、油和肥皂水里的危险的话。这就是通向无限海洋世界的那个有限的大门吗？这里更像是用来存放欧洲大陆必需品的一个无限大的仓库。这里有圆桶、木箱、横梁、轮子、操纵杆、大圆木桶、梯子、扳手、锤子、口袋、布、帐篷、车辆、马匹、马达、小轿车、橡皮管。这是世界主义令人心醉神迷的臭味，源自并肩存放在一起的上万公斤鲱鱼和几十万升松节油，还有煤油、胡椒、西红柿、醋、沙丁鱼、桦木焦油香料、牙胶、洋葱、硝石、酒精、口袋、靴子跟、亚麻布、孟加拉虎、鬣狗、山羊、安哥拉猫、公牛和士麦那地毯喷吐出热烘烘的刺鼻味道，硬煤冒出又黏又油腻、让人窒息的煤烟，包裹住所有死了的和活着的。各种气味混在一起，浸满所有的毛孔，撑饱了空气，蒙住石头，最后竟强烈到减弱了嘈杂的声音，就像早就已经被它减弱的阳光一样。我本以为能在这里看到无边的天际，看到大海中最蓝的蓝，看到盐和阳光。但是港口的海里却是洗碗水，上面还漂着灰绿色的油花。我登上一艘大客轮，希望至少能够在这里捕捉到一丝这艘船曾经去过的那个远方的香味，但这艘船上有股家里过复活节前的味道：灰尘和晒过的床垫的味道，门上的油漆味，洗过上了浆的湿衣服味，糊饭的味，杀猪的味，打扫过的鸡舍的味，砂纸的味，用在黄铜里的一种黄色膏脂的味，杀虫剂的味，樟脑球味，地板蜡味，罐头味。

在这一个小时中，港口里有七百多艘船。这是一座由船组成的城市，小船就是人行道，筏子是马路。城里的居民穿着蓝色的大褂，有着棕色的脸庞和坚硬、巨大的灰黑色的手。他们站在梯子上，给船身刷上新鲜的棕色油漆，提着沉重的桶，滚着圆桶，整理口袋，扔出铁钩子钩住木箱，转动手柄，用铁滚轴把货物吊到高处，抛光，刨削，清理，制造出新的垃圾。我想回到旧港去，那里有浪漫的帆船，突突响的机动船，有人卖新鲜的，还滴着水的牡蛎，一个30法分。

这座城市闪着白色的光，它跟莱博那座游吟诗人的城堡，还有阿维尼翁的教皇宫用的是同一种石头，但这座城并不华丽，还是一派忙碌的景象，它容纳了几百万种悲惨的生活。阿维尼翁的乞丐是骄傲的，但在马赛的旧港，贫穷不仅仅代表困苦，还是一个躲不开的地狱。人类的破船横七竖八堆叠在一起，从淤塞的沟渠里弥漫出黄色有毒的疾病。癞皮狗跟孩子们在水洼里玩耍，衣着破烂的人跟动物一起抢别人扔掉的骨头，几千个男男女女在捡烟头。狗盯着人，猫盯着狗，老鼠盯着猫，大家盯的都是垃圾堆里的同一块烂肉。

爱之巷已经丢掉了自己的官名，也没有路牌，但是大家知道它，也能找到它。从大教堂往旧港走的路上，能听到五十台自动演奏的仪器在五十个窄小的店铺里演奏着金属音乐。店铺前坐着世界上最老最胖的女人，她们整天整夜都在售卖身体。那些从船上下来的男人十个、十五个的，组成稀稀拉拉的队伍穿行在巷子里，路上便消失在各个店铺里。然后，演奏的仪器中有一个停了下来。一面玻璃珠帘垂下来挡住灰暗的长沙发，坐在门前的长长一排女售货员中间空出一块。

除了情爱和音乐，没有别的事情发生。有些女人怀里抱着孩子，很多孩子在这条巷子里长大。最可怜母亲的最可怜的孩子，演奏音乐的机器就放在他们的摇篮边，从他们能够看到这个世界阴暗一面的那一刻起，他们就认识了廉价爱情的仓库。世间的谜将最乏味的谜底一起给了他们，生活将经验豪掷给他们。他们人生最初岁月里的玩伴是能够带来运气的病猫，玩具是排水口、贝壳或者石子儿。

　　早晨、中午、傍晚、晚上、深夜，任何时间段在这里都是一样，天空只是窄窄的一条，太阳根本看不到。情爱也是没有时间的，情爱的承载者是没有年龄的。四十年前她们就已经老了，如今她们还可以再年轻漂亮四十年。四十年前那个机器就在放着同样的音乐，它还能给那些麻木的耳朵再放四十年的天籁。四十年前，它就在驱赶着偷听的人，它还能够再诱惑别人的耳朵四十年。什么是老，什么是年轻，什么是丑陋，什么是美丽，什么是噪音，什么又是音乐？——如果一天全都是情爱的夜晚，一刻也是一夜的情爱？如果货物就是那个女售货员，爱情只值一个铜板，一个铜板里就包含着爱情？如果夜就是忙碌的白天，睡觉变成了生意？

　　在这条巷子里，世间的法则没有效力。像用了阿托品一样呆滞的眼睛，眉毛一直画进太阳穴里，永远不会白的假发，化了妆的年龄，永远年轻却只剩下愚蠢。这些女人瞪着眼睛，看起来都像是一个模子里刻出来的，互相之间也没有竞争带来的妒忌。永远是同样的排水口，同样的猫，同样的石头路面——被偶然带进这条巷子里的成千上万个同样的男人。如果哪个女人伸出了胳膊，自动音乐机就会停止，一种非常巧妙的机制将机器和机器连在了一起。

　　在这里，所有看似能够永恒的东西都解体了，在这里，它们联合在一起。这里有不断的建设和破坏，没有时间，没有权力，没有信仰，没有概念是永恒的。我把什么叫作异乡？异乡是近的。我把什么叫作近？浪花将它带远。什么是现在？它倏忽便已过去。什么是死亡？它马上就又随波而来。

我写下这些的时候，马赛已经又变了模样。我用几千句话讲述的，不过是事件沧海中的一滴水，无遮无拦的眼睛根本看不见，它在我细弱的笔尖颤抖。

人

在一座城市里，我最喜欢观察的是人。

——司汤达

最初住在这里的是利古里亚人，红色是他们最喜欢的颜色。腓尼基人来的时候，留下了红色。再后来是希腊人、伦巴底人、撒拉逊人、西哥特人。红色代表喜悦，这片土地上的人从来没有停止喜悦。所有历史上的恐怖都被弱化了，野蛮人冲进来之后，也野蛮不了很久。带着征服这片土地的想法来的人，最终都被征服。不同民族的人就像种子一样，轻柔地陷入地下。收获不断来到，人们不断收获快乐。

　　我还没有去那些白色城市之前，有一天晚上在巴黎看了普罗旺斯地区的文艺节目。每年夏天，这些节目都要向本地人和外地人展示南方古老的民间文化。普罗旺斯的牧人带着自己的妻子，围着圆形剧场绕圈，队伍最前面是吹笛子的和鼓手。那是一种非常简单，非常明快活泼的进行曲，乐音像月光一样柔和，但节奏又很快，是一种与忙碌无关的急促，那是孩子们参加节日庆典时内心的急促。乐曲的间隙，小小的鼓便敲响，细致的鼓仿佛不是蒙着小牛皮，而是薄薄的银皮膜。行进的人步子细碎，几乎有些像女人走路，但依然不失阳刚。这是一个健康的民族，男人穿着牧人的服装，白裤子，五彩背心，黑色的或彩色的短裙，黑色的帽子，身上围着彩带。女人们穿着大裙子，高高盘起的头发上戴着白色的尖顶小王冠，彩色紧身衣，高跟鞋。这是真正的乡民，真正的农民。这些人在家里要辛苦劳作，但从他们的一举一动间能看到从许许多多富有的、有教养的先祖那里继承下来的特质。女人们手持红玫瑰花束等着男人们，男人一个接一个策马飞奔过来，从他的女士手中接过花束，同时要抵御其他男人的进攻，保护花束。十二个骑士围住他，但他总能够躲开，高高举起的手里自豪地擎着花束。他举着花，把花护送到安全的地方，然后再次冲向他的女士，挥动帽子，骑马回去。轮到下一个人。这个游戏一共要重复十二次。

殷勤有礼看上去似乎是对同时存在的粗鲁非常正常的反应，而游吟诗人的存在也要感谢那些骑马的强盗。这些骑士抢夺花朵的表演非常吸引人，就跟斗牛表演让人厌恶一样。但是如果要看这个表演，我就得忍受另外那个。

幸好，骑士风度在普罗旺斯地区比斗牛表演多。所有人的生活都井井有条，传统是古老的，是有道理的，并不存在矛盾，人也乐于接受。这里的人内心足够平静，能够展现骑士风度。每天看着那些从神话般遥远的时代留下来的保存良好的古代建筑，会让人有一种奇怪的安全感。人们不相信改变与更迭，事实上，更迭与改变来得都非常柔和。这里没有被风暴席卷过，自然与历史都不会带给人意外，每一个人的生活都是稳定的，所有的农民都是大地主，所有田产四周都围着围墙，尽管每一扇大门都是敞开的。人们可以走进别人的花园里去睡觉，没有人偷盗，没有人阻拦，没有人抗议。大家都修围墙，但不是为了把自己关起来，而是为了标出田产的边界，围墙象征着人的权力。但围墙毕竟是没有感情的物件，美丽的白色石头也一样会让人心变硬。坐在围墙里面的人，看不到街上饥饿的乞丐，人还没有走到敞开的门跟前，就已经在围墙边上饿死了。

在这个国家，挨饿的情况不多，所以和气的脸比敞开的心多。所有的一切都是继承来的，房子、首饰、习俗。孩子们在成长的过程中，从来看不到饥饿的痛苦，他们也永远不会看到。每个人都有自己的小船，不是黑色的，而是雪白的。人们不熟悉土豆，因为那是穷人的食物。东西全都很便宜，但这里的人如果没有钱这种如此没有价值，又如此价值连城的东西，那就不会有面包吃。快乐的人喜欢快乐，悲伤对他们来说是很陌生的，所以贫困在他们看来一定很可疑。人性是善良的，但这种善良却深深埋藏在人性里，没有用过，就像被遗忘的水井里的水，没有人去那井里打水。大自然不会带来灾难，没有人因为突然的打击而失去口粮。邻居是好朋友，但永远不会成为兄弟。所有的狗和猫都能在别人家的桌子旁找到吃的，动物数量过多了也没有人会去杀它们。但是，这里有很多流浪狗和流浪猫。每个人都打猎打鱼，人们会用枪打唱歌的鸟儿，铲平森林。这里没有森林，也没有鸟儿歌唱。阳光会燃烧掉森林，但没有人感到伤心。善良的幽灵是住在石头里的，但这里的人已经不怎么相信这些幽灵的存在。人们忠实于古老的习俗，穿古老的服装，说的是美丽、古老、抑扬顿挫的普罗旺斯方言。每个人都热爱自己的国家，但没有人觉得热爱这个国家是困难的。在这个地方，热爱根本不是什么困难的事，在路边，爱情就像最珍贵的果实一样茂密生长，唾手可得。土地充满力量和汁液，灌木丛能够喂饱任何一个人，露天地里就能睡觉。但是，也许会有人渴望有瓦遮头？每个人都有阳光，但也许会有一个人因为怀念黑暗而哭泣？

　　白色的石头，白色的石头，白色的石头！白色的石头之间长着橄榄树，但是有人想吃面包。看啊！面包在高高的围墙里面！教堂，教堂，教堂！华丽的大门，华丽的油画，金色的祭坛。所有人都在为了一日三餐祈祷，又不知道饿肚子意味着什么。每个人都有自己的座位，上面标着名字和日期。人跟上帝的关系已经世俗化，信仰很少受到挑战。罪恶？死在围墙里面的人是没有罪恶的。哪有人能看穿这堵围墙？给自己的财产加上一道围墙是罪恶吗？不透过围墙往里看是罪恶吗？

　　人们是多么爱那些无助的人，爱孩子和弱者！没有尖叫，没有打击，没有哭泣。没有严厉的父亲。每家都有猫，这些柔软、安静的动物，聪明的大眼睛里总有明确的目标。舒适的角落，温暖的角落，安静的角落。高大的窗户，低矮的胸墙，阳光，阳光，阳光。古老的宫殿，温和的冬天暖，炎热的夏天凉。石头地板没有腐朽的地方并且易于清理。沟渠不多，少逼仄，也没有穷人拥在巷子里。巨大的圆形竞技场，神圣的庙宇，博物馆里放满了石头文物、传统和忠实。但是，望向未来的目光很迟缓。生活多么快乐！但快乐是多么容易！死亡多么远，虽然到处都是坟墓，每天都能随处发现人骨和古代建筑。

　　还有大片的土地需要分配，这里缺少人，土地渴望新的种子。它已经吞下了那么多不同的东西，孕育出那么多不同的东西。如今，所有的都一样了，它把他们变成了一样的。要让外乡人进来。我的路通向北方，去往秋天、雾气、森林。在这条路上，我看到了外乡人在走，他们没有带着剑来，但就算他们是有武器的，也会把所有会致命的东西放下。在这里，生命更强大，这里没有人会轻易打算流血。在这里，我们能够找到一种童年，各人自己的，还有欧洲的童年。没有任何地方能够让人这样容易就找到家的感觉。就算是那些离开家乡的人，也会带上家乡能够给人的最好的东西：乡愁。

陈列柜里的浪漫

秋季博览会结束之后，在法兰克福的罗马广场上紧接着有一个邮政展。意思是说：展览邮政历史的众多鉴证。从最早的邮差，到法兰克福的最后一个犹太邮递员；从拿着长矛盾牌四处奔波的信使可怜巴巴的靴子，到最后一辆邮政马车。图恩和塔希思家族的照片，他们那栋房子的历史，美丽的女人，擅长挣钱的男人，他们的城堡和房子，他们的邮差、信使和邮政马车在这个展览中占了很大的一个房间。这是一个聪明的家族，他们是最早来到欧洲的美国人，精力充沛的托拉斯企业家，王侯一般的美国佬。他们用钱买到了统治者的友谊，还有一个纹章学家，此人（后来，但并不晚）给他们制造了一个非常好的家庭谱系图，后代人可以无忧无虑地生活在这张图人为的，但却激动人心的荫蔽下。他们原本是意大利血统，但是很会将艺术注入家庭之中，证明了与意大利诗人托尔夸多·塔索的血缘关系，对诗人而言，这倒也没什么损害。凡·戴克给玛丽亚·露易斯·德·塔希思画过像。这个爱好和平的家庭不是在战场上，而是利用能够联合地球上各个民族的马路开拓空间，他们所遵从的是实用的世界主义。所有的大城市里都有他们的家，他们的邮车夫将近与远连接起来。现代的飞机是图恩和塔希思邮政的结果，飞行员无疑就是邮车夫的后代……

在这个展览中，还有鉴证了美好过去的其他物品：邮车夫的制服，某个邮车夫的荣誉马鞭，法兰克福信使亨辛·哈瑙韦的一张像，马克西米利安的《维斯库尼希》里面的插图。还有旧邮票、明信片、最早的车票、时刻表和旅行手册、中世纪的写字台、旧的封印、信件、邮差手册、被打劫的邮车的图片、邮车和驿马经营者的公务信函、接力骑手、急件、车辆模型、直的和弯的邮差号角，这乐器经常出现在诗歌中，滋养了几代德国诗人。

我带着传统的感动看着这些东西。在这样的感动下，不管是作为一个与飞机同时代人的自豪，还是对那些能引人伤感之物的嫌恶都会不断失去抵抗力。只要旧时的邮差号角摆在玻璃下面，就没有人能够摆脱历史在上吹出的可爱曲调。我们身体里的某个地方还绷着一根温柔的琴弦，看一眼旧的邮差手册，这琴弦马上就会情绪饱满地振动起来。我们坚硬的、靠汽车移动的、机械的、习惯了油箱的眼中还存着一滴泪，就等着流出来，或者被遗忘。曾经的那个时代让我们感动，在那个时候，我们把信交给一个可靠的人，这个人把这张纸藏在胸口，挂着长长的拐杖，从坟墓上走过，在可怕的道路上一走好多天。经历危险，对抗自然，直到把这珍贵的货物交给正确的收信人。他这样来来回回的时候，乡长先生坐在那里，用同样可靠、精确的字记下道路、写信人、收信人，还有邮差的薪水。这些都记录在邮差手册里，其中一本是十四世纪的，用我们见过的以前人包《圣经》的方式，包在黄色的猪皮里。那些简单的小图让人感动，尽管画技不怎么高明。上面画的是在路上奔波的邮差，携带着别人命运的步行者，或者骑马的骑手，一片绿色田野中央、发着黯淡蓝光的山丘前的一个彩色的、有生命的小点。这时，那只手按住了一滴丢人的泪水，因为它还得写字。

但是看着……看着……便又想起，这一段要走十八个小时的可怕道路应该付给邮差两个古尔登。按照规定，邮差得不停地向前骑、向前骑、向前骑，如果迟一个小时，那么每月结算薪水的时候就要在那几个古尔登里减掉几个，而家里的老婆和孩子还等着。信使在收信的大老爷面前单膝跪地，吹了几个小时浪漫的芦笛之后嗓子生疼，诗人的日子比邮差好过。画家总是习惯于选邮车夫最高兴的样子画，选他们开心愉快的时候。

所有这些都想到了，并且还想起，我们的邮递员日子也不怎么样，售票员也是，火车工人也是。但现在至少不用连续好多天在沼泽里穿行，还得担心强盗，喉咙干的人也不用再吹号角。从纽约到马赛不过一步之遥，人也就跨一步而已。我们称赞当下，在这个时代，可以参观摆在玻璃后面的过去——这种材料很适合将那个时代变为美好的过去……

《法兰克福报》1925 年 10 月 7 日

黑色的土地[①]

夏多布里昂写了一本关于家乡的小说，这一类作品到目前为止的欧洲文学中还没有过：这是一种关于家乡的艺术，从泥土中来，但却远远不止是流传于世，因为这种艺术已经超脱了

---

① 阿尔方斯·德·夏多布里昂:《黑色的土地》，罗尔夫·硕特兰德译，柏林：锻造厂出版社，第 407 页。——作者注

这个世界。

在到目前为止的著名家乡艺术中，有许多对家乡的描述。我们能够看到种族、风俗、习惯、氏族的特征。这种文学有时是受限制的，而且并不只是地理方面的限制，它是有界限的，虽然只是地理的界限而已，但夏多布里昂超越了这个地理的、家乡的和同胞的界限。这部小说里的人物并没有那种著名的"乡土气"。这并不是因为夏多布里昂的家乡全是泥炭和沼泽而非"泥土"这么简单，而是因为这些人跟沼泽地里升起的雾气一样不是能够用手触摸到的真实。他们是浓缩成了人物以及行为和想法承载者的沼泽雾气。

在法国"理性主义"作家的这几代人中，夏多布里昂是唯一一个原生态的作家。他所描述的那片土地神秘到不像是在法国的国土上。全体靠挖泥炭为生的一群人对抗土地的干涸，这是基本元素之间的战争：水与火的对抗。所有夹在这两种元素中间的（被爱挤到中间去的）都毁灭了，元素的代表者在毁灭中胜利。在这个地方，一个人就算放下了武器，也并没有被打倒。就算机器最终战胜了沼泽，沼泽也依然是强大的。元素之间的战争就是这样，它们无法战胜对方，它们会交融为一体。

夏多布里昂描述了欧洲大陆上最神秘的一片土地，这个地方在法国北部的海边。那里的人直到今天还保持着三百年前的生活方式。一位普通"有趣的"作家或许会挖掘出这个地方的特别之处，那也不少了。但夏多布里昂挖掘出的不止人种论，而是形而上学。

《法兰克福报》1925 年 11 月 1 日

序言的阴影

罗曼·罗兰为文学界发现了帕内·伊斯塔蒂，并使他成了作家。此人是希腊和罗马尼亚裔的冒险家，曾尝试过许多职业，包括做活动广告人、机械师、记者、摄影师。伊斯塔蒂曾经试图自杀，他被送到尼斯的医院，人们在他身边发现了一封给罗曼·罗兰的信。这封信被寄给了收信人，厌倦了生活的人也因此重返人间。罗曼·罗兰给伊斯塔蒂的故事前面加了一个序，伊斯塔蒂本人又加了一个引言。西尔韦斯特把这些故事从法语翻译成了德语。（《基拉·基拉丽娜》，帕内·伊斯塔蒂著。罗曼·罗曼作序，法兰克福吕腾勒宁文学出版社。）

在引言中，作者写道："我不是，也永远不会成为职业作家。"但是在书的最后一页却写着："这些故事未完待续。"没有哪种职业是可以不带着使命感去认真完成的，所以我很想知道伊斯塔蒂当服务生的时候，是不是说过这样的话："老板，我绝对当不了服务生！"……我对此表示怀疑。但如果是被罗曼·罗兰用序言介绍给文学界的话，那么想对读者、出版商和作家们说什么都可以。只有文学世界才能让一个"边缘人"自豪地找到家的感觉。

这位文学家有时会喜欢那些不谙世事的年轻人，而年轻人则从中引申出这样的责任：不当作家，以及写书的权利！但是既然好心给我们写书，而且还预告了续集，那也应该能够友好地允许自己变成作家。

被一股清新的风吹过文学世界的过客总是能够带来有益健康的空气变化，但是如果想要改变气候，那么只靠人好或者叙事技巧花哨是不够的。材料的奇特最终还是一种材料性的奇特：它是人种学的，是地理学的。作者的经历有趣并不能保证作品也有趣，序言是推荐性质的还是道歉性质的也很难区分。

欧洲的所有文学史都熟知"边缘人"，所有人都在权威序言的阴影中绽放，但绝大多数都没有那个序言坚持的时间久。

因为天才叙述者无拘无束消失的地方，才是作家艺术开始的地方，在各种艺术家中，作家是最有自觉意识的。写作既是工作也是技术，是手工活也是义务，它需要心、天赋、大脑、手、个人的文化以及强烈的责任感。罗兰自己就是这样一种作家，所以也就能够理解为什么偏偏是他会吸引伊斯塔蒂们，为什么他会鼓励小说人物变成小说作家。

　　帕内·伊斯塔蒂说得没错：他不是个作家。他讲述了自己朋友（或者说他的"主人公"）的有趣人生。向我们展示了一些东方，一些巴尔干。对素材本身的兴趣不断取代艺术的张力，这本书并不抓人，也因此让人更加舒服地走神。

　　莫泊桑跟福楼拜学习了三年写作，莫泊桑丢弃了无数手稿，这才被允许将一个稿子出版。在这种事情上，毁掉手稿相当于自杀一千次。我对帕内·伊斯塔蒂充满痛苦的个人生活抱有深深的敬意，但什么都不能阻止我说下面的话：只是尝试自杀并不能让人出书，没有因为冒险的行为丧命并不意味着文学方面的冒险获得了合理性，不当作家的意愿也不足以让人成为作家。

　　福楼拜已死。

　　　　　　　　　　　　　　　《法兰克福报》1925 年 11 月 15 日

一个罪人在柏林电影宫的皈依

　　不仅是在报纸上，还有上百张海报都在五彩斑斓地齐声宣布美国最滑稽的喜剧电影来了，保证爆笑效果。电影院三个高大宽阔的大门前站着一个镶金边的看门人，还挂着滑稽的广告，一张非常著名的红黄相间的小丑面孔。一大群兴高采烈的人挤在窗口前买票，没有任何迹象表明在放映大厅里等待我的是深刻和严肃，我也没有意识到自己这个毫不虔诚的灵魂会受到什么样的震撼……

我早就已经放弃了在柏林的任何一家清真寺里找到伊斯兰教圣殿的习惯。我知道在这个国家，清真寺是电影院，东方就是一部电影。曾经，在很多年以前，那时的我还虔诚，我想要去做早课，走进教堂，却看到了一座火车站。后来我知道了，建筑风格不能够说明任何问题，在那些装着避雷针的红砖仓库里有祭坛，有人在那里聆听上帝的声音……

这一次则不同：

我坐在绿色天鹅绒幕布前的第三排，放映厅里突然暗了下来，幕布缓缓拉开，一束上帝无法造出，大自然就算用上几千年也生产不出来的神秘的光软软地流过放映厅里蒙着银纱的墙壁，流过舞台前方，仿佛奔流而下的水在长久的岁月里被驯化到符合家用标准，并被安置在这座电影宫的墙壁上。水在那里轻柔地流淌，很文明，符合人类的需求。这是举止有礼的原始力量，被人类调教好的自然力。照明的光是朝霞和晚霞的混合，既有天空的纯净，又有地狱的浑浊；既有城市的气氛，又有森林的绿色；既是月亮的光辉，又是午夜的太阳。大自然中以乏味的先后顺序出现并且隔着很远距离的，现在被结合在一个空间里，并且是在一分钟之内，显然这里有一个不知名的、强大的神插手这场娱乐与严肃。地方太小，无法下跪，因为我们是紧紧地挤在一起坐的。但是如果有可能的话：膝盖会自己跪下……

从人脸上能够判断出来的教派看，四周坐着各种信仰的代表，还有无教派者和不信神的人。所有人都被震撼了。等到一个年轻的黑人开始用管风琴祈祷，这个神圣的乐器发出的强大声音充满了在场人敞开的心，大厅里变得非常安静，静到只能够听到人的呼吸声，就像在医生那里检查的时候听到的命令：深呼吸！……

然后，一个小银铃响了起来，我出于习惯低下头，但就像小时候那样，眼睛依然还在朝前看。这时，幕布朝左右分开，从中间露出的缝隙里，一群黑人一个接一个走下舞台前的台阶，手里都拿着乐器。最后，就像匆匆走进教室的老师一样，一个戴眼镜的瘦弱年轻人跳进乐队演奏池，长发在他自己带起的风中飘荡在脸前面。

这是乐队指挥……

接下来的场面很有意思。只见他胳膊抡着大圈，用指挥棒敏捷地冲着整个乐队耍花剑，刺激小提琴，让低音提琴发出严肃的抗议，颤动鼓的帆，从笛子那里诱出银色的回旋——全都是奥芬巴赫的作品。

随着乐曲或沉重或轻松，探照灯也从蓝色变成红色、黄色。乐手是幽灵，有的时候指挥的头发会燃出神圣的火焰，不可思议。房子里的瀑布还在流，我们的虔诚终于爆发为热烈的掌声，那些无教派者鼓掌的声音最大，我们都看出了一种超越世俗力量的意愿，一种形而上的影院编排，一种神圣的产业……

然后，放映员开始播放哈罗德·劳埃德的电影，但是谁还笑得出来呢，再没有什么玩笑能震动我的横膈膜。我想到了死亡、坟墓和另一个世界。眼前正有人把一个非常滑稽的想法表演出来时，我决定将自己的生命奉献给上帝，并决定遁世。

放映结束后，我很快来到了一片巨大浓密的森林里，并且从那时起再也没有离开……

《法兰克福报》1925 年 11 月 19 日

玩　具

法兰克福博览会在制造联盟之家举办了一个新旧玩具展，这是一个为圣诞节设计的应时活动，非常有趣地展现了"时代变迁"。我们的祖父玩的是黄色烛光照耀下的木制耶稣诞生雕塑，玩具木偶戏，木头和玻璃做的小房子，房子里面放着小床、小椅子和小桌子。我们的儿子做的却是无线电装置，组装汽车，玩的是电动火车、飞机、飞艇、螺旋桨、涡轮机，还有很多我连名字都叫不上来的东西。

是的，现在成长起来的是一种奇怪的人种，他们没出生之前就已经摆脱了我们的管教，对我们的爱表现得冷冰冰的。感情天生奇特，虽然是我们所生，却被这个技术时代滋养。跟我们的差别，就像天线之于树木。我们了解的是草地、山丘、河流、湖泊、森林，在他们则是桥梁、发动机、飞艇、潜艇、鱼雷。这一点在玩具展上显露无遗。

我们给玩偶商店里装满想象出的顾客，小木偶剧场在我们的手下活起来，精灵在我们的小房间里出没，我们的皮箱里藏着魔法师，看到关着盖的木箱子，我们就能感觉到一种幸福的恐惧。我们的儿子们则在灭绝地球上的人类，开垦林地，赶走鬼神，把所有的魔力都抓在他们虽然还小，但已经目的明确的手里。所有的奇迹他们都能解释，绝大多数的奇迹都能实现，所以也就没有奇迹了。他们能够制造雷与电，现在，丘比特也被推下了神位……

我觉得这里缺少了我们的存在，在发明玩具的时候，我们可以再多努力一些。就因为我们认为孩子是一个缩小的成人，所以就把日常的东西缩小了尺寸给他们，在他们心中制造一种向大人看齐的愿望。但孩子并不是侏儒，不是缩小了尺寸的成人，他们是完全不一样的。我们应该给他们原料，让他们用这原料自己做玩具。我们应该展览的是用这个方式创造出来的玩具。成年人看到展出的玩具时，并非毫无来由地产生这样的愿望：啊，如果我儿子圣诞节的时候送我这个多好！……因为这个玩具是成年人发明制作的。至于孩子们也会两眼发光地看着这些东西，并不能证明什么，因为孩子见什么都想要，而且比起没什么用处的玩具火车，他们更愿意要一辆真火车。但我们给他们的都是些替代品：用小房子替代大房子，不会走的表替代会走的表，用木马替代真马。所以，如今有一代十二岁的人成长起来，从父亲家的房顶登上自己组装的飞机，而不是满心赞赏地送出远门的父亲去火车站，我们对此也并没有感觉奇怪。我们给自己的小工程师们买一架能够升到吊灯那么高的飞机，并不能让他们高兴，他们只会嘲笑我们。

我们应该给他们买布娃娃吗？买威廉·布施的书？这世上还有哪个男孩儿能明白马克斯和莫里茨的那些恶作剧，自己尝试过或者经历过那样的恶作剧？坦白承认吧：我们就是自己想玩而已。我们给圣诞老人写信，告诉他我们的愿望，我们的儿子将实现这些愿望……

在法兰克福的展览上我们有如下选择：中国的训练耐心的

游戏，一个孩子的木乃伊，还有一个陪葬的布娃娃。南美的陶人、西伯利亚的木刻动物、马来群岛的草编公鸡、西非的玩具枪、用海狸牙齿做的骰子游戏。因为这些外国玩意儿很可能是弄不到的，我们或许可以选择欧洲的电动动物园。里面有不停点头的长颈鹿，一个虽然不出声，但不停练习动作的猴子乐队，一只大象不停地甩动着长鼻子，就像是水井上的摇臂，各种用布、木头这些没有生命的材料做成的动物。

那些旧玩具都来自私人收藏：耶稣诞生塑像、小城堡、娃娃家，被几百年的岁月罩上光环，对于现在这个世纪已经显得陌生，仿佛已经与另一个世界建立起联系般神圣，充满旧衣箱里的那股香气，让人感动的物件，但是已经过去了，过去了啊！它们已经成了文化史的一部分，不再是玩具了。

我们现在要做的是发明新型的玩具，不是为了我们，而是为了我们的孩子。这些孩子对技术更了解，他们不但知晓生命的奥秘，自己还能创造这样的奥秘。这样，或许旧的精神才能够以新的形式重生：想象力重新找到了合法居住地。曾经属于诸神的宝座已经成为废墟，但是，诸神非得坐在宝座上吗？他们坐在螺旋桨上也是可以的，当然，得是真的螺旋桨……

《法兰克福报》1925 年 11 月 23 日

剧院报道

　　坐在楼上第三排角落里的那个观众扮演的是他女伴的一号情人，表演充满激情，非常真实。这在正厅里很少见，通常只会发生在包厢里。他左手放在她的脊背上，强壮的手指来来回回，就像站在狭窄木板上的一名荣誉警卫，沿着脊柱，从腰一路向上，向下，再返回。同时，他的右手待在她的怀里，放在一盒夹心巧克力旁边，巧克力的丝绸包装不时发出窸窣声。

　　那个女孩很漂亮，很有天赋，所以她永远也不可能到舞台上去，只能留在观众席。她坐在窄窄的座位上，但也没有把座位占满，动作像一只卧着的猫，有些不太自信的慵懒，就要伸出小爪子，而且马上就会四脚朝下跳到稳固的地面上。女孩的细胳膊裸露在外面，显然很冷，那胳膊依着扶手的弧度，微微弯曲着，两只手在空中嬉戏，像两只白色的小雏鸟在互相亲吻。有时，其中一只手会扑棱着飞向她的小脑袋，低空飞行，掠过那头棕色的头发，头发并没有顾及黑色细眉毛画出的弧形界线，漫过了眼睛。但是这眼睛想要反射舞台上的表演，休息时大厅里的灯光，还有她内心里更为欢腾的光：在姑娘的灵魂中，所有的蜡烛都已经点燃。

　　那个年轻人爱她，把她带到剧院来，之后还会带她回家。她已经把自己所有的日子都许给了他，就像答应他的邀舞。每一次，他都来拥她入怀，姑娘跟他一起展望生活，看那些相似的人生，以及这个世界上所有的美好，就比如这出戏。

　　这场是首演，表演的是一个尚在世，但因为过度激动只能算得上半死不活的作者的作品。他想了一个有趣的素材，弄了四幕戏，故事就在这四幕中展开，在三面开放的墙之间。戏剧评论家们坐在前排专门留给他们的座位上，认真地看着台上的表演，就好像那是真实的生活，因为他们不知道真正的生活其实在他们背后。他们注意不到这些原始材料，只看见被降格为悲剧的、可当谈资的生活。他们就跟楼上第三排那个正在表演哑剧的年轻美人一样天真，只是他们没有那么迷人……

　　有时，姑娘会把一条腿跷到另一条腿上面，明亮的、被闪亮丝绸包裹着的膝盖稍一露面，马上就有两只手伸过去。把衣服帘子遮在这上帝的奇迹上面，那双手看管的不是风俗，而是肉。年轻男子喜欢做这事，他的手一动不动地放在女子怀里，睡意蒙眬地守候着，像女主人的狗一样警觉。

　　这一对年轻人的四周，老先生们坐在自己曾经青春岁月的愁苦花朵里，女人戴着让时间无能为力的慢性青春面具。她们猫着腰，窃窃私语，打哈欠，鼓掌。

　　只有女孩和年轻男子什么也不做。女孩的两只手忍不住要在一起玩耍，它们不是鼓掌的机器。年轻男子给自己的手安排得很幸福，生活井井有条，它们占据了最好的位置。两个人都不是"积极行动的人"。他们对于剧场来说没有观察的价值，大家到这里来不是观赏他们的。

所以差一点没有人写他们……

《法兰克福报》1925 年 11 月 29 日

在施普雷河与潘科河之间①

遮勒给自己的新书只能想到"在施普雷河与潘科河之间"这个名字。他所有的书其实都可以叫这个名字，他的一生就是这个名字。这两片几乎静止不动的水面全凭着国家地理机构的支持才被称为河，遮勒就是在它们俩之间，边记录边生活。他把施普雷河与潘科河之间那些人的生活定格下来，有贫穷、丑陋，有富裕、美丽。他将这些人的生活变成艺术，将丑陋提升为约定俗成的美，把平民变成了贵族。通过爱的浸润，将沉闷变成崇高、轻盈和飘浮。他用玩笑让污秽肮脏变得神圣，用幽

---

① 亨利·遮勒:《在施普雷河与潘科河之间》，德累斯顿:卡尔·莱斯纳出版社。系柏林历史与图片集的最新一集，收入170张图片。——作者注

默拯救了邪恶的欲望。他将观众向下带，又把所描述的主题拔得很高，让每一个来朝下看的人都惊奇地发现自己的目光得朝上看。他在运河里发现了浪漫，在停滞不动的沼泽中找到了诗性。只有他在冲洗水的哗哗声里首先听到的是诗，只有他，在柏林的沥青花朵中首先闻到的是芬芳。如果以为遮勒只是将始终存在的关于柏林无产阶级的比喻展示出来而已，那就错了。他做得更彻底：他没有关注社会，通过漠视将社会降格，同时将流氓对警察表示反感的黑话，包括说出口的和经历过的，统统升级成为具有法律效力的内容。

现在，他待在柏林西部，但那个地方已经几乎到北部了。文学家们在采访他，写他。对这些人他看似很谦虚，这谦虚后面实际是他的不屑一顾。

《法兰克福报》1925 年 12 月 6 日

闯进后世的记者

如果德国的记者要写书，那差不多就得准备道歉了。他们怎么会想到做这件事呢？难道蜉蝣也有了上升为更高级昆虫的志向？本来朝生暮死的，也想实现永恒了？教授和批评家们围在通向后世的道路两旁，诗人仿佛从一出生就在这个行列里。他们有的时候会想要在新闻工作与文学工作之间画一条明确的界线，并在永恒的国度里给"朝生暮死的作家"们引入考试机制。

外来词的德语化很少能够成功并且有效，这些词多半从表达上是最准确的，但含义却走了样（它们的含义是德语里没有的），就比如这个词：朝生暮死的作家。但是记者不但有能力，而且也应该成为世纪作家。真正的现实绝不会只限于二十四小时，它针对的是时代，而不是某一天。

这种现实性是一种美德，就算是对从来不给报纸写东西的诗人来说，也没有害处。我不理解，对现世氛围具有突出意义的怎么会对不朽形成阻碍。我不理解，诸如对人性的了解，生活的智慧，方向感，牢牢吸引住别人的天赋，等等，以及其他那些被人们斥为记者缺点的，为什么会对天赋产生损害，真正的天才甚至会为拥有这些缺点感到高兴。天才不是出世的，而是要全身心地入世，他不会不了解时代，而是紧跟时代的。他能够征服千年就是因为对十年的了解。被误解，被错误理解的不幸不是天才的标志，而是他遭遇的意外。在这一点上，他与具有普通天赋的记者甚至是一样的，好的手工艺者也有被人错认的时候。

所以，我对给报纸写文章的图书作者没有看法（尽管我自己也是记者）。如今已经有一些文学作品进入报纸的印刷机，不朽的真实提升了纸张的价值，这些纸的命运将终结在让人讳莫如深的地方。

这些印报纸的纸张要感谢阿尔弗雷德·波尔加和艾贡·艾尔温·基希，不是用付薪水就能够体现的。波尔加听从自己内心的意愿写在报纸"边缘"的那些，在贫困的指挥下，被印在报纸的横线下方。基希写《穿越时间的追逐》所用的速度，并不意味着他的观察就是潦草的，或者效果是短命的，它们完全可以比所谓"冥想"的无聊更长久……

基希在《穿越时间的追逐》（艾里希·赖斯出版社，柏林）中所写的，并不只是他那本《匆忙的记者》的延续，虽然看上去可能是这样的。标题虽然是报道性的，但从效果看，却超出了报纸文章。其中所包含的文章，那些报道、短篇小说、日记，是足以写成二十六部小说的素材，但并不需要什么小说作家来处理，因为它们已经找到了自己的位置。报道并不需要先被"上升为某种艺术门类"，就是因为它"只写事实"，它已经有了自己的艺术形式。基希告诉我们的是可以引起轰动的真实。要把赤裸裸的现实变成艺术化的真实，需要多少"艺术"手段？在一篇短篇小说（《死了的狗和活着的犹太人》）里，作者展示了自己纯粹的诗歌能力和写诗的手艺。此外，他还利用这种能力，给实际发生的事件一个有效的形式。波尔加曾经这样描述基希：

今天还骑着骄傲的骏马，

明天便是粗体字的枪林弹雨……

　　快是好记者的优秀品质，慢却不足以证明诗人的实力，如果这个诗人蔑视速度，并且也因此被速度蔑视的话。

　　阿尔弗雷德·波尔加的书叫作《写在边缘》（罗佛特出版社，柏林）。这个描述性的标题是对这个讽刺作家的装饰，对买书者的尊敬。大的真实被写在边缘。

　　波尔加写的都是没有寓意的小故事，没结论的观察。他不需要什么"内容"，因为他的所有高超用词都是有丰富内容的，没有任何事情在他看来是小的，他恰恰是在那些小事上体现自己的高明。他能将日常一直打磨到不寻常，那他还要不寻常干什么？那些不寻常根本不够他用。他要那些激动人心的"事件"干什么？他每一个句子的语言都激动人心。他的语言形式精妙到根本没有粗糙的素材或肤浅的情节敢进去。轰动效应对这个诗人很小心，不会靠近，它们害怕他，因为他会嘲弄它们，而且，可怜啊，它们会被变得不再轰动！他的语言形式会笼络事实，如果他要让沉重的悲剧变成笑话，那么看的人都不会觉得这个笑话有牵强的地方，或者觉得那个悲剧沉重。他要写什么的时候，就已经写完这个"什么"了。再没有一个（德语的）观察者能够有这样的塑造力，他强过了几百个塑造者……

《法兰克福报》1925 年 12 月 19 日

我们的排字车间

　　各种字体的所有字母都放在铅字盒里，分成不同的格子，排字工熟练的手指一伸出去就能够得着。整个民族的所有语言财富都被铸成铅块，元音和辅音在机器里等着跃出去完成它们的使命：促成词和句的诞生。

　　空气中总有细细的铅尘，这是字母呼出的碳。这些字母会呼吸，它们比那些写下来的书或者印出来的报纸更有生命，就像石头比用石头盖成的房屋有生命一样。铅是原料，但这铅摆脱了自己特有的重，并被赋予了精神的轻。所有字母都像是黑色的或银灰色的小鸟。

　　按在排字机键盘上的手指触动了它们奇妙的灵魂，字模盘里的字模立刻脱出，落进字模集拾器，就像玩耍的孩子滚下山坡。它们现在进了集拾器升降机，上百个字母并排站着，现在，它们是一个句子了，一个段落，一篇文章，排字工根据稿子将句子脱模，这稿子是文章雏形。在天上神灵的排字间里，人的最初形式被转化成血和肉交给鹳，并由它带去给人间的光、石头，遗憾的是，也带给印刷品。

望不到头的字模传送带不停地转，这是个技术名称，不是个花架子。这条传送带的浪漫内核非常强大，让理性的技术也不得不向文学语言去借形容词。"发烧的星星"这个词也是用同样方式创造出来的，这是一个不停旋转的小轮子，字母们要在它轮毂之间完成漫长旅途中的一部分。在排字工这里，技术与文学结合了，他们能想出最好的比喻，比如把机器的故障称作：冒失鬼；被删掉的词：尸体；多余的重复：婚礼。如果一个段落中的最后一行字被孤零零扔到下一行中去面对光秃秃的邪恶世界：娼妓的孩子……

我喜欢"空铅间隔""文末画线""连字符"和"行间空白"。这些都是被印刷出来的语言上大大小小的装饰，是句子的美丽门面。有些线看上去就像抻直了的弓，另一些又像劈成两片的箭，还有一些像熨平的头发。有些空铅间隔看上去就像小孩儿的积木，是我游戏的对象。

但是比起文末的画线，我更爱的是排字工。他们穿着蓝色的围裙，这是工作的标志，但是他们已经摆脱了对工作严肃与神圣的迷信，知晓工作的讽刺性。这毕竟是些人，他们对印成铅字的词语没有敬畏感，知道圣洁白纸的价值，知道被词语玷污的纸没有价值。只有他们能够从右往左倒着读那些句子，他们知道这些印刷品原本的、最初的含义，知道其实从一开始，所有的一切就都是颠倒的，包括所谓原则、天气预报和社论。只有在放上一张纸后，这些最初颠倒的东西才获得了似乎有合理含义的假象。

我因此热爱排字工，同时也因为被他们漫不经心对待的文学，还有被他们扔掉的那些字行。这些字行躺在地上，不再被排进字里行间去。唉，假如作家看到这里的它们！假如他站在旁边，看着排版工人往铅盒或者地板上潇洒地扔那些他在漫漫长夜里，趴在布满愁苦皱纹的书桌上制造出来的烘托气氛的画面，这些侥幸逃过了编辑字纸篓的画面。工人们动作里的蔑视只带有实用的意义，而并非审美的判断。飞来飞去的字行碰撞在一起，发出叮叮当当的声音，虽然里面的内容根本不是坚硬的钢，一直就是铅而已。这个声音对作者来说会不会是安慰？

不，这种东西安慰不了他。许许多多各种形式的文字放在抽屉里，随时准备着给那些拙劣的思想一个美丽的支撑，一件衣服，一个形式，一种表达。所有抽屉上都贴着名字，就像放调料的格子一样，厨房里用的胡椒、肉桂、甜椒。这些字号、字体的名字都是从哪儿来的？无敌，上校，佩蒂特，博尔济斯，加拉蒙德，西塞罗，中号，特提亚，文本体，双中号，斜体，世纪体，瘦罗马体，万花筒？这些字母从抽屉里跳出来，字母表永远不变的等级顺序被破坏了，从 A 到 Z 都是。

这事发生在深夜，当排字工摘下蓝色的围裙，穿上便装，排字机不再歌唱的时候。白天它的歌声美丽得震耳欲聋。不过，凝神静听的人还是能够在齿轮的隆隆声中听到字模轻轻的撞击声，还有传送带的嗡嗡声，铸造好的字行轻轻地砰一声碰在一起。这台机器不像印刷车间和工厂里它的姊妹们那么粗鲁，它是一台文明的机器，不会发出乒乒乓乓的声音，只是隆隆响而已，听上去就像大型磨削机的声音。它面前的键盘上有一盏小小的、可爱的长明灯，正在找那些被肢解的文稿死气沉沉的灵魂，排字工就像在上面演奏的管风琴师。

当日光骄傲、高贵地从很多扇高大的玻璃窗照进来，排字车间里就变得像教堂一样，只是没有人被朝拜，甚至没有人朝拜读者。所有桌子旁边都坐着谦卑地弯着腰的男人，但他们不是在祈祷，而是在排字。有的时候，他们会在彼此身边跑来跑去，手里端着巨大神圣的字模盘，就像捧着平平的圣水盆。随后就会传来嘈杂声，有喊叫声，压光机的轰鸣声，"木槌"敲在"专栏"上的声音。排字工就在这种完全没有玷污意味的节奏中排字。他们排字，排版，给文章修理仪表，把它们变漂亮，给乏味一些娱乐性的刺激，让浮皮潦草产生永恒的假象。

他们就这样，乒乓乒乓地把金子般的话语变成铅，使它们变得高贵⋯⋯

《法兰克福报》1925 年 12 月 25 日

揭开的坟墓

在影剧院的每周放映会上，我们能够看到俄罗斯的沙皇。皇帝一家在圣彼得堡的最后几次外出中的一次，王后，年幼的王位继承人，所有的宫廷仆役，僵硬的仪仗队。这张图片的后面是托洛茨基在莫斯科搞的红色阅兵的照片。从这里两张世界历史的剪图上，读者能够了解时代的变迁。

其实应该颠倒个顺序：先让人看那几百万红色的人，指挥这些人不需要接受过指挥方面的培训，有文学家的底子就可以。然后，要然后再让人看俄罗斯沙皇和他的一家人。在这张沙皇的照片之后，应该让银幕空着，让它像裹尸布一样空白清透，上面应该是凝固的沉默，跟这种沉默相比，西伯利亚的茫茫雪地都会显得喧闹。因为就算是无知无感的银幕，也不可能放完这些十乘十倍的死人和死上加死的人之后还没有任何的反应。这是幽灵的瞬间复活，因为他们鲜活而愉快地出现在活动影像上的时候已经死了，他们被谋杀的时候，还没有被谋杀，他们身体里熄灭的不是生命，而是一种不真实性，这种不真实的气息与生命极其类似。最后一个沙皇曾经统治过，曾经被驱逐，被吊死，他曾经命人纵火、抢劫、杀人，他甚至还为了这部影片曾经被人拍摄。但他并非像影片所展示的那样是活的。从坟墓里也能飘出呼吸，这呼吸以假乱真地穿过沙皇一家人的身体，让人以为他们都活着，公爵，公爵夫人，僵硬的卫队，年幼的王位继承人。

先走出来的是沙皇，他穿的袍子上有很多刺绣，系着腰带，这是一种匈牙利骑兵式的装束。他的脸就像是从下巴正中用螺丝拧在胡子上的，沉重的眼皮像低垂的、用硬邦邦的皮肤做成的百叶窗。呆滞的目光应该是看着镜头的，那眼神就像在看着枪膛的口，而这枪要几年之后才会打响。沙皇走得很快，他的动作让他看上去就像是用做娃娃的材料和幽灵的阴影组合而成的某种东西。他在靠近右边的地方消失，在那里，白色的银幕钻进了黑色的深渊中。这只是后面的放映机里一卷胶片放到了头，但观影人的意识始终没有清醒到能够明白这一点，那感觉就像是降神会上全心全意的招魂仪式。

皇后和所有宫廷仕女都穿着战前流行的裙子款式，大帽子宽帽檐，前面下垂，后面上扬，为防止帽子摇晃用发针固定在高高盘起的发髻上。帽子戴得斜斜的，盖住了一个侧面，却把另一个侧面完全暴露出来。帽子的设计非常特别，既有化装舞会上强盗帽的那种假大胆，又有想引诱别人的、徒劳扭捏的腐败气息。裙子很长，高领子扣得紧紧的，鲸须围在脖子上，就像紧迫的栅栏，胸部虽然端庄，但很显眼，从许多层不透明的布料下面隆起。头发从耳朵两边向上拉起，看着很疼的样子。

这些女人比匈牙利骑兵的服装看上去更老气，更死气沉沉。在快速行进的队伍里，这些女士是摇摆不定的那部分，她们虽然都穿着白色的衣服，但看上去却像是女人形状的服丧面纱。

整个影像不到三分钟，并不属于世界历史上众多可怕的瞬间，那些是庆祝加冕的瞬间。摄影机记录下了这一个瞬间留给后世，电影胶片已经有些磨损了，图像在颤动，但我们不知道那是不是岁月的牙齿留下的洞，还是云一般围绕着那些看似鲜活对象之上的自然灰尘颗粒。这是电影所有发明中最为可怕的不真实，是历史的、死人的轮舞，是一座被揭开的、曾经看上去像一顶王冠的坟墓……

《法兰克福报》1925 年 12 月 31 日

约瑟夫·罗特生平简表

1894 年 9 月 2 日	出生于奥匈帝国东部边境小城布朗迪(今属乌克兰)
1905—1913 年	在布朗迪上德语小学及文理中学
1914—1916 年	在林伯格大学及维也纳大学上学;1916 年发表第一部短篇小说《优等生》(*Der Vorzugsschüler*)
1916—1918 年	参加第一次世界大战
1919 年起	作为记者,为维也纳、柏林、布拉格的报纸和杂志撰稿
1923 年起	为《法兰克福报》撰稿
1923 年	出版第一部长篇小说《蛛网》(*Das Spinnennetz*)
1924 年	受《法兰克福报》委托进行波兰之旅。出版小说《萨沃伊酒店》(*Hotel Savoy*)、《造反》(*Die Rebellion*)
1925 年	第一次法国之旅
1926 年	受《法兰克福报》委托进行苏联之旅

1927—1929 年	出版小说《漂泊的犹太人》(*Juden auf Wanderschaft*, 1927)、《无尽的逃亡》(*Die Flucht ohne Ende*, 1927)、《齐珀与他的父亲》(*Zipper und sein Vater*, 1928)、《右与左》(*Rechts und Links*, 1929)、《沉默的先知》(*Der stumme Prophet*, 1929)
1930 年	出版小说《约伯记》(*Hiob*)
1932 年	出版小说《拉德茨基进行曲》(*Radetzkymarsch*),半年内再版五次
1933 年	因犹太出身和反对纳粹,被禁止在德国出版作品
1933—1939 年	流亡国外,陆续创作和出版小说:《塔拉巴斯》(*Tarabas*, 1934)、《皇帝的胸像》(*Die Büste des Kaisers*, 1935)、《百日》(*Die Hundert Tage*, 1936)、《假秤》(*Das falsche Gewich*, 1937)、《先王冢》(*Die Kapuzinergruft*, 1938)、《第 1002 夜的故事》(*Die Geschichte von der 1002. Nacht*, 1939)、《一个虔诚酒徒的传说》(*Die Legende vom heiligen Trinker*, 1939)、《列维坦》(*Der Leviathan*,罗特去世后 1940 年出版) 等
1939 年 5 月 27 日	客死巴黎

图书在版编目 (CIP) 数据

罗特小说集.12/（奥）约瑟夫·罗特著；张晏，
顾牧译；刘炜主编.－－桂林：漓江出版社，2022.12
　ISBN 978-7-5407-8606-9

　Ⅰ.①罗… Ⅱ.①约… ②张… ③顾… ④刘… Ⅲ.
①短篇小说－小说集－奥地利－现代 Ⅳ.① I521.45

中国版本图书馆 CIP 数据核字（2019）第 008095 号

LUOTE XIAOSHUO JI 12 · PIAOBO DE YOUTAIREN

罗特小说集 12·漂泊的犹太人

［奥地利］约瑟夫·罗特　著

张晏　顾牧　译

出版人：刘迪才
特约策划：周向荣
责任编辑：刘红果
书籍设计：李诗彤　周泽云
责任监印：张璐

出版发行：漓江出版社有限公司
社址：广西桂林市南环路 22 号　邮编：541002
发行电话：010-65699511　0773-2583322
传真：010-85891290　0773-2582200
邮购热线：0773-2582200
网址：www.lijiangbooks.com
微信公众号：lijiangpress
印制：香河县闻泰印刷包装有限公司
　　［河北省廊坊市香河县安平镇二街　邮编：065402］
开本：880 mm×1230 mm　1/32
印张：9.25　字数：164 千字
版次：2022 年 12 月第 1 版　印次：2022 年 12 月第 1 次印刷
书号：ISBN 978-7-5407-8606-9
定价：49.00 元